少年读万卷

·中国卷·

岳飞传

钱彩 金丰◎著 贾仁江◎改写

新疆青少年出版社

图书在版编目（CIP）数据

岳飞传 /（清）钱彩,（清）金丰著；贾仁江改写. -- 乌鲁木齐：新疆青少年出版社，2022.12
（2024.4重印）
（少年读万卷. 中国卷）
ISBN 978-7-5590-9112-3

Ⅰ.①岳… Ⅱ.①钱… ②金… ③贾… Ⅲ.①章回小说-中国-清代 Ⅳ.①I242.4

中国版本图书馆CIP数据核字(2022)第228265号

岳 飞 传
YUEFEI ZHUAN

钱彩 金丰◎著 贾仁江◎改写

出 版 人：徐 江	策 划：周英微	插 图：宋立军
装帧设计： 张春艳	责任编辑：周英微 刘 露 尚志慧
美术编辑：邓志平	法律顾问：王冠华 18699089007

新疆青少年出版社有限公司（地址：乌鲁木齐市北京北路29号 邮编：830012）
http://www.qingshao.net

印 刷	天津博海升印刷有限公司	经 销	全国新华书店
版 次	2022 年 12 月第 1 版	印 次	2024 年 4 月第 2 次印刷
开 本	710 mm×1000 mm 1/16	印 张	20.25
字 数	235 千字	印 数	5 001-8 000 册
书 号	ISBN 978-7-5590-9112-3	定 价	49.80 元

制售盗版必究举报查实奖励：0991-6239216　　版权保护办公室举报电话：0991-6239216
服务热线：010-58235012 010-84853493　　如有印刷装订质量问题，印刷厂负责调换

前言

　　《岳飞传》原著书名为《说岳全传》，是一部英雄传奇小说。它歌颂了岳飞等将士英勇作战、精忠报国的忠勇行为，鞭笞了秦桧等人陷害忠良的丑恶罪行。《说岳全传》问世之后，其影响广大，从而成为这类题材的小说中带有总结性和定型化的作品。

　　自南宋开始，岳飞抗金的故事就广泛流传于民间。到了元朝、明朝更加盛行，诸多民间艺人、戏曲家、小说家都以其为题材蓝本进行了改编和创作，如《大宋中兴通俗演义》《武穆精忠传》等。此外，平话、杂剧、传奇、歌曲等多种形式也都有。到了清朝，文人钱彩、金丰在早前民间流传的各种演义、传说的基础上，进行了重新整理和创作。

　　岳飞自幼在母亲的严格教育下长大，又师从周侗，人虽少年却早已文武双全。后来，岳飞与结义兄弟牛皋、王贵、汤显、张怀一同赴京参考武举，不料因"枪挑小梁王"而闯下了大祸，五人不得已逃回乡里。不久，金总领狼主完颜乌骨达的第四个儿子兀术兴兵南犯，率军直取河间，抓走了宋徽宗、宋钦宗以及康王，将他们留作人质，同时还掳走了秦桧夫妇。康王侥幸得助，乘泥马逃出兀术的魔爪，横渡长江，在金陵奉二帝旨意即位，并召岳飞入朝抗金平乱。岳飞带领着或是说服加入或是仰慕投奔的英雄们挥军北上，迎战兀术，接连打了青龙山、爱华山、牛头山等几个大胜仗。在黄天荡之战中，宋军大败兀术，兀术南下所带的几十万人马被消灭得仅剩三百六十骑。怎料，兀术没有罢休，他收买了秦桧，将秦桧夫妻二人送回宋朝去充当内奸，之后再次南下攻宋。岳飞临危受命，再次出征带兵北伐。在朱仙镇，岳飞率军连破金兵"连环马"和"铁浮陀"后，又大破金龙阵，令金兵溃不成军。就在岳飞准备乘胜进军时，接到了让大军进行休整的圣旨。没多久，大宋与金讲和。岳飞被召回京城，说是要加官晋爵，但是到了京城却被关入狱中严刑拷打，受尽了折磨。原来，秦桧夫妇为保自己荣华富贵，暗中勾结兀术，陷害岳飞谋反，想以此置岳飞于死地。可怜岳飞空有一腔报国热血，却被奸佞小人以"莫须有"罪名屈杀于风波亭。

　　本书针对广大中小学生，对原著进行了适当的取舍和改编，剔除了其中过于血腥暴力和宣扬封建迷信的内容，采用现代白话叙述，篇幅适中，既保留了一定的容量，又把篇幅控制在中小学生适读的范围内，并配以多幅彩色插图，使得图文并茂、相得益彰。

　　希望通过我们的努力，能够为青少年读者打开一扇窗，帮助他们认识、了解并喜爱上中国传统文化。

编　者
2022 年 12 月

目 录

第一章　花缸渡劫 …………………………… 1

第二章　岳飞学文 …………………………… 8

第三章　英雄结义 ……………………………16

第四章　校场试箭 ……………………………20

第五章　牛皋剪径 ……………………………31

第六章　武场献技 ……………………………41

第七章　宗泽试才 ……………………………49

第八章　小校场比武 …………………………56

第九章　枪挑小梁王 …………………………64

第十章　金兀术进兵 …………………………75

第十一章　群雄抗金 …………………………81

第十二章　张邦昌叛变 ………………………91

第十三章	二帝蒙尘	100
第十四章	泥马渡江	108
第十五章	岳母刺字	113
第十六章	大战青龙山	122
第十七章	刘豫降敌	130
第十八章	马前张保 马后王横	135
第十九章	牛皋进京	146
第二十章	大战爱华山	152
第二十一章	牛皋藕塘关成婚	164
第二十二章	妙计除刘豫	175
第二十三章	大败粘罕	182
第二十四章	何元庆归降	191
第二十五章	呼延灼殉国	200

第二十六章	牛皋押粮	211
第二十七章	大战牛头山	219
第二十八章	岳云出山	226
第二十九章	大战金弹子	236
第三十章	双雄结义	244
第三十一章	金兀术败走黄天荡	249
第三十二章	梁红玉擂鼓战金山	256
第三十三章	杨再兴归宋	264
第三十四章	小商河之战	275
第三十五章	王佐断臂	282
第三十六章	大破连环马	293
第三十七章	大破金龙阵	299
第三十八章	风波亭	305

第一章

花缸渡劫

中华五千年,王朝兴衰更迭,历史的天空飞扬着一个个鲜活的面容。每到国难当头之际,那些保家卫国的忠义之士,总是不顾一身之计,为国家图存,其忠勇智谋令后人钦佩不已。

这里要说的,就是抗金英雄——岳飞。

北宋徽宗崇宁二年(1103年),岳飞出生在相州汤阴县(现属河南安阳市),父亲名叫岳和,母亲姓姚。岳家家道殷实,岳飞降生时,岳和已经年满四十,可谓老来得子。岳和抱着这个孩子,沉浸在喜悦和幸福之中。据说,孩子降生以后,家中来了一个老道士,岳和热情款待了这个道士,并请道士为孩子取名。这个老道士看了看岳和怀中的婴儿,说:"令郎体格健壮,英气勃发,将来必定前程万里,远举高飞。不如取名叫'飞',表字'鹏举'!"

岳和大喜:"鹏举?金鹏展翅,远举高飞!好名字!好名字!"从此,这个孩子就有了一个流芳百世的好名字——岳飞,岳鹏举。

传说,这个老道士正是陈抟老祖。

岳飞来到这个世界才三天,家里就发生了重大变故。也许是天意弄人,也许天将降大任于斯人也,岳飞一家才遭此重大变故。那一天,汤阴县忽然暴发洪水,冲毁无数房屋,淹没无数人口和牲畜。慌乱中,岳和将妻子姚氏和出生才三天的岳飞推进大花缸中。大花缸只能容下姚氏和婴儿，岳和扶着花缸的沿口，带着妻子和孩子一齐在水中漂泊。可惜水流湍急，一浪接一浪，将岳和打得精疲力竭，最后他被洪水冲走了。

姚氏抱着孩子坐在缸中，望着滔滔洪水悲伤不已，可是洪水无情，到哪里去寻找孩子的父亲呢？花缸顺水漂流，直流到河北大名府内黄县境内方才停下。

距离内黄县城三十里有一个麒麟村，村里有一个乐善好施的财主，名叫王明，五十岁了。

那一天早上，王明起床后坐在厅上，想起昨天晚上做的一个梦，十分奇怪，唤来管家王安，说："王安，你去城里请一个算命的来，我在此等候。"

王安说："老爷，我们这村子距离县城有三十里路呢！请来的先生要是眼力好也就算了，要是眼力不行，岂不是白跑一趟？老爷，您要请算命先生做什么啊？"

王明说："昨晚我做了一个梦，想请先生来给我圆梦呢！"

王安说："圆梦啊，这个我可是极在行的。您做的是什么梦？小人替您圆一下。只不过，我有'三不圆'啊！"

王明见王安说得煞有介事，半信半疑，问道："有哪'三不圆'啊？"

王安说："初更、二更的梦不圆，四更、五更的梦不圆，记得梦头忘了梦尾的不圆。要在三更做的梦，又要记得清楚，方才圆得有准。"

王明说："我正是三更做的梦。梦见空中火起，火光冲天，把我惊醒。不知主何吉凶？"

王安道："恭喜员外，火起必然遇贵人。"

王明大怒，骂道："你这狗才，哪里会圆什么梦！明明是怕走路，却说这些胡话来骗我！"

王安道:"小人怎敢欺骗员外。那一天,小人跟着员外到县里取完钱粮,从书坊门口经过,就买了一本《周公解梦全书》。员外如果不信,等小人取来给您看看。我都是按照书上的话说的,不敢欺骗您啊!"

王明道:"既然如此,就把那书拿给我看看。"

王安答应一声,进房去拿了一本书来,给王明看。

王明接来一看,书上果然是这么说的,心想:"我在这穷乡僻壤,怎么能遇到贵人呢?"

正在半信半疑的时候,忽然听到门外吵吵闹闹,声音着实不小,王员外大吃一惊,吩咐王安出门看。

王安飞快地跑出门去,打探清楚了,慌忙回去报与王员外:"员外啊,不知道哪里发了大洪水,漂来了许多的家什物件。村里的人都在河边抢着打捞呢,所以这么吵吵闹闹的。"

王明听了这话,就带着王安来到河边,看看究竟,感叹了一番,正要回去,忽然听到河中传来婴儿的啼哭声。

王明吃了一惊,朝那啼哭声处望去,只见那洪水中漂来一个大花缸,花缸里面居然坐着一个人,仔细一看,是个妇人,还带着孩子。

那孩子想是饿了,哇哇大哭。妇人没有办法,也在哭着,一边哭一边焦急地朝河边望。

王明看了,大声喊王安:"快,快,救人要紧!"

王明叫王安找来一根竹篙,将竹篙伸向水中。花缸里的妇人见了,拉住竹篙。王明和王安一齐拖拽,将那妇人、孩子连同花缸一齐拉到岸边来了。

妇人抱着孩子,才上岸就晕倒在地。

王明和王安大惊,知道这个妇人一定是精疲力竭,支撑了很久,如今得救了,再也支撑不住,这才晕倒的。他们连忙找来热汤,给这妇人喝下。妇

第一章　花缸渡劫

人醒来，看了看周围，顿时泪如雨下，哽咽不已。

王员外问道："这位娘子，此地乃河北大名府内黄县麒麟村，不知娘子仙乡何处，为何漂流到此？"

岳夫人悲泣地说道："妾身乃相州汤阴县孝第里永和乡岳家庄人氏，只因遭遇洪水，一家人逃难。那洪水暴涨，将我丈夫冲走了，现在也不知道是死是活。也是我命不该绝，抱着孩子坐在这花缸内，漂流到这里来了。"说完，伤心大哭起来。

王员外听了，神情惨然，对王安道："这么远的路，一直漂到这里，也算是命大了。"

王安说："大难不死，说不定还有后福呢！员外何不做个好事，收留他们母子两个，给她一些针线活计做，维持维持生活也好啊！"

王员外点点头，说："有道理。"便对岳夫人说："老汉姓王名明，就在前面不远处居住。您若同意，就先到我舍下居住，我为您安排一间空房子居住，然后派人打听您丈夫的下落，如果他还平安的话，我就派人将您送回去，让你们夫妻团圆。不知您意下如何？"

岳夫人说："多谢恩公相救！若肯收留我母子二人，真是重生父母了。"

王员外道："好说好说。"

岳夫人便抱着孩子，随同王明回去了。

岳夫人来到王员外家中，那王安连忙进屋向王夫人汇报。王夫人也是积德行善的人，听说收留了一对孤儿寡母，连忙带着丫鬟来到客厅见面。岳夫人向王夫人述说了自己的遭遇，王夫人听了，也是十分同情，连忙叫人打扫一个空房间，安排岳家母子住下。

过了一些天，打听到洪水已经退了，王员外就派人去汤阴县探听消息。派出去的人找遍了汤阴县，也没有找到岳家的人，只好回来复命。

岳夫人听了，不禁泪如雨下。王夫人再三劝解，这才让岳夫人止住了痛哭。

从此以后，岳夫人带着岳飞住在王员外家中。那王夫人对待岳夫人如同亲姊妹一样。后来，王夫人有了身孕，怀胎十月，生下一个男孩。王员外老来得子，喜不自胜，觉得这孩子十分珍贵，就给孩子取名王贵。王贵比岳飞小一岁，两人从小一齐玩耍，像兄弟一般。

光阴荏苒，日月如梭。不知不觉中，岳飞已七岁，王贵也六岁了。王贵是王员外的独生子，加上家道殷实，要什么有什么，从小被娇宠溺爱，性格特别顽劣，不服管教。子不教父之过，王员外就请了一个先生在家里教他们两个读书识字。

王员外的好朋友汤员外和张员外听说他请了塾师，很高兴。正好他们的儿子也到了入学的年龄，就将孩子送过来一齐念书。

汤员外的儿子叫汤怀，张员外的儿子叫张显。这两个小公子，也跟王贵一样，都是家里的独生子，性格也一样的顽皮刁蛮。这三个小调皮，整天不好好学习，就知道舞枪弄棒，只有岳飞知道读书的机会来之不易，因此读书特别用心。

先生对王贵、汤怀、张显不满，经常责备他们。但这三个小家伙不服，一拥而上，竟将先生的胡子拔光了。

先生实在受不了了，只好辞职。王员外无奈，只好为他们另外聘请教书先生。可是，一连换了几个先生，那些先生都受不了王贵他们，个个辞职走人。

岳飞渐渐长大，岳夫人觉得该是搬出王家、去外面独立生活的时候了。她将自己的想法告诉了王员外，王员外挽留。

岳夫人说："员外，您太客气了，您对我们有救命大恩，我们应该报答

第一章 花缸渡劫

您的大恩大德才是。孩子已经长大,我们在此生活多有不便。若搬出去住,对孩子也是好的。至于您的恩德,我们以后自会报答!"

王员外不便强留,就派人为岳夫人和岳飞准备了日用生活品,让岳家母子搬到外面居住了。

从此以后,岳夫人带着岳飞,靠替人缝补衣裳来维持生活,日子倒也能对付过去。

一天,岳夫人将一个打柴的耙子和一个筐交给岳飞,说:"孩子,你整天这样玩下去也不行。我们家穷,必须格外勤劳一些。这里有一个柴耙、一个筐,你带着去打一些柴回来用。别人看到我们这么勤劳,也瞧得起我们!"

岳飞说:"好的,母亲!明天孩儿就去打柴。"

第二天,岳飞就带着箩筐和柴耙打柴去了,临行前,对母亲说:"母亲,孩儿不在家,您可要将门关好了!"

岳夫人朝岳飞点点头,将门关好,忽然一阵难过。她自言自语:"要是孩子的父亲在,一定会给他寻一个好先生,让他读书识字。如今,我却只能叫他去打柴!"说完,便呜咽起来。

第二章
岳飞学文

　　岳飞出了门,却不知道该往哪里去寻找柴火。他见前面有一座土山,山上草木茂盛,决定去看看,走着走着,看见前面七八个小孩子在荒草地上打滚玩耍。其中两个他认识,一个张小乙,一个李小二,他们都是王员外左邻右舍的孩子。

　　张小乙、李小二见岳飞来了,就叫道:"喂,岳家兄弟!你来做什么?"

　　岳飞说:"我奉母亲之命,来这里耙些柴草。"

　　大家齐声叫道:"你来得正好!不要打柴了,陪我们一齐堆罗汉耍吧!"

　　岳飞说:"我有母命在身,要去打柴,没有时间同你们玩。"

　　那些小孩大声叫道:"什么打柴不打柴的,别动不动就什么'母命'!你若不肯陪我们玩,就别怪我们不客气了啊!"说完,个个撸起袖子,要来揍岳飞。

　　岳飞说:"你们不要乱来,我是不会怕你们的!"

　　小孩们听了哈哈大笑,说:"你不怕我们,难道我们还怕你不成!"

　　张小乙道:"谁与你取笑!"

　　李小二接口道:"你不怕我们,难道我们倒怕了你不成?"

　　小孩子一齐上前,抡起拳头要揍岳飞。

　　岳飞抓住一个,顺手一拉,撞倒了三四个人。岳飞得了空子,转身走

第二章　岳飞学文

脱了。

那几个孩子知道了岳飞的厉害，不敢上前。摔倒了的孩子爬起来，边拍身上的泥土边哭叫："岳飞欺负我们，我们去告诉他的娘亲！"

几个孩子哭叫着来到岳飞家中，对岳夫人说："岳飞打了我们，把我们推到地上，还用脚踹我们！呜呜呜——"岳夫人只得用好话来安慰他们，说："等岳飞回来了，我一定替你们教训他。"那几个孩子得到满意的答复，也就各自散去了。

岳飞从那一班顽童的包围中脱身以后，不敢耽误，就去山上折了枯树枝装进筐子里面，不多久便装了一满筐。岳飞见天色不早，担心母亲挂念，便背着柴火回家去了。

回到家中，岳飞见母亲有些不高兴，连忙询问缘故。

岳夫人说："我给你一个柴耙，是要你去耙一些枯草黄叶子回来的，并不曾要你爬到树上去折树枝。这些树枝虽然是枯的，但也是别人的树上长的，别人是要拿来卖钱的。如果被树的主人看到，岂不是要被他们责打？"

岳飞低着头，说："母亲，孩儿知错了！"

"还有，"岳夫人说，"你我孤儿寡母，相依为命。你若爬到树上，万一不小心摔了下来，伤筋断骨的，叫为娘的以后依靠谁啊？"

岳飞一阵难过，说："母亲，孩儿再也不爬树了。"

岳夫人又说："我要你去打柴，并不曾要你去跟人家打架。你为什么要跟人家打架呢？害得人家登门上户来控告你，哭哭啼啼的，闹得大家不好看。左邻右舍见了，只说你恃强凌弱，没有教养。"

岳飞听了说："母亲说得是，孩儿以后再也不逞强斗狠了。"

岳夫人说："孩子啊，你爹是个知书达理的人。他如果在世，必然要教你读书。为娘的勉强认得几个字，你去墙角，将那里的书拿过来，娘教你读书识字吧！"于是，岳飞就去墙角，把书拿过来交给母亲。

第二天，岳夫人将书本铺开，开始教岳飞认字。那岳飞天资聪颖，学了几遍，就学会了。岳夫人很高兴，便让岳飞自己学习。

过了几天，岳飞已经能自己读书了。岳夫人从包裹中取出几分碎银子，交给岳飞说："为娘替人家做针线活，攒了几分银子。盼望你能读书写字。如今你认得字，也能读书了，你将这些银子拿到集市上，换一些笔墨和纸张来，学习写字。"

岳飞看了看银子，再看了看母亲满头的白发，想了想说："母亲，这些钱，您挣来不容易，还是留着买些别的吧。笔墨，我看是不需要买的。"

岳夫人一听，说："你这孩子，怎么这么没有出息，难道你不想学写字，要做睁眼瞎吗？"

岳飞说："不是，母亲，孩儿觉得我们贫寒人家用不起笔和纸，不如从河里面掏些沙子来，铺在地上，用树棍写字。等孩儿将字写好了，再买笔墨也不迟！"

岳夫人心疼地看了看岳飞，点点头说："好孩子，委屈你了！"

岳飞立刻去河里面淘了一些沙子来，铺在地上，又折来树枝，做成笔的样子，对母亲说："这个笔和纸，都不用花钱买，而且怎么用也用不完！"

岳夫人笑着说："这倒也好！"

岳夫人拿着岳飞做的笔，教他写字。岳飞学了一会儿，就会自己写了。从此以后，岳飞天天在家读书写字，进步很快。

却说王贵、汤怀、张显三人天性顽劣，远近的老师竟无人能教得下来。这一日，王员外、汤员外、张员外正为此事愁眉不展、垂头丧气。

忽然门公来报："陕西周侗老相公到此要见。"

三个员外听了大喜，连忙起身去迎接。那周侗进来，大家见了礼，分主

宾落座。

王员外说:"大哥,好久不见了,听说大哥在东京,今日是什么风把您吹到这里来的?"

周侗说:"老夫年纪大了,以前在这里还有些地产,特来算算账,顺便来看看各位贤弟。过几天就要走的。"

王员外说:"老哥既然来了,自然要多住几日,让兄弟们多亲近亲近,也好闲话家常啊,怎么能急着走呢?"随即连忙打发家人将周侗的行李挑过来。

王员外又对周侗说:"大哥,我们这一别有二十来年了吧?老嫂子、令郎怎么没有一齐来啊?"

周侗道:"我那老妻已经去世多年,我那儿子跟了卢俊义一齐去征辽,殒命沙场。我这辈子教出来的两个徒弟,一个是大徒弟卢俊义,一个是小徒弟林冲,都被奸臣害死了,如今真个是举目无亲了。唉!不知贤弟们各有几位令郎?"

三个员外说:"不瞒兄长,我们三个正为了这些孽障在此诉苦呢!"

三个人把各自儿子的事告诉了周侗。周侗听了,捋了捋胡子,说:"小孩子调皮一点,也是常有的事情,何况他们都是独生子呢?若是请来一个好先生来教育他们,也不至于这样啊!"

三个员外说:"先生我们不是没请过,只是这三个孽障太过于顽皮,竟将几个先生打跑了。您说,这样顽劣的孩子,谁敢上门来教他们啊!我们三个做父亲的都在发愁啊!"

周侗微微一笑:"对付这样的学童,需要更厉害的先生啊!不是老夫夸口,若是老夫在此教他们,借他们一百个胆子,也不敢把老夫怎么样!"

三个员外听了,大喜:"既然如此,大哥,您何不留下来,替我们管束

第二章　岳飞学文

管束这几个孽障呢?"

周侗道:"我年纪大了,本不想收徒弟。看在三位老弟的面子上,老汉就成全了这三个侄儿!"

三个员外大喜过望,纷纷起立致谢。

这天,王贵正在外边玩耍,一个庄丁对他说:"员外请了个厉害先生来,我看你以后玩不成了!"

王贵听了,急忙去找张显、汤怀:"我爹爹请来了一个先生,说是个严厉的。我们可别给他吓住了,先给他个下马威瞧瞧!"

第二天,三个员外将自己的儿子送到学馆,拜见先生。他们派人拿来丰盛的馔肴,请周侗吃上学酒。周侗道:"贤弟们且请回去,此刻还不是吃酒的时候。"

周侗把三个员外送出了学馆,转身进来,就叫:"王贵上书!"

王贵道:"我是东道,你是客人。客人都还没有上书,哪有主人先上书的道理!你一个当先生的,连这个规矩都不懂,做什么先生?"说着,便伸手向袜筒内摸出一把铁尺,朝周侗的头上打来。

周侗眼疾手快,头一歪,一把接住铁尺,另一只手轻轻使了个擒拿法,将那王贵提了起来,放到板凳上,然后抢起戒尺,朝王贵的屁股上狠狠地打了几下。那王贵是富家子弟,哪吃过这样的亏,今天是头一遭,被打得嗷嗷乱叫。张显、汤怀见了,心惊肉跳,暗自把准备好的短家伙都扔掉了,再也不敢放肆。

从此以后,他们都听从先生的教导,专心读书了。

岳飞听说他们三个请来了很好的先生,十分羡慕。想要去听课,又不曾拜过师父,怕师父不能接受。他想要托母亲向王员外说情,让自己也去上学,可是又怕自己家交不起学费。为了能听到周侗的课,岳飞常常跑到学堂的墙边，用凳子搭成小台，站在凳子上，趴在墙头边听周侗讲课。

有一天，周侗要到外面去收账。临出发时，他吩咐三个弟子："今日为师要出去走一走，出三个题目给你们做，一人一个题目。你们认真地做，待我回来之后要检查的。"

这个周侗也是细心人。他给每个学生的题目都不一样，这样就可以防止学生相互抄袭。

周侗走后，留下三个弟子在学堂里面苦思冥想，抓耳挠腮。想写，不知该怎么写；不写，又怕先生回来责骂。正在这时，他们的救星来了。

这救星是谁呢？就是老同学岳飞！

这一天，岳飞又来听课，见先生不在，就想进学堂看看。王贵、汤怀、张显看到他，大喜。王贵说："我爹爹平常总是夸他聪明。今天先生出的题，我们都不会做，就让他替我们做了，如何？"

张显、汤怀正巴不得，连忙上前围住岳飞说："你替我们做了吧，我们要回家看看娘亲。"

岳飞说："恐怕我做不好，害你们被先生骂！"

王贵他们说："你就别谦虚了。你替我们写了，总比我们自己写得好。"

他们三个怕岳飞逃跑，就将门窗都反锁了，然后对岳飞说："你替我们好好地做，要是肚子饿了，抽屉里有吃的，你尽管吃！"

说完，三个人一溜烟跑了。

岳飞只好摇摇头，将他们的卷子拿出来仔细地看。看完之后，略加思索，已经是成竹在胸。但是又一想，如果按照自己的想法写出来，恐怕先生看出破绽。如果分别依照他们三个的风格写作，自然是可以以假乱真的。

岳飞将三人平常的作文拿出来仔细看了看，看出了门路，然后就按照三人的习惯，分别写了三篇文章，算是完成了作业。

第二章　岳飞学文

　　写完以后，又不能出去，岳飞就决定看看周侗写的文章。他坐在周侗的座位上，将周侗写的文章拿出来认真地看。看完，岳飞不禁拍案叫绝，自言自语道："我岳飞若能得到此人的教导，何愁日后不做出一番事业！"

　　岳飞看了周侗的文章，心潮澎湃。他站起身来，提起笔，饱蘸浓墨，搬过一张垫脚小凳，站在上边，在墙上写下这样一首诗：

　　　　　　投笔由来羡虎头，
　　　　　　须教谈笑觅封侯。
　　　　　　胸中浩气凌霄汉，
　　　　　　腰下青萍射斗牛。
　　　　　　英雄自合调羹鼎，
　　　　　　云龙风虎自相投。
　　　　　　功名未遂男儿志，
　　　　　　一任时人笑敝裘。

　　写完后，念了一遍，他又在那首诗后面写了八个字："七龄幼童岳飞偶题。"

　　刚放下笔，忽听得学堂门锁响，回身一看，只见王贵同张显、汤怀推门进来，慌慌张张地说道："不好了！快走，快走！"

第三章

英雄结义

岳飞回头一望，只见王贵他们三个慌慌张张地跑了过来，就问道："怎么啦？"

王贵瞪大眼睛说："先生回来了，快跑！"

岳飞知道被先生发现自己替他们三个答题不好，怕他们被先生责骂，连忙逃跑了。

周侗回到学堂，看到三个学生写的文章，见字迹与往日有些不一样，有点儿惊讶。他又拿起来仔细看，看了一篇，再看另一篇，两篇文章的字迹相似。周侗又仔细看了看文章，越看越觉得妙趣横生，十分喜爱。再看第三篇，字迹虽略有不同，但是用笔的力度、着墨的深浅，似乎是出于一人之手。周侗微微一笑，已经猜出了几分。

周侗明白自己的三个学生做不出这样的文章来，一来写不出这样的字，二来不会有这样的见识。他想："这必定是有人代笔的，小孩子以为可以瞒天过海，却不知道我见多识广，能认不出这一点小小的伎俩吗？"

周侗叫来三个学生，见他们个个瞪着眼睛，面面相觑，有点胆怯，便更加明白了几分。他先问王贵道："今日我下乡去办事，叫你们写文章，怎么都不肯自己写，却要他人代笔？"

三个顽童你看看我，我看看你，心想："莫非先生知道了？"

第三章　英雄结义

王贵一向是最顽劣的，明知道错了还不肯承认，大声辩白，说："没有啊，先生，我们都是自己做的，没有请人代写。"

周侗很是疑惑，背着手从他们面前走过，猛然抬起头来，看见墙上有一排字，定睛一看，原来是一首诗。这诗虽然写得并不成熟老练，但是那气势和蕴含的豪情壮志却也令人钦佩。

周侗见诗后有一排小字，写的是岳飞的名字，认定这就是作者了，便回头对王贵等人问道："岳飞是谁？你们是不是请他代替你们作文的？"

王贵等人一下子没了生气，低着头说："先生，您怎么全都知道了？"

于是，他们将请岳飞代笔写作文的事情如实告诉了周侗。

周侗捋着胡须说："果然如此！"忽然厉声喝道："我叫你们写文章，你们却请他人代笔！你们快去请岳飞来见我！"

王贵不敢作声了，径直走到岳飞家里，对岳飞说："你在学堂内墙上写了什么？先生看见了，正生气呢！他要见见你，要我来请你过去，恐怕要打你。"

岳夫人听了，心中十分不安，再听王贵说了一个"请"字，这才放心下来，便对岳飞道："你去吧，只是必须小心，不可造次。"

岳飞回答说："母亲放心，孩儿知道！"

岳飞告别母亲，同王贵来到学堂，见了周侗，深深地作了揖，站在一边，便道："听说先生找我，不知有何指教？"

周侗见岳飞相貌魁梧，仪表堂堂，很是喜爱；又见他小小年纪，言谈举止大方端庄，更是叫人敬佩，就命王贵取过一张椅子让岳飞坐下，问道："这壁上的佳句，可是尊作？"

岳飞红着脸道："小子年幼无知，一时狂妄，望老先生恕罪！"

周侗又问岳飞："你可有表字？"

岳飞应道:"先人为我取'鹏举'二字。"

周侗道:"嗯,那么你的文章是谁传授的呢?"

岳飞说:"小子家道贫寒,没能上学,也没有先生传授。只是家母在家中教我读文章,在家中沙盘上教我练习书法。"

周侗沉吟了一会儿,说:"难得你小小年纪志向高远,家境虽然贫寒,却勤奋上进。你去将你母亲请过来,我有事情与她商议。"

岳飞说:"小子母亲是寡居之人,不便到学馆来。"

周侗点头,道:"是我失言了。"转身对王贵道:"你去对你母亲说,先生要请岳飞的母亲到府上商议事情,烦请她出面陪伴。"

王贵应声:"晓得!"于是赶紧出去了。

周侗这才对岳飞说:"方才已经叫王贵请他母亲去了,既然有人相陪,你可以去请令堂了。"

岳飞答应一声,回到家中。

岳飞对母亲说:"先生要请母亲讲话,特请王夫人相陪,不知母亲愿意去否?"

岳夫人说:"既然有王夫人陪伴,去去无妨,看看先生有什么话要说。"

于是,岳夫人换了件干净的衣裳,跟随岳飞出门,来到王家大院门口。只见王夫人早已带着丫鬟在门口迎接,连忙上前行礼。王员外也出来行礼,说:"周先生请您来,莫非有什么重要事情要说?不知您是否愿意与他相见?"

岳夫人说:"既然周先生相招,那就见一面吧。"

王员外就命王贵到书房请周侗。不多时,周侗出来,与岳夫人相见。礼毕,各自坐下。

周侗说:"这次请夫人到这里来,不为别事,只因令郎聪明英俊,将来

第三章 英雄结义

必成气候。老汉想收他为义子，特请夫人来此相商。"

岳夫人听了，不觉流下眼泪，说："我这儿子，生下才三天就遭遇洪水之灾。那洪水无情，将孩子的爹卷走了。幸亏王员外收留，我们母子才得以保全性命。妾身并无第二个儿子，正要指望着这孩子报答王员外救命之恩，延续岳家血脉。此事万难从命，还请先生见谅。"

周侗说："夫人在上，我周侗并不是有意冒犯。这孩子天资聪颖，加上勤奋好学、志向远大，是个可造之材，将来必成大器。可惜没有名师指点，只怕是'玉不琢，不成器'，岂不可惜了？我这一身本领再没有传人，也实在可惜。收令郎为义子，既不要这孩子改名，又不要这孩子换姓，只是以父子的名义，让我一心一意将一生的本领传授给他。将来老汉百年之后，令郎能为我掩埋这一把老骨头，也就算是父子一场了！望夫人允准！"

不等岳夫人开口，岳飞就说："既然不用改名换姓，岳飞请爹爹上座，受孩儿拜见！"说着，走上前去，在周侗面前跪下，深深地拜了八拜。

原来，这岳飞十分仰慕周侗的才学，希望能跟随他学习诗书与武艺，所以不等母亲命令便拜了义父。这一拜，拜出了一个名垂千古、流芳百世的大人物来。

王员外在一旁看了，喜不自胜，忙差人备办酒席，张灯结彩，邀请张员外、汤员外前来庆贺。

第二天，岳飞进学馆读书。周侗见岳飞家境贫寒，就叫王贵、汤怀、张显他们三个跟岳飞结为兄弟。这三个回去以后，禀报各自的父亲，大家都很欢喜。

从此以后，周侗将十八般武艺全都传授给了岳飞。

不知不觉过了六年，岳飞已一十三岁。周侗教法精妙，他们四个学了不到几年，每个人都能文善武。

第四章
校场试箭

阳春三月，乾坤朗朗，周侗携众弟子前往沥泉山，专程拜访了老友志明长老。离别之时，志明长老送给岳飞一条丈八长的蘸金枪、一册兵书，枪杆上有"沥泉神矛"四个字，兵书里有枪法和行兵布阵的兵法。从沥泉山回来以后，周侗十分欢喜，抓紧时间传授弟子武艺。

周侗要求弟子双日习文，单日习武。这周侗本领高强得很，岳飞是他的义子，资质极为聪明，周侗恨不得将自己的平生所学全部传授给岳飞。在周侗的精心教导之下，再加上志明长老所送的兵书，经过两年的勤学修炼，岳飞的文韬武略胜过了林冲和卢俊义。

不知不觉，到了县城举办武场考试的时日。村里的里长没与岳飞四兄弟的父母商议，便自作主张为岳飞四人报了名，之后才告知他们。

王员外听了，很是生气。周侗劝解道："他也是好意，不要埋怨他了。令郎年纪虽轻，但武艺不错，去得了。"

周侗走进书房，对四个学生说："本月十五日，县城要举行武举考试，你们回去叫父母准备衣帽、弓马等物件，好去应考！"

王贵、汤怀、张显答应一声，各自回家，岳飞却没有走。

周侗问他："你何不回去，跟你母亲商议一下，准备进城考试？"

岳飞说："我这一次就不去了，等来年再去吧。"

第四章　校场试箭

周侗惊问："为什么呢？"

岳飞说："孩儿家中穷困，买不起马匹、弓箭之类的东西。因此，决定今年不考，下次再去。"

周侗点头，说："你说的也有道理。"

周侗叫岳飞跟着自己进了卧房，从衣柜里取出一件半新不旧的白色战袍，一块大红片锦、一条大红鸾带，放在桌上，对岳飞说："我儿，这件衣服，与你母亲说，要她照着你的身材改一改，做成战袍，余下的改一顶包巾。这块大红片锦，可做一个坎肩、一副扎袖。大红鸾带可拿来束在腰上。王员外送我的那匹马借给你骑。十五清早你就要进城的，赶紧去准备准备！"

岳飞答应一声，拿着义父所赐的东西回家去，对母亲说明情由，岳夫人连夜动手做起来。

第二天，周侗独坐书房看书，听到脚步响，抬头一看，只见汤怀走进来行礼说："先生，弟子有礼了！家父请先生看看，是不是这般穿着？"

周侗见那汤怀头上戴一顶素白包巾，顶上绣着一朵大红牡丹花，身上穿一领素白绣花战袍，颈边披着大红绣绒坎肩，两边大红扎袖，腰间勒着银软带，脚蹬乌油粉底靴。

周侗点头而笑："好好好，就是这样的！"

汤怀又说："家父请先生明日到舍下用饭，好一同进城。"

周侗说："这倒不必，届时在校场会齐便是了。"

汤怀才出去，张显进来了。他戴着一顶绿缎子包巾，也绣着一朵牡丹花；穿一件绿缎绣花战袍，也是红坎肩、红扎袖，软金带勒腰，脚穿一双银底绿缎靴。

张显向周侗作了一个揖，神采奕奕地说："先生看看学生，可像是武林同道？"

周侗道:"好!很好!你回去转告令尊,明日不必等我,可在校场中会齐。"

张显走后,王贵又进来,叫道:"先生请看学生穿得怎样?"

但见他身穿大红战袍,头戴大红包巾,绣着一朵白粉团花;披着大红坎肩,大红扎袖,赤金软带勒腰,脚下穿着金黄缎靴。配着他这张红脸,浑身上下,火炭一般。

周侗道:"妙啊!明日同你爹爹先进城去,不必等我。我在你岳大哥家吃了饭,就同他到校场中来跟你们会齐。"

王贵刚走,岳飞也来了。岳飞兴致勃勃,问道:"爹爹,孩儿就是这样吧?"

周侗看他穿着半新不旧的衣服,相比刚才的三兄弟,显得寒碜许多。他宽慰岳飞说:"我儿将就些吧!你兄弟们都已约定明日在校场中会合。我明日要在你家中吃饭,同你一齐动身。"

岳飞道:"只是孩儿家里没有好菜款待。"

周侗道:"随便罢了。"

岳飞应诺,辞别回家,对母亲说了。

到了第二天清晨,周侗来到岳飞家中,和他一齐吃了饭。然后,周侗骑了马,岳飞跟在后头。两人一同来到内黄县的校场,只见那里早已是人山人海、热闹非凡。周侗找了一家干净点的茶馆,将马拴在门前的树上,和岳飞一同进去了。

王、张、汤三个员外也来到校场。他们家中殷实,带着好些庄丁,这些庄丁个个手上捧着食盒,还带了美酒。三位员外找了一个大酒楼,包了几张桌子,然后叫人去寻找周侗和岳飞。

庄丁见到了周侗的马,很快找到了周侗和岳飞。庄丁请周侗和岳飞去酒

第四章　校场试箭

楼吃饭，周侗不肯。三位员外只好派三位少爷来相邀。周侗对三位少爷说："这里不是吃酒的所在，你们回去自己料理一下。等到点你们名字的时候，你们就上去。如果县令问起你们的岳飞大哥，你们就回答说他还在后面，等下就来了。"

三个小少爷不明白为什么岳飞不能跟他们一齐上去报到。周侗说："你岳飞大哥用的弓比你们的硬好多。他要是跟你们一齐上去了，显不出你们的本事来。所以等你们先展示一下，再让你大哥上去。"

三个人明白了先生的用意，辞别而去，回到酒楼向长辈禀报。三位员外连连点头，称赞不已。

不多久，各个乡镇上的武童们纷至沓来，个个衣着光鲜，骑着高头大马，神采飞扬。从那气势上看，好像都觉得自己可以拿到第一。

接着是县令李春入场，他端坐在演武厅上，左右随从连忙送上茶来。李县令喝了一口茶，扫视周围一遍，但见人头攒动，一班青年才俊个个摩拳擦掌、跃跃欲试，心中十分欢喜，暗想："大宋正是用人之际，我要好好挑选几个将才贡献给朝廷，为大宋造福啊！"

不久，书记员送上花名册，李县令看了，一个一个点名叫上来。被点到名的武童来到武场依次站开，弯弓搭箭，瞄准靶子。只听"嗖嗖嗖"，弦响不断。那周侗和岳飞在茶馆里听着，周侗听完微微一笑。

岳飞问："爹爹为何发笑？"

周侗说："这些人在射箭，只听到弓箭在响，却听不到鼓声，难道不好笑吗？"

原来，那时候比射箭有一个规矩，射中了靶心，就会敲鼓扬威。鼓声没有响几声，说明没有多少人射中靶心。

那李县令看众人成绩一般，有点不快。这时候，轮到麒麟村了。李县令对着花名册大声喊："岳飞！"叫了几声，没有人答应。

县令又叫："汤怀！"

汤怀应声道："有！"

又叫张显、王贵两个，两人答应。三人一齐上来。三个员外目不转睛地看着各自的儿子，巴不得自己的儿子能够考取功名，光宗耀祖。

他们三个站好以后，李县令问他们："你们麒麟村的岳飞怎么没有到？"

三个兄弟回答说："他在后面，就来的！"

李县令点头，说："好，先考你们弓箭！"

汤怀看了看靶子，说："求老爷吩咐把箭垛摆远些。"

李县令道："已经六十步了，还不够远吗？"

汤怀说："还不够，请再摆远些。"

李县令吩咐说："摆八十步上。"

张显上来禀报："求老爷还要放远些。"

李县令又吩咐："摆整一百步。"

王贵又来禀报："求大人再远些。"

李县令不觉好笑："既然如此，摆一百二十步吧！"

衙役答应，下去摆好箭垛。

汤怀射第一把，张显射第二把，王贵射第三把。他们三个开弓发箭，果然奇妙，所有的观众都看呆了，李县令也看呆了。然后，所有的人都齐声喝彩起来。原来，与前面的人射箭情况相反，这三人射的箭，箭箭射中靶心！击鼓者兴奋不已，拼命擂鼓。一时间，喝彩声、擂鼓声响成一片。直到射完了，鼓声才歇。

李县令大喜，就问他们三个："你们的弓箭是何人传授？"

王贵道："是先生。"

第四章　校场试箭

李县令问:"先生是何人?"

王贵说:"是师父。"

李县令哈哈大笑:"你武艺虽高,肚里却没有什么墨水。我问的是哪个师父?姓甚名谁?"

汤怀忙上前禀道:"家师是关西人,姓周名侗。"

李县令道:"原来令业师就是周老先生,他是本县的好友,久不相会,如今却在哪里?"

汤怀道:"现在下边小茶馆里。"

李县令听了,一面差人同三人去请周侗相见,一面随衙官看众人比箭。

不多时,周侗带了岳飞到演武厅来,李县令忙下阶迎接。彼此见了礼,分宾主坐下。

李县令说:"大哥在敝县设帐授徒,愚弟全然不晓,真是罪过罪过!"

周侗说:"不是为兄不来看望。那麒麟村的居民喜欢打官司,若他们请我来说情,就难办了。贤弟如果顾及情分,就亏了国法;若顾及国法,又伤了兄弟之间的和气。所以,愚兄觉得还是不来为好。"

李县令道:"极承兄台见谅了。"

周侗问道:"一别多年,不知生下几位令郎啊?"

李县令说:"拙荆去世几年了,膝下只有一女,现在十五岁了。"

周侗说:"既然没有公子,就该续弦才好。"

李县令说:"小弟思念前妻,不忍再娶。不知嫂嫂可好?"

周侗说:"唉,也是去世多年了。"

李县令道:"令郎可好?"

周侗把手一招,叫声:"我儿,过来见过叔父。"

岳飞应声上前,向着李县令行礼。

李县令看了，笑道："大哥真会开玩笑，我记得令郎没有这么小啊？敢是什么时候又生了一个？"

　　周侗说："不瞒贤弟说，令爱是亲生，我这个儿子却是义子，名叫岳飞。今日特来叫他参加考试，请贤弟看看他的弓箭如何？"

　　李县令道："令徒尚且如此厉害，令郎一定更好，何必要试呢！"

　　周侗道："贤弟，你为国家选举人才，是要从公的。况且，让大家看一看，也好让人心服口服，免得别人说你徇私情。"

　　李县令道："也好。"便命人摆上箭靶。

　　岳飞看了，嫌不够远，说："再远点！"

　　衙役将箭靶挪远了二十步。

　　岳飞还嫌太近，要求再远点，衙役只好从命。

　　岳飞要求再远点。

　　衙役咂舌，看着李县令。

　　李县令问周侗："令郎可以射多远？"

　　周侗说："小儿年纪虽轻，却开得硬弓，至少射到两百四十步。"

　　李县令目瞪口呆，口内称赞，心里不信，但依然吩咐手下将箭靶挪到两百四十步处。

　　那岳飞走下台阶，立定身，拈定弓，搭上箭，瞄准靶心，连开九箭，只听到"嗖嗖嗖"连响九声。那打鼓的从第一支箭打起，直打到第九支，方才住手。

　　所有人都惊呆了。良久，所有的人都拍手大叫起来。跟着，站在场子外面的人也都纷纷朝前面挤，全场沸腾了。

　　衙役捧上九支箭和箭上的泥巴，前来禀报："大人，这位相公真是稀奇得很。九支箭全部从一个孔中穿出来，射在同一个地方。"

李县令大喜，说："朝廷有福了！大宋的百姓有福了！"

然后，李县令问道："令郎今年几岁？可曾婚配？"

周侗道："虚度二八，尚未定亲。"

李县令大喜道："大哥若不嫌弃，我愿将小女许配令郎，未识可否？"

周侗道："如此甚妙，只怕高攀不起呢！"

李县令道："你我弟兄，何必客套。我们一言为定，明天将小女的庚帖送来，就给他们定亲。"

周侗谢了李县令，即叫岳飞："快来拜谢岳父。"

岳飞即上来拜谢李县令。

周侗暗暗欢喜，随即作别起身道："另日再来奉拜了。"

于是，周侗告别了李县令，同岳飞下演武厅来，汇合了众员外父子们，一齐出城回麒麟村去了。

第二天，李县令将小姐的庚帖写好，差个书吏送到周侗馆中去。书吏来到了麒麟村，找到周侗，说道："奉我家老爷之命，特送小姐庚帖到此，请老相公收了。"

周侗大喜，便递与岳飞道："这李小姐的庚帖，可拿回去供在家堂上。"

岳飞答应，双手接了，回到家中，与母亲说知。岳夫人大喜，拜过祖宗，然后观看李小姐的年庚。说也奇异，那李家小姐居然与岳飞同年同月同日同时生的，这真是"姻缘辐辏"啊！

周侗封了一封礼物，送给书吏道："有劳尊兄远来，无物可敬。区区小礼，切莫嫌弃！"

书吏连忙说："不敢不敢！"就收了礼物，告别而去。

岳飞回到学馆，见了义父，只听周侗吩咐说："明日早些同我到县里去谢过丈人。"

第四章　校场试箭

岳飞说："晓得！"

第二天天一亮，周侗和岳飞梳洗一番，然后步行赶往县城。见到李县令，宾主行礼已毕，岳飞又拜谢了赠亲之恩，李县令回了半礼，大家叙坐谈心。

李县令问周侗是怎么进城的。周侗说，是步行来的。

李县令说："小弟还有几十匹马，正好送一匹给我这女婿。"说着，就带着周侗、岳飞一齐到马房看马。

三人来到马厩，李县令要岳飞自己挑选。岳飞想要一匹白马，有那颜色稍微好一点的，他就上去用手在马头上一按，那些马一个个站都站不直了。岳飞摇摇头。

李县令见了，问道："难道这些马都是无用的吗？"

岳飞答道："这些马，若是给那些富家子弟骑着游春、赏景、代步还是可以的。只是小婿心上想要挑选那上得阵、交得锋，可以替国家办得事业、替自己挣得功名的马。"

李县令摇着头道："这样的马到哪里找得到呢？"

正说到这里，忽然隔壁传来马嘶声。

岳飞听了，叫道："好马！这匹马在哪里呢？"

周侗道："我儿，你只听见马叫，并不曾见马，怎么知道它就是好马？"

岳飞道："爹爹，我听这马声音洪亮，必然力气惊人，想必是匹好马！"

李县令呵呵一笑，说："贤婿说的没错。这匹马，力气是极大的。这匹马是我派人到北方买回来的，原打算将它高价卖出去。可是，这匹马没人能降得住。这马力气太大，脾气极坏，谁要是坐在它身上，必然是乱踢乱咬。卖了几次，都被人退了回来。贤婿如果降得住它，就正好将它送给你。"

岳飞大喜，说要去看一看。

李县令命马夫开门。

马夫说:"岳大爷,这匹马伤了好几个人呢,您可得小心啊!"

岳飞只是一笑,将那马仔细看了看,就把长袍一脱,朝那马走去。那马见有人来,立刻尥起蹄子乱踢,转头乱咬。岳飞一一躲过,把马看了看,翻身上马,抓住鬃毛。那马跳腾不已,岳飞举起掌来,一连拍了几下。那马就服帖了,不敢乱动。

岳飞见这匹马已经服从了自己,十分高兴。他将马牵出去看了又看,马是很好的,只是全身布满泥污,认不清是什么颜色。岳飞就将这马拉到水池边,命马夫冲刷了一番。刷好一看,这马果然好,全身雪白,没有一丝杂毛,这正是岳飞喜欢的宝马呢。

岳飞穿好衣服,牵着马来到县令面前,拜谢县令的赠马之恩。

李县令说:"一匹马,何足挂意。"说罢,又命家人取出一副好鞍辔套在马上,一齐送给岳飞。

第五章

牛皋剪径

　　三人重新入席饮酒，尽欢而散。酒后，周侗带着岳飞起身告别，李县令又备了一匹马给周侗，然后将他们送出了门，这才作别。

　　周侗回到麒麟村，感觉天气炎热，便脱了外衣坐下，取来一把扇子，连扇了几扇。忽然又觉得头昏，便早早地睡了。

　　第二天醒来以后，周侗感觉浑身发烫，头晕眼花，以至于无法起身，只得躺在床上。岳飞听说，连忙跑来服侍。可是过了两天，病情越发沉重。众员外心急如焚，学生们也纷纷前来侍奉汤药。岳飞更是着急，每日不离左右。过了七天，眼看周侗不行了。众员外与岳飞、王贵等，一齐围在周侗床前。

　　周侗对岳飞道："你将我那箱子里的物件全都取出来吧。"

　　岳飞答应一声，不多时，将箱子里的物品拿出来，摆在桌子上。

　　周侗说："难得众位贤弟都在这里，愚兄病入膏肓，恐怕不久于人世了。这岳飞拜了我一场，惭愧我漂泊一生，没有积蓄，只有这些物件，聊可作为纪念。草草后事，望贤弟们备办了！"

　　众员外道："大哥请放心将养身体，如果好了，就不必说；如有不测，弟辈岂能要鹏举费心！"

　　周侗又叫声："王贤弟，那沥泉山东南小山下有块空地，令郎说是尊府的产业，我想要葬在那里，不知贤弟答应否？"

王明回道："小弟无有不从。"

周侗道："多谢，多谢！"便叫岳飞过来拜谢了王员外，岳飞就连忙跪下拜谢。

王员外一把扶起岳飞说："鹏举何必如此？"

周侗又对三个员外说："贤弟们若要诸侄成名，须离不得鹏举！"说完，溘然长逝，时值宣和十七年九月十四日，享年七十九岁。岳飞痛哭不止，众人无不悲伤。

之后，众员外将周侗安葬在沥泉山。殡葬结束，岳飞在坟上搭个芦棚，住在里面守候周侗。众员外时常叫儿子前来陪伴。

一晃到了第二年的清明节。这一天风和日丽，众员外带了儿子来山上给周侗扫墓，顺便也想将岳飞带回去。

扫墓已毕，王员外对岳飞说："鹏举！你老母在堂，无人侍奉。此地不宜久居，你还是收拾收拾，同我们一齐回去吧。"

岳飞不肯。

王贵说："爹爹不要这样，待我把这破棚子拆了，看哥哥住在哪里！"

汤怀、张显齐声拍手道："好啊！好！我们一起来。"

三个小弟兄一齐动手，你一拨，我一扳，不一时便把那芦棚拆得干干净净。岳飞无可奈何，只得到周侗坟前拜哭一场，答应了众员外。

众员外说："我们先回去了，你们几个跟你们岳大哥慢慢地回来便是了。"

众小兄弟答应道："晓得！"

众员外一齐坐了轿子，先回庄上去了。四个小弟兄拣了一个山嘴，摆开了食物，坐下来喝酒。

第五章　牛皋剪径

汤怀说："岳大哥，老伯母独自一人在家中，好生凄凉啊，你只有回去了，她才放心啊！"

张显说："大哥，小弟们文字、武艺全都生疏了，你要回去教我们，将来也好夺取功名！"

岳飞道："贤弟们，我因义父过世，这'功名'两字也就没放在心上了。"

王贵道："先生的恩是要报的，可是那功名也是要紧的事。若大哥无心功名，小弟们怎么办？"

四个弟兄正在闲谈，忽听得后边草丛里窸窣有声。王贵翻身回头，跳进草丛中，像捉兔子一样拎出一个人来。

那人大叫："大王饶命啊！"

王贵道："快快交钱！"

岳飞忙上前喝道："休得胡说，快些放人！"

王贵哈哈大笑，把那人放下来了。

岳飞问道："我们是好人，在此祭奠坟墓，吃一杯酒，并不是强盗，你怎叫我们大王？"

那人回过神来，说："原来是几位相公啊！吓死我了！"仔细看了看，这才回头向草丛里面喊道："都出来！不是强盗，是几位相公。"

只听得草丛里面一阵声响，里面的人一个个站了出来，有二十多人，个个背着包裹，带着雨伞。他们见岳飞等人不像是强盗，奉劝道："各位相公，这里不是吃酒的地方。这附近有个乱草岗，不知什么时候来了一个强盗，整日里拦路抢劫财物。我们怕碰到他，就抄小路从这里绕过去。见相公们人多，以为是歹人，因此躲在草丛里，不想惊扰了相公们。我们要往内黄县去。"

岳飞给众人指了一条大道，说："顺着这条大路走，就可到达内黄县，你们放心走路。"

这些过路人谢过岳飞，欢欢喜喜地走了。

岳飞便对众兄弟说："我们也收拾收拾回家去吧！"

王贵说："大哥，长这么大，还没见过强盗呢，我们去看看吧！"

岳飞笑着说："那强盗有什么好看的！不过是一群昧着良心、不顾死活、只图眼前利益、不顾将来后果的人。这样的人，有什么好看的！"

王贵道："就是没见过才想去看看。大哥，看看也不妨事啊！"

岳飞说："我们又没有带兵器，如果动起手来，怎么办？"

张显搓着手说："大哥，虽然没带兵器，可以拔两棵树，折掉枝干，不也是根棍子吗？再说了，难道我们弟兄四个人还打不过一个强盗不成？"

汤怀说："哥哥，就算是千军万马里边，我们也要走一走。一个强盗有什么好怕的？"

岳飞见他们摩拳擦掌、跃跃欲试的样子，知道不去反而被他们瞧不起，就同意了。

弟兄三个兴奋不已，各自拔了一棵小树做成棍子，同岳飞一齐直奔乱草岗。

那乱草岗上果然有一个强盗，只见他身躯高大，全身漆黑，骑着一匹乌骓马，手里提着镔铁双锏，正拦住着一伙人要买路钱呢。这一伙过路人有十五六个，一齐跪在地下求饶道："小的们没有什么东西，望大王爷饶命啊！"

那大汉大叫道："快拿出来，这就饶你们狗命！不拿出来，叫你们一个个都死！"

岳飞见了，回头对众兄弟说："各位贤弟，待我去会一会他，你们远远地观看。"

汤怀道："哥哥手无寸铁，怎么打得过他？"

岳飞道："我看此人气质粗鲁，可以智取，不可力敌。要是打他不过，你们再来帮忙。"

说完，岳飞走到面前，大叫道："朋友！小弟在此，放了这帮人吧！"

那大汉举头一看，见岳飞气宇轩昂，不是等闲之辈，便说："你是什么人，敢来这里叫嚣？"

岳飞说："我是个大客商，伙计、车辆都在后边。这些人都是做小买卖的，你找他们能抽到什么油水？只管放他们过去，等一下，我多送些给你就是了。"

那大汉微微一笑，将手一挥，命众人快走，然后径直朝岳飞走来。

跪在地上的人看到了救星，喜不自胜，慌忙从地上爬起来，飞一般地跑远了。

那大汉问岳飞："你能拿多少给我？"

岳飞说："我本来想多给你一些，可惜两个伙计不同意。你看怎么办？"

大汉道："你的伙计好大胆！他们在哪里？"

岳飞把两个拳头亮出来，说："就是它们了。"

大汉看了看岳飞的拳头，瞪着眼睛问道："这是怎么讲？"

岳飞说："你若是打得过它们，我便送些给你；你若是打不过它们，那就别想了！"

那大汉气得哇哇直叫，吼道："你有什么本事，竟敢来摸老虎的屁股！我看你是活得不耐烦了。也罢，你赤手空拳，我若用双锏打你，也不算是好汉。今儿个与你拳头对拳头，来吧！"

说完，大汉放下双锏，跳下马来，举起拳头，直取岳飞面门。

众兄弟见大汉身手不凡，拳势威猛，都暗暗为岳飞担心。正要上前相

第五章　牛皋剪径

助,只见岳飞不慌不忙地一闪,躲过一拳,跳到大汉的身后。那大汉转过身来,又是一猛拳,直往岳飞心口打来。岳飞又一闪,闪到左边,飞起一脚,踢到那大汉的胸口。大汉站立不稳,跌倒在地。

汤怀等人见了,齐声叫好。

那大汉脸色通红,一骨碌爬起来,大叫一声:"气煞我也!"便拔出腰间匕首,想自寻短见。

岳飞大惊,慌忙将匕首夺来,叫道:"好汉,这是为何?"

那大汉道:"我从来没有被人打倒过,今日出了丑,不想活了!"

岳飞道:"你这朋友,怎么如此性急!我又没曾打败你,是你自己靴子太滑,这才摔了一跤。你若自寻短见,岂不是白白送了性命?"

那大汉回头看着岳飞,忽然大笑:"哈哈哈哈,刚才是我靴子太滑了,要不然怎么会摔跤呢!"这才收了匕首,又看了看岳飞说:"不过你的力气也很大啊!请问你尊姓大名?何方人氏?"

岳飞说:"我姓岳名飞,就在这麒麟村居住。"

那大汉眼前一亮,说:"你住在麒麟村,可认得一个叫周侗的师父?"

岳飞道:"那是我义父,怎么,你也认识?"

那大汉听了大喜,说:"原来你是周师父的令郎,难怪武功那么好!刚才得罪了,请受我一拜!"说着,连忙下拜。

岳飞连忙将他扶起来,两人哈哈大笑,一齐在草地上坐下来。

汤怀等三兄弟也一齐赶来,见他们两个不打不相识,一见如故,也颇觉得新鲜。那大汉说:"小弟名叫牛皋,陕西人氏。先父是军汉出身。我父亲临死前叮嘱我母亲说:'要想儿子成名,就去找周侗周先生。'因此,我母子两个离乡寻访周师父。听说周师父在内黄县麒麟村,我就带着老母亲一路寻了过来。到了这乱草岗地界,不想遇到几个强盗。那为首的强盗被我打死了，我夺了他的盔甲、鞍马，把其他的强盗赶跑了。可我一想到自己两手空空，见到周师父也没个见面礼，所以就在这里抢些东西，一来可以糊口，二来弄点钱，买点礼物孝敬老先生。没想到遇见了你们。"

四兄弟听了，哈哈大笑。汤怀等又将自己的姓名通报给牛皋，大家相互认识了，成了朋友。

牛皋带着岳飞四兄弟去见老母亲，然后对岳飞说："你既是周师父的义子，何不带我去见一见周师父？"

岳飞听了，泪如泉涌，说："义父已经在去年九月亡故了。"

牛皋的母亲听说了，顿时悲痛不已，说："我那先夫临死之前叮嘱我，一定要带着孩儿来找周老相公。我们千里迢迢、风餐露宿地赶到这里，没想到他已作古了。这可如何是好啊！"

岳飞连忙劝说道："大娘不必悲伤。小侄的本领虽然比不上先义父，却也初通皮毛。既然牛兄弟诚心想要学艺，何不到我舍下居住，我们四个兄弟将先义父的本领传授给他，如何？"

牛母大喜，连连点头。牛皋将母亲扶上马，带着行李，跟随岳飞四兄弟一齐下山去了。

一行人来到麒麟村王家庄，牛皋扶母亲下马来。岳飞进屋见过了母亲，禀报了牛皋母子的事情。岳老夫人听了很是欢喜，连忙迎接牛皋的母亲。然后，岳飞带着众兄弟一齐拜见了三位员外，将牛皋的事情再次禀报，众员外也都很高兴。岳飞叫牛皋一一拜见众员外。王员外命人摆设宴席，款待牛皋母子。

那牛皋的母亲就搬到岳飞家中，跟岳老夫人一齐住下来做伴。拣个吉日，牛皋与岳飞等四人也结拜为兄弟。岳飞传授牛皋武艺，还教他读书认字。

第五章　牛皋剪径

一天，五兄弟正在打麦场上训练枪棒，忽然看到林子里有个人在探头探脑地张望。

王贵大喝一声："呔！是什么歹人，敢在我庄上偷学本领！"

林子里的那个人不慌不忙地走出来，作了一个揖，说："在下不是什么歹人，是这麒麟村的里长。只因相州节度都院的刘大老爷发布命令，要我县各处的武童全部到那里去考试，等考取了方好上京应试。在下奉令特来通知各位小爷，只因看见各位小爷们都在认真演练武艺，不敢打搅，就躲在树林中观看，并不是偷学本领，请各位见谅。"

岳飞说："好了，我们知道了。多谢里长通知我们。"

那里长作别去了。

第二天，岳飞骑马进城，来拜见李县令。走进内衙，岳飞行礼之后，对李县令说："小婿要往相州参加考试，特来拜别。还有一个结义兄弟也要去应试，只因前日没有参加小考，请岳父大人添上他的名字，好让他同我们一齐应考。"

李县令说："既是你的义弟，我给他添上就是了。叫什么名字？"

岳飞说："他叫牛皋。"

李县令吩咐衙役将牛皋的名字补上，又问岳飞道："贤婿到相州考试，正好替我带一封书信。"一面吩咐衙中摆设酒席款待岳飞，一面走进书房写了一封信。

信写好后，李县令交给岳飞说："我有一个同年在相州做汤阴县县令，名叫徐仁。他为人正直，名声很好，你带了这封信给他，他会接待你的。"

岳飞将书信收好，拜谢了岳父，径直回到家中，对众员外说："小侄方才到县里去，把牛兄弟的名字补上了。明天我们就要去相州赴考了。"

众员外同意了，各自回去。

第二天，众兄弟一齐会合，拜别了父母，一齐前往相州。一路上，兄弟们说说笑笑，俱是憨憨顽顽。只有岳飞心内暗想："我原是汤阴县祖籍，却漂流在外。"想到这里，不觉流下泪来。

第六章
武场献技

兄弟五人来到了相州，进了南门，见大街上十分繁华，街道两边有许多客店。岳飞等人走在大街上，只见一家店门上挂着一扇招牌，上面写着"江振子安寓客商"七个大字，便留神朝店内看了看。只见店中收拾得倒也洁净，五人就下马来，决定到这里投宿。

店老板名叫江振子，见了岳飞等人，连忙殷勤迎接。那小二将五人的行李搬上楼去，又把马匹牵到后槽上了食料。江振子坐下来，陪五位客官喝茶，问了姓名来历，准备接风酒饭。

岳飞想要将李县令的书信转交给汤阴县的徐县令，看看天色有些晚了，便准备明日再送。他向江振子一打听，原来徐县令十分廉洁奉公，常常升堂办公到下午时分。

岳飞想："时候还早，不如先去拜会徐县令，将书信送达，以便早日考试。"

岳飞吃过午饭，取了书信，锁好门，带着四个兄弟直奔县衙而来。

那徐县令正在县衙处理公事，忽听得衙役前来禀报说："内黄县有五位武士求见，口称有县令李老爷的书信。"

徐县令吩咐："请他们进来。"衙役答应一声，便出来相请。

岳飞五人来到公堂上，行礼已毕，将书信呈上。徐县令看过书信，又看了看这五个人，心想："这五人身材魁梧，气宇轩昂，不像是等闲之辈。大宋正值用人之时，不可错失了人才。"就问道："各位在何处歇宿？"岳飞说："我等在南门内江振子店中做寓。"徐仁道："既然如此，贤契们请先回寓所。都院大人的中军官洪先是我的熟人，等我派人央求他照应贤契们，明日你们直接赴辕门考试就是了。"岳飞等谢了县令，回到寓中。

休息了一夜，第二天，五个人一齐来到辕门拜见洪先。

这个洪先是相州节度都院刘大老爷的中军，也就是部下。要见刘大老爷，必须先过洪先这一关。这洪先贪腐成性，武生要见刘大老爷，先要给他送"常例"。谁送了"常例"，洪先就带谁去见刘大老爷。谁不送"常例"，就算有再高的武功，也见不到刘大老爷的面。

岳飞上前禀道："岳飞等五人求大老爷检阅弓马，烦请引见。"

洪先听了，回转头来，问家将道："他们可有'常例'送来？"

家将回禀说："没有。"

岳飞听见，连忙上前禀道："武生不知这里规矩，不曾带来'常例'，待武生回家去，叫人收拾了再送来！"

洪先冷笑道："岳飞！你不知大老爷今日不考弓马，你三天之后再来吧。"

岳飞只得答应，转身出来了，叹息不已。

路上，岳飞与众兄弟边走边商议。这时，徐县令乘着轿子来了，五人一齐下马，站在两旁。徐县令在轿中看见他们，吩咐住轿，问道："我正要去见洪中军，托他尽快安排考试。不想你们这么快就出来了，考得怎么样？"

岳飞回禀道："那中军见我们没有送'常例'，就要我们三天后再来。"

徐仁道："好胡说！难道有他这中军才能考，没有他这中军，就不考了吗？贤契们随我来！"

第六章 武场献技

五人答应一声，各自上马，跟着徐县令来到辕门，投了手本。

过了一会儿，传宣官出来叫道："传汤阴县进见！"

徐仁进了角门，来至大堂跪下。刘都院说声："请起。"徐仁行礼之后，起来道："卑职禀上大人，今有大名府内黄县武生五名，求大人考试弓马。"

刘都院吩咐传进来。旗牌官领命，将岳飞等五人传进来，岳飞等五人跪在丹墀下。

刘都院看那五个人的相貌，个个魁伟雄壮，心中好生欢喜。这时，中军洪先走上厅来禀报说："这五个人武艺平常，中军已经见过，叫他们回去温习，下科再来，怎么现在又来触犯大老爷？"

徐仁又上前说："这些武生苦练本领，指望报效大宋。中军见他们没有送'常例'给他，因此欺骗大人，望大人明察！"

洪先又道："我没有欺骗大人。这五人本领确实平常，如果不信，敢来跟我比试比试武艺吗？"

岳飞禀道："若大老爷下令，就跟你比试一下何妨？"

刘都院听了，说："也好！就命你二人比试武艺给本都院看看吧。"

岳飞和洪先领命下去，各自摆开了架势。那洪先以为自己本领高强，不把岳飞放在眼里，叫人取过一柄三股托天叉来，索啷啷抖了一声响，使了个"饿虎擒羊"之势，对岳飞叫道："你敢来吗？"

岳飞不慌不忙，取过沥泉枪，来了个"丹凤朝天"势，说道："恕无礼了！"

那洪先恨不得一招杀死岳飞，举起叉，朝岳飞劈头盖脸打下来。这岳飞把头一歪，让过叉，心中暗想："这厮来势凶猛，着实可恨，只是我和他并无大仇，何苦害他性命？"

这洪先又一叉向岳飞劈面打过来。岳飞把头一低，又躲到一边。洪先以为岳飞输了,抢上一步,往岳飞背后一叉。岳飞忽地一转身,把枪向上一隔,将洪先的叉掀到一边,又趁势倒转枪杆,在洪先背上轻轻地一按。这洪先站立不住,扑的一跤,跌倒在地,那三股叉也丢在一边去了。

厅上厅下禁不住一齐喝彩:"好!"

那刘都院大怒,叫洪先上前,喝道:"你这样的本事,做什么中军官!"吩咐左右:"与我叉出!"左右一声呼喝,将洪先赶下丹墀。洪先满面羞惭,抱头鼠窜逃去了。

刘都院命徐县令带着岳飞等五个人,一齐到箭厅比箭。汤怀等四个都射过了,刘都院十分满意,考到岳飞,发现他的箭术更好,大喜,问道:"你的师傅是谁?"

岳飞说:"先师正是周侗周老大人,又是在下义父。"

刘都院说:"哦,原来是周老大人!怎么,他已经过世了?可惜可惜。朝廷知道他文武双全,多次征召他入朝为官,可惜他都不肯。如今已经作古,真是可惜!"又问:"那么,你祖居都在内黄县吗?"

岳飞说:"武生原本是汤阴县孝弟里永和乡人氏,只因生下才三天就遭洪水之灾,家产全部被淹没,父亲也被淹死。老母抱着武生,坐在花缸之内,顺水漂流来到内黄县。幸亏恩公王明收养,这才长大成人,又得先义父周侗教授,这才学会了一些武功。望大人引荐,报效大宋。"

刘都院听了,连连说好,又对徐仁说:"这个门生日后前途不可限量啊,贵县回去以后,查一查他旧时的产业,查点明白了,本院发银为他修建房屋,叫他仍然回到故里安居。"徐县令领命。

岳飞等人一齐拜谢了刘都院,出了辕门,跟着徐县令回至衙中。徐县令十分高兴,设宴款待岳飞等人,说:"我这就为贤契收拾房屋,你可回家去,接令堂前来居住。"

第六章　武场献技

　　岳飞等人谢过徐县令，回到寓所。过了一晚，辞别了店主人，径直回内黄县去了。

　　岳飞回到家中，将自己得到刘都院、徐县令赏识的事情说给母亲听，又说了刘都院帮忙恢复旧时产业，让自己搬回原籍居住的事情。岳老夫人听了欢喜不已，连忙收拾行李，打算回老家去。

　　众兄弟回到家中，向父母说了岳飞蒙刘都院恩准，回汤阴县居住的事情。众员外听了，又是欢喜又是忧愁。欢喜的是，岳飞得到了刘都院的赏识，将来前途不可限量，而且终于可以回到祖居之地，重新获得祖上的产业；忧愁的是，自己的孩儿如果离开了岳飞，将来恐怕前途难料。

　　第二天，三个员外聚在王员外庄上商议这件事情。不久，岳飞来了，向众员外说了自己要回原籍定居的事情。那王员外听着听着，忽然流下热泪，说："鹏举！你在这里，你们兄弟每天相处，多好呢。况且，令尊去世前，留下这样的话，叫小儿辈'不要离了鹏举，方得功名成就'。如今你要回汤阴县，叫我们怎么舍得？"

　　岳飞说："小侄只因蒙刘大人恩义，不敢违抗。打内心里，小侄也是舍不得各位老叔伯和兄弟们的。"

　　张员外说："我倒有个两全之策。"

　　汤怀急忙问道："什么主意？"

　　张员外说："我挣了这么大一份家产，却只有张显这么一个儿子，如果他能一举成名，我祖宗面上也有些光彩。我想将全家搬到汤阴县，随同鹏举居住，只留下两户管家在此管理田产，你们看怎样？"

　　众人一齐说："好！我们就全部搬到汤阴县居住！"

　　岳飞说："这个如何使得？各位老叔伯家大业大，为了小侄全都要搬到汤阴县去，也不是件容易的事，还请三思啊！"

众员外说:"我们已经拿定了主意,鹏举不必多言。"

岳飞回到家中,将众员外商量的事情说给母亲听。岳老夫人大吃一惊,说:"这可如何是好!"

牛皋说:"我不管,反正我要跟大哥一齐走!"

第二天,岳飞别了母亲,来到县城见岳父。行礼已毕,李县令命岳飞坐下吃茶,岳飞将自己前往汤阴县的经历禀报了一遍。李县令十分满意,说:"难得刘大人如此恩义,贤婿重归祖业,乃是大事。但我有一句话,你可速速回去说给令堂知道。"

李县令对岳飞说:"老夫自从丧偶,至今未娶,小女无人照看,正好与你完婚,也好给令堂做伴。"

岳飞说:"岳父恩赐美眷,小婿感激不已。只是小婿家贫,匆促之间难以备办迎亲礼物。望岳父大人缓一缓,待小婿进京回来,再来迎娶。"

李县令道:"所言有理。只是,老夫膝下无儿,等你迁去之后,与老夫相隔太远。今后完婚,颇费周折。不如趁你归宗之时完婚,也可以了却老夫一段心思。你不必多言,快快回去,老夫要为小女收拾收拾,明日按期送来。"

岳飞回到家中,将李县令明天送亲来的事情说给众员外听。众员外听了都替岳飞高兴,连忙为他准备迎亲的礼物,摆设了婚房,专等李县令的送亲队伍过来。

岳飞谢过众员外,回家禀告母亲,岳老夫人听了非常欢喜。

第二天,王家庄早已备好了宴席,张灯结彩,亲朋好友都来祝贺,家里也是热热闹闹。同时,李县令送亲来了,只见送亲的队伍好不气派,箱笼嫁妆将王家庄大厅都摆满了。李县令亲自从坐轿上下来,命人将小姐扶出,牵到堂上,与岳飞拜堂成了亲。

第六章　武场献技

入了洞房，岳飞出来拜谢岳丈。众员外也一齐前来，请李县令入席饮宴。李县令吃了三杯酒，起身道："小婿、小女年幼，全仗各位员外提携。我因县中有事，不得亲自送贤婿回乡了，就此拜别！"众员外留不住，只好将李县令送出大门。

第二天，岳飞要去谢亲，带着众兄弟向李县令辞行。李县令对他们说："今年，贤婿与各位贤契们一齐前往京城博取功名，老夫在此专候捷音！"

众人拜别了县令，回到家中，打点了行李车马，随同岳飞前往汤阴安居。三天后，五家人口到齐，男女老少共有一百多人，行李装了一百多辆车，这一路上浩浩荡荡，喧喧嚷嚷，好不热闹。

在路上走了两天，终于到达相州。岳飞叫大家安顿好家眷和行李马匹，然后带着众兄弟一齐进城，来到汤阴县县衙，拜见徐县令。

徐县令见到岳飞，十分高兴，听说众员外带着家眷跟随岳飞搬到汤阴县来居住更是惊讶，越发觉得岳飞人才难得，居然能让几位员外放弃安逸的生活，跟着他长途奔波来到异地他乡居住。

徐县令跟随岳飞来到旅店与众员外相见，然后带着岳飞去了岳飞的故乡——汤阴县孝弟里永和乡。

徐县令说："下官查出这一带本是岳氏家族的产业。下官用都院大人下发的银两将这些土地全部赎了回来，又造了这几间房子留给贤契居住。"

岳飞见了十分感激，回到旅店后，将家属和众人一齐带到新房子里。

第二天，岳飞同众兄弟一齐进城，拜谢徐县令。徐县令又带着岳飞等人一齐去拜见都院刘大人。

刘大人见岳飞来了，很高兴，催促他进京参加科举考试。之后，刘大人写了一封信，要岳飞带到京城去见宗泽。刘大人说："宗留守见了我写的推荐信，必当对你们好好照应的。"

随后，刘大人还封了五十两白银送给岳飞，说："你们进京参加考试，必然要带盘缠。这些银两权且充作你们的路费。"

岳飞对刘大人、徐县令感激不已。

第七章

宗泽试才

回到家中，岳飞五人说明次日进京赴考。各家连忙准备盘缠，收拾行李。第二天，与家人告完别，岳飞带着牛皋、汤怀、张显、王贵四人，一齐离开相州，向汴京进发。

岳飞一行人来到汴京，找了一家客店住下。岳飞准备将相州都院刘大人的介绍信投递给宗泽，向店主人打听宗泽的衙门在哪里。

店主人告诉岳飞说："宗大人的衙门无人不知，就在往北一条大路中间，离这里有四五里，是极好认的。"

岳飞问道："宗大人此时应该在坐堂了吧？"

店主人回答说："早着哩！宗大人官拜护国大元帅，留守汴京，上马管军，下马管民。此时应该还在朝中办事，要过了午后，才坐堂的。"

岳飞谢过店主人，去房间取出刘都院的书信，正要出门，汤怀问道："哥哥要去哪里？"

岳飞说："兄弟，你有所不知。前日刘都院有一封书信，叫我到宗留守那里当面呈交。我听说这宗大人在朝中很有权势。愚兄此次去投递这封书信，如果一切顺利，愚兄我可以讨得个出身了，兄弟们也都有好处呢！"

牛皋道："既然如此，兄弟陪你去。"

岳飞道："使不得！那是什么地方，倘然你去了，言语粗鲁，闯出祸来，岂不连累了我？"

牛皋道："我保证不开口，就站在衙门前等你出来就是了。"

岳飞执意不肯。

王贵道："哥哥！好人！我们一齐同去，认认这留守衙门，不许牛兄弟乱来就是了。"

岳飞无可奈何，便说："既然你们一定要去，就得听我的。凡事要存个小心，不要冲动胡来，那可不是闹着玩的！"

四人一齐说道："放心，保准无事的！"

五兄弟一齐出门，来到宗留守的衙门一看，果然雄壮，只是里面静悄悄的。岳飞等人站了一会儿，见里面没有什么动静，正巧有一个军人从旁边走过来，岳飞就上前把手一拱，问道："将爷留步，请问宗大老爷可曾坐过堂？"

那军人说："大老爷今早入朝，还没有回来。"

岳飞道："多谢，承教了。"转过身来对众兄弟说："宗老爷还没有回来，我们在这里等不知道要等到什么时候，干脆先回去，明日再来吧！"就带着众弟兄一齐回寓所去了。

五个人走了差不多半里路，忽然听见敲锣声，只见路上行人都在两边站定了，有人说道："宗大老爷回来了！"兄弟五人听了这话，也跟着人家站定了。

不一会儿，果然看见许多人排着队，跟随着一顶大轿子。这大轿子里面坐的就是留守大人宗泽，好不威风。岳飞等人便跟随在后面，回到留守衙门前，看见宗泽从轿子里下来了，那气势，果然是威严。

宗泽下轿以后，进了衙门。不一会儿，只听见传来三梆升堂鼓，两边衙役军校一片吆喝声。宗留守端坐公案前，吩咐旗牌官道："将一应文书陆续

第七章　宗泽试才

呈上来，等候批阅。如果有一个名叫岳飞的汤阴县武生来了，可叫他进来。"

旗牌官应一声："是！"

这宗泽怎么知道岳飞要来呢？原来，相州节度刘光世先前就有一封书信投递给宗留守，夸奖岳飞人间少有、盖世无双、文武全才，真乃大宋之栋梁，要宗留守留心提拔他。所以宗留守日日在想："那岳飞也不知道是真有才学，或者是个大财主，买通了刘节度。要不然，这刘节度怎么这样子推崇他？只有眼见为实了。"

那岳飞等人在外面等候，见宗留守仪表威严，十分害怕。

汤怀悄声道："宗留守怎么一回来就坐堂？"

岳飞道："我也在此想，他五更上朝，此时回来也该歇息歇息，吃些东西，才坐堂理事。难道有什么紧急之事吗？"

正说着，只见那旗牌官陆续将文书递进去了。岳飞见了，对众兄弟说："宗大人正在理事，我也正该将书信投递上去。只是，我身上穿的衣服是白色的，恐怕不好。张兄弟，把你的衣服和我换一换。"

张显道："大哥说得极是，换一换好。"

当下，两人把衣服换掉了。

岳飞又说："我进去，倘有机缘，众兄弟们也都好沾光；若有山高水低，贤弟们只准许在外等候，千万不可发怒鼓噪。万一你们闹出事来，莫说为兄的，连贤弟们的性命也难保了！"

汤怀道："哥哥既然这么害怕，我们还是回去吧！凭我兄弟几个的本事，要博取个功名有何难哉，何必要下这封书？就算是得了功名，旁人也只说是借了刘节度的光。"

岳飞道："我自有主意，你们不必阻拦。"

岳飞整理好衣服，带着书信径直走进辕门，见了旗牌，行了一礼，禀报说："汤阴县武生岳飞求见。"

旗牌道："你就叫岳飞吗？"

岳飞应道："正是！"

旗牌道："大老爷正要见你，你且候着。"

那旗牌进去禀报："汤阴县武生岳飞，在外求见。"

宗泽道："唤他进来。"

旗牌答应，走出来叫道："岳飞！大老爷唤你，可随我来，要小心些呀！"

岳飞应声："晓得！"随着旗牌直至大堂，双膝跪下，口称："大老爷在上，汤阴县武生岳飞叩头。"

宗泽往下一看，微微一笑，心想："我说这岳飞必定是个财主，果然不错，看他身上这衣着如此华丽！"便问岳飞："你几时来的？"

岳飞道："武生是今日才到。"便将刘节度的书信双手呈上。

宗泽拆开书信看了一看，顿时把案子一拍，大喝道："大胆岳飞！你这封书札出了多少钱财买来的？快快从实招来，若有半句虚词，看夹棍伺候！"

两边行役齐声吆喝："威武——"

在辕门外站立的几个小弟兄，听到了大堂在吆喝，知道情况不妙，大声说："不好了！"

牛皋说："待俺打进去，把大哥抢了出来！"

汤怀道："都不许动！且看他怎样发落大哥，再作打算。"

那弟兄四个，无不怒发冲冠，虎目圆睁，按捺着性子，听里面的动静。

这岳飞见宗泽发怒了，却不慌不忙地禀报说："武生乃汤阴县人氏，先父岳和在武生生下才三天就遭遇洪水丧命，母亲抱着武生坐在花缸之内辗转漂流到内黄县，幸得王明恩公收养才得以长大成人。武生在汤阴县的所有家

第七章　宗泽试才

业、财产全部被淹没。武生长大以后，拜了陕西周侗为义父，学得武艺，欲博取功名，报效大宋。因在相州院考，蒙刘大人恩义，着汤阴县令徐大人查出武生旧时基业，又发银盖造房屋，命我母子归宗。来汴京之前，多蒙刘大人赠送五十两纹银的盘缠，武生才得以到这里讨个出身，以图建功立业，报效大宋。武生家中可谓一贫如洗，哪有银钱送与刘大老爷？"

宗泽听了这一番话，心中想道："原来是周侗的义子。久闻陕西周侗本领高强，朝廷几次征召，他都不肯做官。既然是他的义子，必定是有本领的，我且考一考他。"就向岳飞说道："随我到箭厅上来。"

说了一声，众军校簇拥着宗泽，带了岳飞来到箭厅。宗泽坐定，叫岳飞："你自去拣一张弓来，射给我看。"

岳飞领命，走到旁边弓架前，取来一张弓拉了一拉，嫌太软了；再取来一张弓，仍旧软。一连取过几张，都是一样的。于是上前跪下道："禀上大老爷，这些弓都太软，恐怕射得不远。"

宗泽道："你平日里习惯用多少力的弓？"

岳飞禀道："武生开得二百余斤，射得二百余步。"

宗泽道："既然如此，叫军校取过我的神臂弓来。只是这弓有三百斤重，你能开得动吗？"

岳飞说："且请来让武生试一试看。"

不一会儿，军校将宗泽自用的神臂弓和一壶雕翎箭拿来摆在阶下。

岳飞下阶取过弓，拿起来用劲一拽，叫声："好！"便搭上箭，九枝连发，枝枝中在红心。然后他放下弓，上厅来见宗泽。

宗泽大喜，便问道："你惯用什么兵器？"

岳飞禀道："武生各种兵器都晓得一些，惯用的却是枪。"

宗泽道："好。"便吩咐军校："取我的枪来。"

军校答应一声，便有两个人将宗泽自用那管点钢枪抬出来。

宗泽命岳飞："使给我看。"

岳飞应了一声，提枪在手下了台阶，在箭场上把枪摆一摆，横行直步，直步横行，里勾外挑，埋头献钻，使出三十六翻身、七十二变化。

宗泽看了，不觉连声称道："好！"左右齐齐地喝彩不住。

岳飞使完了，面不红气不喘，轻轻地把枪倚在一边，上厅打躬跪下。

宗泽道："我看你果然是英雄难得，倘若朝廷用你为将，你可知晓用兵之道？"

岳飞道："武生有诗一首，颇述平生之志。诗云：'令行阃外摇山岳，队伍端严赏罚明。将在谋猷不在勇，高防困守下防坑。身先士卒常施爱，计重生灵不为名。获献元戎恢土地，指日高歌定升平。'"

宗泽听了大喜，便吩咐："掩门！"连忙走下座来，双手扶起岳飞道："贤契请起。我原以为你是贿赂了考官，哪知你果然是有真才实学！"叫左右："快看座来！"

岳飞道："大老爷在上，武生是什么人，胆敢就座。"

宗泽笑着说："不必谦虚，坐了才好讲话。"

岳飞这才坐了。

左右送上茶来。

宗泽道："贤契武艺超群，才调非凡，只是懂得行兵布阵之法门吗？"

岳飞道："按图布阵，也不过是纸上谈兵，不必深究。"

宗泽听了这句话，心中有些不悦，问道："据你这样说，古人布阵兵书都没有用了？"

岳飞道："排了兵，布了阵，然后交战，此乃兵家之常事。只是不能泥古不化、死守成法。古与今，时代不同，战场地理也有广、狭、险、易的区别，

第七章　宗泽试才

岂可死守阵图？假若敌人突然袭击，那时候还有时间先排布阵势，再进行厮杀吗？用兵之道，讲究出奇制胜、随机应变，怎么可以固守成法呢？"

宗泽听了连连点头，又忽然摇头，说："果然人才难得！只是，唉——你若早来三年，或者晚来三年该有多好啊！"

岳飞道："大老爷为何这样说？"

宗泽道："贤契有所不知，只因现有个藩王，姓柴名桂，乃是柴世宗嫡派子孙，封地在滇南南宁州，被封为小梁王。不知他听了谁的劝告，一定要夺取今科武状元。圣上点了四个大主考：一个是丞相张邦昌，一个是兵部侍郎王铎，一个是右军都督张俊，再一个就是下官。那柴桂送进四封书、四份礼物。张丞相收了一份，同意把今科状元给他；那王兵部与张都督也都收了一份，也都答应了他；只有老夫不肯。如今他三个做主要他中状元，我一个人孤掌难鸣，做不了主啊！所以说你来得不凑巧。"

岳飞道："此事还求大老爷做主！"

宗泽说："为大宋求贤，本来就应该要取真才实学之人，但如今这件事要费些周折了。今日本该留贤契再坐一会儿，但是恐怕耳目众多，被人知道了多有不便。你且请回到寓所，等我再为你安排。"

第八章

小校场比武

岳飞从留守衙门出来，众兄弟连忙前来迎接。他们见了岳飞，问道："哥哥这么长时间才出来，可急坏我们了。"又问："有没有受宗留守的气啊？为什么愁眉不展？"

岳飞说："人家十分敬重我，怎会让我受气？先回旅店，再慢慢谈！"

回到旅店，众兄弟一齐吃饭，岳飞就将见宗留守的经过告诉大家，为了不让兄弟们担心，就没提柴王的事情。

第二天，留守衙门送来五席酒肴，说是不便请到衙里，特地送到旅店，给岳飞等人接风。岳飞谢过。

五兄弟行令吃酒。岳飞心事重重，吃了一点儿酒劲儿就上来了，不觉靠在桌上睡着了。王贵、张显、汤怀三个多吃了一些酒，也睡下了。

只有那牛皋睡不着觉，心想："他们都睡下了，就俺一个人，不好玩，何不趁这个时候到外面去走一走？"

牛皋就偷偷起身出了客房，正好碰见了店主人。

店主人问他去哪里，牛皋说："我啊，吃多了，到外面去出恭。"

店主人一笑，说："要出恭啊，这里往东有一条胡同，那里有块空地方十分宽敞，正好出恭。"

牛皋别了店主人，径直出门去了。他出了店门就往东走，只见街上熙熙

第八章　小校场比武

攘攘，人来人往，热闹非凡。

不知不觉走到三岔路口，牛皋站住了，心想："往哪一条路走下去才好玩呢？"正犹豫不决的时候，见对面走来两个人：一个穿白衣，身长九尺，圆白脸；一个穿红衣，身长八尺，淡红脸。两人手挽着手，说说笑笑。

那穿红衣服的人说道："哥哥，听说大相国寺很热闹，我们去走走吧？"

穿白衣服的说："贤弟高兴，愚兄奉陪就是了。"

牛皋一听，心想："我也听说这东京有个大相国寺很有名，何不跟着他们去看看？"

牛皋就跟着他们，东转西转，不知不觉到了大相国寺门前。果然是繁华地带，只见九流三教，无所不有；士农工商，人如涌潮，好不热闹。

牛皋紧跟着这一白一红的两个人来到大相国寺附近的围场中，又跟随那两人走进围场。举目一看，却有个说评话的人在那里摆了一个书场，许多人聚在那里听说书呢。牛皋见那两个人坐下了，自己也在旁边坐下，兴致勃勃地听书。

那先生把醒木在桌子上一拍，说起杨家将八虎闯幽州的故事。听完之后，那穿白衣服的男子站起来，取出银两，将两锭银子交给说书的艺人："道友，你的故事讲得好。我是过路之人，小小礼物，不成敬意。"

那说书的先生看了，很高兴，说："多谢相公！"

这白衣男子将银两送给说书人之后，转身就走，穿红衣服的人也跟着走了。

牛皋见他们走了，心想："这厮不知道在捣什么鬼，听了一会儿书，送出两锭银子！八成是疯了，待我去看看究竟。"想到这里，也跟着走了。

牛皋紧跟着这两个人，只听到穿红衣的男子说："哥哥，刚才你给那说书人两锭银子，这个钱在哥哥看来不多，只是城里人看了，还以为你是乡下人,没见过世面呢!"

白衣男子说:"兄弟,你没听见吗?刚才他说的是为兄的几个先祖。我先祖他们兄弟父子九人,在百万军中没有敌手,真是了不起!别说两锭银子,给他十锭,我也愿意!"

红衣男子说:"原来是为这个!"

牛皋暗想:"原来这个穿白衣服的是杨家将的后代啊!别人夸他祖宗,他就给人家两锭银子。倘若有人夸我的祖宗,我给人家什么呢?"

不知不觉,牛皋跟着两人又走到一个说书的摊子前,那里坐满了人。说书的正在说《兴唐传》,两个人挤了进去,牛皋也跟着挤了进去。

只听见那说书人讲的是罗成独自一人保唐太宗夺取天下的故事,大家聚精会神地听。听完了,那红衣男子站了起来,从口袋里拿出四锭银子,对说书的人叫道:"朋友!我们是过路的人,不曾多带钱财,这些给你,莫要嫌轻了。"

说书的大喜,连连说:"多谢多谢!"

两个人出来,牛皋跟在后面,想:"这罗成,肯定是这红衣人的祖宗了。"

原来,这个穿白衣服的,姓杨名再兴,乃是杨家将的子孙;这个穿红衣服的,是唐朝开国元勋罗成的子孙,叫作罗延庆。

那杨再兴问罗延庆道:"兄弟,你怎么给他四锭银子?"

罗延庆道:"哥哥,你没听见他说我的祖宗狠吗?我祖宗当年独自一人在牛口谷锁住五龙,比起大哥的祖宗,九个才保住一个皇帝,而且还不能周全自己的性命。算起来,我的祖宗比你的祖宗狠,所以我就多送给他两锭银子。"

杨再兴生气道:"你的意思是我祖宗不狠吗?"

第八章　小校场比武

罗延庆道："不是哥哥的祖宗不狠，是我的祖宗更狠。"

杨再兴道："也罢，我与你一齐到小校场比比武艺。若是赢了，留在这东京抢状元；若是输了，赶快回去，等下科再来考！"

罗延庆道："说得有理。"

两人吵吵闹闹地去了。

牛皋心想："好哩！幸好被我听见了。这两个狗头还想抢状元，待我收拾收拾他们，把他们赶走了，抢了状元给俺哥哥去当！"

牛皋连忙回到旅馆，见大家还没有睡醒，心想："不用惊醒他们，等俺自己去把状元抢过来，给了哥哥吧！"

牛皋悄悄取了双股铜，下楼对店主说："把我的马牵来，我要带它去喝水，将鞍辔好生备上。"

店家听了，忙去准备，将牛皋的乌骓马牵出来了。

牛皋上了马，却到处乱撞，因为他不知道小校场在哪里。忽然，他看到前面有两个老头儿正坐在板凳上讲古话，牛皋骑马过去，大声喝道："喂！老头儿，爷问你，小校场往哪里走？"

那两个老人听了，气得目瞪口呆！只眼看着牛皋，不作声。

牛皋道："快讲给我听！"

那两个老者只是不应。

牛皋道："晦气！撞着两个哑巴。若是在家里，惹得我老爷脾气来了，打死你们。"

两个老者听了这话，十分气愤，其中一个说道："冒失鬼！京城地面容得你撒野？幸亏是我两个老人家，若撞着后生，也不和你作对，只要你走七八个转回哩。这里投东转南走，就是小校场。"

牛皋道："老杀才，既然知道，为什么不早点儿告诉我。若不是看在我大哥面上，早就一锏打死你了！"说罢，拍马加鞭去了。

那两个老者肚皮都快气炸了，望着牛皋的背影说道："天下竟然有这样的蠢人！"

牛皋骑着快马，跑到小校场，只听得里面噼里啪啦响个不住，原来杨再兴和罗延庆已经在比武了。他们枪来枪往，打得酣畅淋漓。牛皋看了，大叫道："状元是俺大哥的，你们抢什么抢？看爷爷的锏！"

"唰"的就是一锏，直朝杨再兴头顶打来。杨再兴把枪一抬，只觉得手上一麻，虽然挡住了那锏，却觉得对方不是等闲之辈，锏上力量很大。杨再兴回头对罗延庆道："兄弟，这是哪里来的野人？我们原本就是弟兄，不要比什么武了，干脆将这小子拿下，当猴子耍耍！"

罗延庆笑道："说得有理！"

罗延庆于是将手中枪一缩，直朝牛皋心窝子刺去。那牛皋吃了一惊，遂把手中的枪紧一紧，将罗延庆的枪架开。

牛皋才架过一边，那杨再兴也一枪戳来。牛皋连忙招架。

那杨再兴英雄了得，使的是一杆烂银枪。那罗延庆也是力大无穷，使一杆錾金枪。两名壮士如同天神一般，将那牛皋打得只有招架之功，全无还手之力。幸好是在京城，两人不敢随便杀人，要不然，这牛皋早就毙命了。

牛皋苦苦应付，感觉力不从心，眼看就要不行了，忽然大声叫起来："大哥，你快来啊！再不来，状元被别人抢走了！"

杨、罗二人听了，又好笑又好气，心想："这个呆子叫什么大哥？必定有个有本事的在他后面，且等他来，会他一会。"故此把牛皋逼住，不放他逃走。

却说在客栈里，岳飞醒来，看见汤怀、张显、王贵三个都在睡觉，唯独不见了牛皋。岳飞叫醒三人，问道："牛兄弟呢？"三个人都说不知道。岳飞

四人很是惊讶，连忙下楼去找牛皋。他们问店主人牛皋去哪里了。店主人说："牛大爷带着马去喝水了。"

岳飞问："去了多久？"

店主人道："有一个时辰了。"

岳飞便对王贵说："王兄弟，你去看看他的兵器还在吗？"

王贵便上楼去查看，然后下来说："他的双锏原是挂在墙上的，如今却不见了。"

岳飞听了，吓得面如土色，叫声："不好了！主人家快将我们的马牵来。兄弟们各自拿起武器，若无事便好，若惹出祸来，我们只好逃命了！"

弟兄们一听，连忙上楼去，收拾好了，将兵器拿出来。此时，店主人已将四匹马在门口备好了。

岳飞又问店主人："牛兄弟是往哪条路去的？"

主人家说："往东去的。"

弟兄四人上了马，向东边赶去，到了三岔路口，不知道该怎么走。只见篱笆门口有两个老人家正坐着说闲话。岳飞下了马，走上前去，把手一拱，问道："敢问老丈，方才可曾见一个黑汉子，骑着一匹黑马，往这里走过？"

那老者看了看岳飞，问道："那黑汉子是尊驾什么人？"

岳飞道："是晚辈的兄弟。"

那老者道："尊驾何以这等斯文，你那个兄弟怎么这等粗蠢？"就把问路情状说了一遍，道："幸是遇着老汉，若是别人，不知指引他哪里去了！他如今说往小校场去，尊驾若要寻他，可投东转南，就望见小校场了。"

岳飞道："多承指教了。"于是，腾身上马，朝校场急行。

眼看到了校场，却听到牛皋在那里大喊："哥哥快来啊，若再不来，状元就被别人抢去了！"

第八章　小校场比武

　　岳飞连忙奔去。只见牛皋正被两个人缠着打斗不止，那两个人看来武艺非凡，打得牛皋只有招架之功，全无还手之力。那牛皋早已是险象环生，汗流浃背，面如土色了。

　　张显等人正要催马上前帮助牛皋，却被岳飞制止道："众兄弟不可上前，待愚兄前去救他。"说着，岳飞拍马上前，大叫一声："住手，休得伤了我兄弟！"

　　杨、罗二人见了岳飞，便丢下牛皋，两杆枪一齐挑出，刺向岳飞。岳飞提枪一扫，将二人的枪打在地上，二人大惊，瞪着眼睛看着岳飞，好一会儿才相信眼前的事实。两人面面相觑，说道："今科状元非此人莫属了，我们走吧！"两人拍马走了。

　　岳飞随后赶来，大叫："二位好汉慢行，请留尊姓大名！"

　　二人回转头来，叫道："我乃山后杨再兴、湖广罗延庆是也。今科状元暂且让给你了，后会有期！"说罢，两人径直去了。

　　岳飞调转马头，回到小校场，只见牛皋还在喘气，便问道："你怎么跟他们厮杀起来了？"

　　牛皋道："我还不是为了哥哥你？他们要跟你抢状元，俺想杀退了他们，把状元抢来送给你！没想到这厮太凶狠了，打不过他。幸亏哥哥自己来赢了他们，这状元一定是哥哥的了！"

　　岳飞笑道："承蒙你的美意。只是这状元是要与天下英雄比武，如果天下无敌，才可以称状元，你们三个在这里抢，就算赢了也没有用！"

　　牛皋说："这么说来，我跟他们是白打了半天！"

　　众弟兄听了哈哈大笑，各自上马回到旅店。

　　那杨再兴、罗延庆回到旅店，也都收拾了行李，各自回去了。

第九章

枪挑小梁王

岳飞带着众弟兄在汴京到处走了走，各自找到一柄宝剑佩带起来。回至寓所，天色已晚了，店主人将晚饭送上楼来。

岳飞说："店家，明天就是十五了，三年一次的武科考试就要开始了，我们明天进场考试，你要早些备饭来给我们吃。"

店主人道："相公们放心！我们店里有许多相公，都是明天要考试的，今夜我们店里一夜不睡，专门为大家准备明天的早饭。"

岳飞道："多谢了！"

弟兄们吃了晚饭，一同安寝。

第二天四更时分，店家果然来催促。众弟兄连忙起来梳洗完毕，吃过早饭，上马开拔。

众弟兄一齐到了校场，只见各省举子都来了，人山人海，拥挤不堪。岳飞道："此处人多，不如找一个略静些的地方坐一坐。"就走到演武厅后面，站着等待。

不知不觉，天色渐亮，众兄弟感觉肚中饥饿，正在此时，有人在喊："岳飞在吗？"

牛皋一听，便喊道："在这里呢！"

岳飞心想："我到京城，认识的人不多，有谁来找我呢？"

第九章　枪挑小梁王

只见两个军士抬了一担食盒，对岳飞等人说："我们是留守衙门的人，奉宗大老爷的命送些酒食，请各位相公食用。"

众人听了，连忙下马称谢。用过酒饭，军士又将食盒抬回去了。

正在此时，忽听得一声炮响，只见张邦昌、王铎、张俊三位主考一齐进了校场，到演武厅坐下。不多久，宗泽也到了，与三位主考行过礼，也坐了下来。

那张邦昌等三人收了小梁王的贿赂，早就在私下里将小梁王内定为状元了。但是，他们知道宗泽没有接受请托，所以一齐提防着宗泽。他们早已经探听到宗泽接见岳飞的事情，又听说宗泽还派人送了食物给岳飞等人食用，就已经明白了宗泽的心意。

之后，四个主考官立誓。立誓完毕，仍旧上了演武厅一齐坐下。宗泽心想："他们三个早已收受贿赂，必然要选中梁王。不如传他上来，先考他一考。"便命梁王柴桂上来。

这柴桂是何人？原来他是后周世宗柴荣的后代，赵匡胤称帝以后，将周世宗的子孙封为梁王，世代相传。小梁王进京参加考试，立志夺取状元。他结交了奸臣张邦昌等人，买通了三个考官，只有那宗泽不买账。

梁王柴桂走上演武厅来，向上作了一揖，站在一边听令。

宗泽见柴桂并不下拜，不禁大怒，喝道："好你个柴桂，竟然目中无人，见了主考官却不下跪？"

柴桂说："我是藩王，你不过是个主考官，我为什么要跪你？你应该向我下跪才是！"

宗泽应道："俗语说：'做得此官，行得此礼。'你若不来考试，就是藩王，还要请你上座。你既然是来考试，就是考生，考生见了主考，必须下跪。如若不然，请你退回！"

那柴桂只好乖乖跪下了。

那张邦昌看见急得不行，心想："好你个宗泽，居然敢骂我的门生，等我将你的门生叫上来，也骂一顿才好！"叫道："传汤阴县的举子岳飞！"

旗牌答应一声，就走将下来，叫道："汤阴县岳飞上厅听令。"

岳飞连忙上厅来，看见柴王跪在宗泽面前，就也跪在张邦昌面前行礼。

张邦昌问道："你就是岳飞？"

岳飞应道："是。"

张邦昌道："看你这般人不出众、貌不惊人，有何本事想做状元？"

岳飞道："小人怎敢妄想做状元。但今日科场中有几千举子都来考试，哪一个不想做状元？其实状元只有一个，那千余人哪能个个做状元呢？武举也不过随例应试，岂敢妄想？"

张邦昌本待要骂他一顿，不想被岳飞回了这几句话，顿时不知道怎么骂才好，就说道："也罢！先考一考你二人的本事。岳飞，你可敢同梁王比箭吗？"

岳飞道："老爷有令，谁敢不遵？"

宗泽心中暗喜："若说比箭这贼子就要上当了！"便叫左右："把箭垛摆列在一百数十步之外。"

梁王看见靶子离得太远，就向张邦昌禀道："柴桂弓软，先让岳飞射吧！"

张邦昌就叫岳飞先下场射箭，又暗暗地叫亲信将靶子移到二百四十步远的地方，心想："谅你也射不到这么远！然后找个借口，将你赶出去！"

谁知这岳飞见了，却不慌不忙，立定了身，当着天下英雄之面，张弓搭箭，真个是弓开如满月，箭发似流星，"嗖嗖嗖"一连射了九支。只见那摇旗的摇个不停，擂鼓的擂得手软。方才射完了，那监箭官将九支箭，连那射透

第九章　枪挑小梁王

的箭靶，一齐抱上厅来。张邦昌是个近视眼，看那九支箭并那靶子一总摆在地下，不知是什么东西。只听得那官儿禀道："这举子箭法出众，九支箭全部从一个孔里面射出。"

张邦昌一听，大喝一声："胡说！还不快拿走！"

那梁王心想："想不到他箭术这么厉害，我是比不过他的了。不如跟他比武，顺便跟他谈一谈，要他诈输，这状元就是我的了。他若不从，我就趁势砍死他，不怕他要我偿命。"算计已定，就禀报说："岳飞之箭皆中，倘然柴桂也中了，何以分别高下？不若与他比武吧！"

张邦昌听了，就命岳飞与梁王比武。

梁王听了，随即走下厅来，整鞍上马，手提着一柄金背大砍刀，拍马先自往校场中间站定，使开一个门户，叫声："岳飞！快上来，看孤家的刀吧！"岳飞虽然武艺高强，却怕他是个王子，怎好交手，不觉心里有些踌躇。岳飞勉强上了马，倒提着枪，慢腾腾地懒散上前。

那校场中来考的、看的，有千千万万，见岳飞这般光景，俱道："这个举子哪里是梁王的对手？一定要输的了！"

就是宗泽心中也只道："他临场胆怯，是个没用的，枉费了我一番心血！"

且说梁王见岳飞来到面前，便轻轻地说道："岳飞，孤家有一句话与你讲，你若肯诈败下去，成就了孤家大事，就重重地赏你；如果不依，恐怕你性命难保！"

岳飞道："千岁乃是堂堂一国藩王，富贵已极，何苦要占夺一个武状元，跟这些寒士们争名？岂不上负陛下求贤之意，下屈英雄报国之心？窃为千岁不取，请自三思！不如还让这些举子们考试吧！"

梁王听了，大怒道："好狗头！孤家好意劝你，你却不依。不识抬举的狗才！看刀！"

说着，"呼"的一刀杀向岳飞顶门。岳飞把枪往左首一隔，架开了刀。梁王又一刀拦腰砍来，岳飞将枪杆横倒，往右边架开。那梁王怒火中烧，举起刀来"当当当"一连劈出六七刀。岳飞连连招架，哪里会被他砍着？梁王收刀回马，转到演武厅。岳飞并不害怕，只是跟了上去。

只见梁王下马上厅来，禀报张邦昌道："岳飞武艺平常，他已经输了。"

张邦昌道："是的，我看他武艺不及千岁，已经输了。"

宗泽对岳飞说："你这样的武艺，怎么也想来夺功名？"

岳飞答道："武举不是武艺不精，只为与梁王身份有别，不敢交手。"

宗泽道："既然不敢交手，你就不该来考试。"

岳飞道："三年一试，怎能不考？但是往常考试不过跑马射箭、舞剑抡刀，以品优劣，今日考试却是与梁王刀枪相向。刀枪无眼，难道没有一个失手的时候？他是藩王，他伤了武举，武举白送了性命；倘若武举偶然失手伤了梁王，梁王怎肯罢休？不仅小生性命难保，只怕连累了别人。如今求各位大老爷做主，令梁王与武举各立下一张生死文书。不论哪个失手，伤了性命，大家都不要偿命。武举这才敢放手一搏。"

宗泽道："这话说得也是。自古道'壮士临阵，不死也要带伤'，哪里保得定？柴桂你愿不愿呢？"

梁王尚在踌躇，张邦昌便道："这岳飞好一张利嘴！看你有什么本事，说得这等决绝？千岁就同他立下生死文书，倘若不小心伤了他性命，也好叫众举子心服口服！"

梁王无可奈何，只好抱着侥幸心理，同岳飞一齐写完了文书，然后画了押，呈给四位主考。四位考官看了，就将梁王的生死状交给岳飞，岳飞的交给了梁王。梁王就把文书交与张邦昌，张邦昌接来收好。岳飞看见，也要

第九章　枪挑小梁王

将文书交给宗泽。宗泽看了，说道："这是你自家的事情，自然你自家收着，与我有何干系？还不下去！"岳飞连声说："是、是、是！"

两人一齐下厅，岳飞提枪上马，叫道："千岁，你的文书交与张太师了。我的文书宗老爷不肯收，且等我拿去交给一个朋友。"一面说，一面去寻着了众弟兄们，叫道："汤兄弟，倘若停一会儿梁王输了，你可与牛兄弟守住他的帐房门首，恐怕他们有人出来找我们麻烦。"又向张显道："贤弟，你看帐房后边尽是他的家将，倘若他们要动手帮助，你可在那里挡一挡。王贤弟，你可整顿兵器，在校场门首等候。我若是被梁王砍死了，你可替我收尸；若是我败了下来，你便把校场门砍开，等我好逃命。这一张生死文书，你与我好生收着，倘若丢失，我命休矣！"

吩咐过后，转身来到校场中间。那时节，这些来考的众举子，并那看的人，真个儿人千人万，挨挨挤挤，四面如打着围墙一般站着，要看他二人比试武艺。

那梁王与岳飞立下生死文书之后，心里就有些慌张，急忙回到帐房之中。原来，他在这校场边上设置了三座大帐房，里面坐着的是他的参谋和家将。他将这些人聚集起来商量道："本王来到这里，本来是可以稳夺状元的。没想到半路上杀出了个岳飞，这岳飞跟我一齐立了个生死文书，不管是我伤了他还是他伤了我，都不负责。你们有没有办法，让我赢？"

家将和参谋们都说："这岳飞哪敢伤着殿下？他能有几个脑袋？万一他出手狠了点儿，我们大家就一拥而上，将他乱刀砍死。只要朝中有张太师做主，我们还需怕他吗？"

梁王大喜，胆子也比先前大了许多。

两人重新来到校场中，梁王见岳飞气势雄伟，不禁又有些胆怯了。他叫道："岳飞，你何苦与本王作对呢？如果你让本王得了状元，那榜眼、探花随便你挑，日后本王自会重重谢你！"

岳飞道："王爷，举子十载寒窗，所为何来？自古说：'学成文武艺，原是要货与帝王家的。'但愿千岁胜了举子，举子心悦诚服。如果以权势相逼，不要说是举子一人，还有天下许多举子在此，都是不肯服的！"

梁王一听大怒，提起金刀照岳飞顶梁上砍来。岳飞把沥泉枪"咯当"一架。那梁王震得两臂酸麻，叫声："不好！"不由心慌意乱，再一刀砍来。岳飞又把枪轻轻一举，将梁王的刀枭过一边。梁王见岳飞不还手，只认他是不敢还手，就胆大了，使开金背刀，就上三下四，左五右六，往岳飞顶梁颈脖上砍来。

岳飞见他只管砍杀，欲置自己于死地，不禁恼怒起来，叫道："柴桂！你好不知轻重。我已经是一让再让，忍无可忍。你若再不罢手，小心倒霉！"

梁王听了，怒发冲冠，骂道："岳飞，你这狗头！本王的名字是你叫的吗？不要走，吃我一刀！"提起金背刀，照着岳飞头上砍来。

岳飞不慌不忙，一枪架开了刀，又一枪刺向梁王心窝。梁王见枪势凌厉赶紧躲避，可惜躲闪不及，被岳飞刺中了腰带，岳飞将枪一挑，把梁王挑了个头朝下，脚朝天。岳飞又一枪，将那梁王刺死了。

场上顿时惊呼，举子们纷纷喝彩，巡场官、护卫兵丁全都吓得面如土色，梁王的家将见了，顿时呆若木鸡，手足无措。

宗泽看了，虽然面不改色，心里却有些慌张。那张邦昌大叫："快把这厮绑起来！"两旁刀斧手齐叫道："得令！"飞奔下来，将岳飞绑了推到将台边上来。

梁王手下的家将们抄起兵器，冲出来要为梁王报仇。汤怀、牛皋也抄起兵器拦在前面，叫道："岳飞挑死梁王，自有公论。你们不得乱来。天下英雄在此，是要打抱不平的！"

那些家将看看汤怀、牛皋，再看看他们身后的武举们，知道不是对手，连忙回头招呼埋伏在帐房里的士兵。张显拦住他们，使出钩连枪，使劲一扯，将那帐篷扯倒了。

张显叫道："不许乱来，惹恼了天下好汉，叫你们全都见阎王！"

梁王府的家将们见势不妙，知道众怒难犯，只好罢手，又见岳飞已经被绑了，只得寄希望于张邦昌为梁王报仇。

果然，那张邦昌传令道："将岳飞斩首！"

左右大喝一声："得令！"

宗泽连忙制止："且慢！"宗泽急忙站出来，一手拉着张邦昌，一手拉着王铎，说道："这岳飞杀不得！他两人早已立下生死文书，各不偿命，若杀了他，恐怕这些举子们不服，你我都有性命之忧。此事必须奏明圣上，请旨定夺才是。"

张邦昌道："岳飞乃是一介武生，敢将藩王挑死，以下犯上，就是死罪！"喝叫："刀斧手，快去斩讫报来！"

刀斧手应道："得令……"

"得令"两字还没说完，牛皋跳起来，大喊道："呔！天下多少英雄来考，哪一个不想夺功名？岳飞武艺高强，挑死了梁王，不能够做状元，反要将他斩首，我等不服！不如先杀了这几个瘟官，再去与皇帝老子算账！"说着举起双锏，朝那大旗杆上一砍，把那旗杆生生打断了。

"轰"的一声，旗杆倒下。武举们见了，兴奋大叫，有人喊道："倚仗权势，贿赂考官，我们反了！"武举们的呼喊声和大旗轰然倒地的声音，仿佛天要塌下来了一样，张邦昌等人吓得胆战心惊。

宗泽放开张邦昌和王铎，说："两位，你们听见了吗？岳飞的事情，我不管了，悉听尊便！"

第九章　枪挑小梁王

张邦昌与那王铎、张俊早已经慌得手足无措，他们一齐上前，扯住了宗泽的衣服，恳切地说："老元帅，我们错了，这个事情麻烦你调解调解！"

宗泽道："那好，旗牌传令，叫武举们少安勿躁，听老夫依法断决！"

旗牌得令，高声叫道："众武举听着，宗大老爷有令，叫你们少安勿躁，静听大老爷裁处！"

大家听说宗老爷来调处此事，顿时安静下来。

张邦昌问宗泽道："老元帅，这事如何发落呢？"

宗泽道："人情汹汹，众心不服，启奏皇上，也是来不及了。不如先将岳飞放了，解了我们的燃眉之急，然后再禀报圣上裁决。"

三人听了，连声说好，吩咐刀斧手给岳飞松绑。

那岳飞得了自由，也不去叩谢，径直取了兵器，跳上战马，飞奔而去。牛皋等人也跟着跑了。王贵见状，忙将校场门砍开，五个弟兄一同逃出去了。

武举们见考不成了，便一哄而散，梁王的家将们则留下来收拾梁王的尸体。张邦昌等人写好奏折，请皇帝裁决。

岳飞弟兄五个逃出了校场门，一并来到留守府衙门前，下了马，望着辕门大哭一场，拜了四拜。岳飞对守门的将官说："烦老爷转告大老爷，说我岳飞等今生不能补报，待来生再效犬马之劳！"说完，就上马回到旅舍，收拾了行李，与店主算清了账，就上马回乡。

而张邦昌早已上书禀奏皇帝说："今科武场上，宗泽门生岳飞挑死了梁王，导致武生各自散去。"将责任全部推到宗泽身上。宗泽是两朝大臣，皇帝虽然不悦，却也不好定罪，只是将宗泽削去了官职。

宗泽回到衙中，听说岳飞等人已经离开了汴京，连叹可惜。他命令家将备马，然后准备了银两和铠甲，带着仆从径直追了出去。原来，这宗泽十分爱惜岳飞的才能，想到大宋正是用人之际，不可失了贤能之人，于是宗泽效法当年萧何月下追韩信的故事，去追赶岳飞了。

宗泽快马加鞭，风驰电掣，直追到开封城外二十余里，终于将岳飞等人追上了。宗泽追上岳飞，送了银两，又送了一副铠甲，然后嘱咐岳飞等人道："贤契们，如今虽然没有成就功名，但是日后必然有腾达的时候，不可因一时的挫折就灰了心、丧了志。朝廷虽然削去了我的官职，将来还是要启用我的。等到奸臣阴谋败露以后，老夫必当举荐各位，为朝廷效力。如今你们不能为大宋效忠，就先回去侍奉父母，尽一个孝心。文章武艺须时时讲习，不可荒废了。"众弟兄听了，无不铭记在心。

辞别了宗泽，兄弟五人回汤阴了，路上与施全、赵云、周青、梁兴、吉青五兄弟不打不相识。众人摆了香案，一齐结为兄弟，回到汤阴居住，并遵照宗泽的教导孝敬父母、讲论文武，一晃几年过去了。

第十章

金兀术进兵

却说在北方有一个女真族建立的政权,叫金。金的总领狼主,名叫完颜乌骨达。完颜乌骨达有五个儿子:大太子名为粘罕,二太子名为喇罕,三太子答罕,四太子兀术,五太子泽利;又有左丞相哈哩强,军师哈迷蚩,参谋勿迷西,大元帅粘摩忽,二元帅皎摩忽,三元帅奇渥温铁木真,四元帅乌哩布,五元帅瓦哩波;管辖很多地方,每想中原花花世界,一心要夺取宋室江山。

一日,老狼主登上宝殿,军师哈迷蚩前来禀报说:"狼主万千之喜!"

老狼主道:"有何喜事?"

哈迷蚩说:"臣到中原探听消息,听说宋朝老皇帝让位给小皇帝钦宗。这小皇帝自即位以来,不理朝政,专听那些奸臣用事,贬黜忠良。而且,把守边关的也不是什么好汉。狼主要想夺取中原,正该此时发兵,保管成功!"

老狼主一听大喜,连忙张贴榜文,要军民到校场比武,征召扫宋大元帅。

到了比武的那一天,老狼主来到校场演武厅。

那演武厅前有一座铁龙,是狼主的先辈留下的重要宝物,重有一千余斤。老狼主即命官员传旨道:"不论军民人等,有能举得起这铁龙的,就封为昌平王、扫南大元帅。"

旨意一下，那王子、平章、军丁、将士，个个摩拳擦掌。这个上来摇一摇，涨得脸红；那个上来拔一拔，挣得面赤。好像蜻蜓撼石柱，一个个都满面羞惭，退了下去。

老狼主道："当年项羽拔山，子胥举鼎，难道大金枉有这许多文武，就没一个举得起这千斤之物？"

正在烦恼，忽然旁边闪出一人，但见他生得脸如火炭，发似乌云，虬眉长髯，阔口圆睛，身长一丈，膀阔三停。分明是狠金刚下降，却错认开路神狰狞。

这是谁呢？正是老狼主第四个太子，名叫兀术。那兀术上前俯伏奏道："臣儿能举起这铁龙。"

老狼主听了，大喝一声："与我绑去砍了！"

左右侍卫答应一声，登时就把兀术绑起来。

听见自家儿子能举起铁龙，老狼主该欢喜才是，为何反要杀他？原来，那金兀术虽然生长在金，但是从小酷好南朝书史，喜欢南朝人物，常常在宫中学穿南朝衣服，因此老狼主很不喜欢他。老狼主今日见无人能举起铁龙，心中正在烦恼，见他出来逞能，一时恼怒起来，要将他斩首。

军师哈迷蚩连忙奏道："今日选将吉期，正要观太子武艺，如何反要将他斩首？乞狼主详察！"

老狼主道："军师有所不知，你看满朝王子、各平章、武将尚举不起，谅他有甚本领，出此大言。这等狂妄之徒不杀了，留他何用？"

哈迷蚩又奏道："凡人不可貌相。依臣愚奏，且命四太子去举铁龙，若果然举得起，即封为前职，去夺中原，得了宋朝天下，此乃狼主洪福；倘若举不起，然后杀他，也叫他死而无怨。"

老狼主准奏，即命将兀术放了，叫他去举铁龙，若举不起即时斩首，以

第十章　金兀术进兵

正狂妄之罪。

侍卫领旨，即将兀术松绑。兀术谢了恩，下厅来，撩起衣襟，双手一提，竟将那铁龙举起来了。校场上喝彩声此起彼伏，老狼主见了大喜，当即拜四太子为昌平王、扫南大元帅，总领五十万兵马，择日南征。

那兀术择定了良辰吉日，发兵南征，走了一个多月，奔向宋朝边关潞安州。镇守潞安州的节度使姓陆名登，表字子敬，乃是宋朝名将。

这一天，陆节度正坐在公堂上，忽然探子来报："启上大老爷，不好了！完颜兀术带领五十万人马，前来侵犯我潞安州，离此只有百里之遥了。"陆节度听见，吃了一惊，赏了探子银牌一面，吩咐再去打听。

那陆登知道形势紧迫，连忙下令将城外的房屋拆除，把百姓和木料全部迁入城中，实行坚壁清野；加紧战备，实现有备无患；亲自修了一道告急本章，派人星夜前往汴梁，求朝廷发兵救应；又修了两份告急文书，一份发给两狼关总兵韩世忠，一份发给河间府太守张叔夜；然后亲自登城，加强警备。

那兀术领兵来到潞安州，在城外五十里安营扎寨。只见营寨里灯火通明，黄烟弥漫，杀气腾腾。

兀术坐在牛皮帐中，问军师哈迷蚩道："这潞安州是何人把守？"

哈迷蚩道："这里节度使是陆登，绰号'小诸葛'，极善用兵。"

兀术道："他是忠臣，还是奸臣？"

哈迷蚩道："他是宋朝第一个忠臣。"

兀术道："既然如此，某家去会会他。"当即传下号令，点齐五千人马，带着军师，出了营帐，来到潞安州城下。

陆登见对方主帅前来，便吩咐军士好生看守城池，然后单枪匹马来见兀术。

兀术见陆登单枪匹马而来，果然不同凡响，心中生了几分敬意，问道："来者莫非就是陆登？"

陆登道："然也！"

兀术说："陆将军！某家领兵五十万，要进中原夺取宋朝天下，这潞安州乃是第一个关卡。某家久闻你是一条好汉，你若投降了，官封王位，不知将军意下如何？"

陆登道："你是何人？快通名来。"

兀术道："某家乃大金总领狼主殿前四太子，官拜昌平王、扫南大元帅完颜兀术。"

陆登听了，大为恼怒，喝道："奴才，休得胡言！看枪！"

"当"的一枪向兀术刺来。兀术举起金雀斧一拦，掀开枪，回斧就砍。两人杀了五六个回合，陆登见不是兀术的对手，怕招呼不住，就调转马头奔回城中。兀术哪里肯放过，拍马急追而来。陆登大叫："城上放炮！"兀术听了吓了一跳，连忙调转马头逃跑。城上放下吊桥，接应陆登进城。

陆登回到城中，对众将说道："这兀术果然厉害，尔等小心坚守，等待救兵。"

兀术收兵回营，军师问他："适才陆登单骑败走，太子何不追上前去拿住他？"

兀术道："本王担心他有大炮打来，到时候躲闪不及！"

军师道："太子言之有理。"

第二天，兀术又来挑战。陆登挂起免战牌，不肯应战。于是金兵强攻潞安州城，可是陆登早有防备，无论如何进攻，金兵都攻不进去。兀术一连攻打了四十多天，小小的潞安州依然坚若磐石。

兀术心想："这一座潞安州攻打四十多天还拿不下来，要扫平宋朝何其

第十章　金兀术进兵

难也!"想到这里,心中烦闷。军师哈迷蚩见了,就要他去打猎散心。

兀术点齐军士,带了猎犬鹞鹰,去往乱山茂林深处打围。忽然,远远望见一个汉子向林中躲去,军师便向兀术道:"这林子中有奸细。"兀术就命小兵进去搜索。不一会儿,小兵捉来一人,送到兀术面前。

兀术道:"你是哪里来的奸细?快快说来!若支吾半句,看刀伺候。"

那汉子见了兀术,连忙叩头说道:"小人不是奸细,实是良民。因为在关外买了些货物,准备回家去卖。见王爷大军在此,就将货物寄放在别人家,准备之后再回家。听说大王军法森严,不取民间一草一木,小人听了十分高兴,就想要去将货物取出来,提前回家去。没想到在这里遇见大王,躲避不及,求王爷饶命!"

兀术道:"既是百姓,饶你去吧。"

军师忙叫:"主公,他必是个奸细。百姓见了狼主,必然惊慌失措,说不出话来。这个人对答如流,面无惧色,一般百姓哪里有这样的胆量?"

兀术一听有理,就命人将此人带回营中细细盘问。

兀术打了一会儿围,回到大营坐下,带上那人细细盘问。那人照前说了一遍,一句不改。兀术向军师道:"他果真是个百姓,放他去吧!"

军师道:"放他是可以,但是要搜一搜身。"遂叫手下将他身上细细搜检一遍,结果什么都没搜到。

军师无可奈何,将那人的屁股狠狠一踹,喝声:"滚!"那人一个趔趄摔倒了,屁股后面滚出一个小圆球。

军师见了,大叫道:"这是奸细,还带着书信!"拾起圆球给兀术,说:"殿下请看这蜡丸书!"

兀术拔出小刀,将蜡丸破开,里面果然有一团绉纸。他抹直了一看,却是两狼关总兵韩世忠写给潞安州节度使陆登的。书上说:"有汴梁节度孙浩,奉旨领兵前来助守关隘。如若孙浩出战，则不可助阵，他乃张邦昌心腹，须要防他反复。即死于敌阵，亦不足惜。今令赵得胜前来传达此信。"

兀术看了，对军师道："这封书没什么要紧。"

军师道："狼主不知，这封书虽然平淡，内中却有机密。譬如孙浩提兵前来与狼主交战，陆登如果领兵来助阵，城内必然空虚，我军只消暗暗发兵，就可夺取城池。倘若陆登得了此书不出来助阵，坚守城池，我军何日得进此城？"

兀术道："既然如此，计将安出？"

军师道："待臣照着他的笔迹，写一封书叫陆登出来助阵就是了。"

兀术大喜，便叫军师快快打点，命把奸细砍了。军师道："这个奸细不可杀，臣自有用处，赏了臣吧！"兀术道："军师要他，哪有不准的道理。"

到了次日，哈迷蚩将蜡丸书做好了，来见兀术。兀术大喜，问道："谁人敢去下书？"问了数声，并没人答应。

军师道："做奸细需要随机应变。既无人去，待臣亲自去走一遭。"

兀术道："军师此去，一定要小心！"

哈迷蚩道："臣去了之后，若有差失，还望狼主照顾臣的子孙。"

兀术道："军师放心，事若成了，功劳不小！"

第十一章
群雄抗金

哈迷蚩便乔装成宋朝军人模样，藏了蜡丸，辞了兀术，悄然来到吊桥边，轻轻叫道："城上放下吊桥，有机密事进城。"

陆登在城上见是一人，便叫人放下吊桥。

哈迷蚩过了吊桥，来到城下，便叫开门。

陆登见了，叫人放下一个吊篮，将哈迷蚩吊上来，将近城垛，停在半空，不让他上城。

陆登问哈迷蚩道："你叫什么名字？奉何人指使前来？可有文书？"

那哈迷蚩虽然学得一口中原话，也曾到中原做过几次奸细，却不曾见过今日这般光景，只得说道："小人叫作赵得胜，奉两狼关总兵韩大老爷之命前来，有书在此。"

陆登记得那韩世忠身边是有个叫赵得胜的，只是不曾见过，便问道："你既在韩元帅麾下，可晓得元帅在何处立的功，做到元帅之位？"

哈迷蚩道："我家老爷同张叔夜招安了水浒寨中好汉，因此立功，做了两狼关总兵。"

陆登又问："夫人姓什么？"

哈迷蚩道："我家夫人非比寻常，乃五军都督梁氏夫人。"

陆登问："可有公子？"

哈迷蚩道:"有两位。"

陆登问:"叫什么名字?多大年纪了?"

哈迷蚩回道:"大公子韩尚德,十五岁了;二公子韩彦直,只有三四岁。"

陆登道:"果然不差!将书拿给我看。"

哈迷蚩道:"放小的上城,方好送书。"

陆登道:"且等我看过了书,再放你上来也不迟。"

哈迷蚩到此地步,无可奈何,只好将蜡丸呈上。

这哈迷蚩怎么晓得韩世忠家中之事,陆登盘不倒他?原来,他拿住了赵得胜,盘问了一夜,早将韩世忠家中之事问得明明白白了。

陆登将蜡丸剖开,取出书来细细观看一遍,暗想:"孙浩是奸臣门下,怎么反叫我去助他?况且我去助阵,城内空虚,倘若兀术前来抢城,怎生抵挡?"正在疑惑,忽然闻得一阵羊骚气,便问家将:"你们今日吃了羊肉?"家将禀道:"小人们不曾吃羊肉。"

陆登很疑惑,再把此书细细一看,靠近鼻子闻了一闻,忽然哈哈大笑:"若不是这阵羊骚气,几乎被他瞒过了!你把这样的机关来哄我,却怎能逃出我的手?快快从实讲来!你到底是谁?若是无名小卒,留着也无用,便将你杀了;若是有些名堂的,就放你回去。"

哈迷蚩一听,吓了一跳,心想:这个人果然名不虚传,便笑道:"我乃大金军师哈迷蚩是也。只因你防守严密,我军进攻不得,所以才设下这个计策引你上当。"

陆登道:"原来你就是哈迷蚩!听说你屡次私进中原,打探消息,如今又来犯我边疆。我若杀了你,恐天下人笑我怕中你的计策;若就这样放你回去,你下次再来做奸细,如何认得出来?"说完吩咐家将:"把他鼻子割下,

第十一章　群雄抗金

放他去吧！"家将答应一声，便把哈迷蚩的鼻子割了，再将他放进筐篮，放下城去。

哈迷蚩得了性命，奔过吊桥，掩面回营，见了兀术，将自己被陆登识破的事情哭诉了一遍。兀术见他浑身是血，鼻子也没了，恨得咬牙切齿，对哈迷蚩说："军师辛苦了，且回后营歇息，等伤好了某家为你报仇！"

哈迷蚩谢了兀术，回后营休养。过了半个多月，哈迷蚩伤口好了，来见兀术，商议要抢潞安州水关。兀术听了，便带领一千人马同哈迷蚩一齐去抢水关。金兵趁着夜色悄悄来到水关前，谁知那水关上早已用渔网拦住，网上系了铜铃，如果有人在水中碰着网，铜铃一响，水关军人便一齐出动，用挠钩将闯关之人全部歼灭。兀术不知道这里有埋伏，果然损兵折将，见没有机会可寻，只得收兵回营去了。

兀术回到营中，想了又想，觉得潞安州水关虽然把守严密，却也不是万无一失。当晚，兀术又点齐一千兵马，等到三更时分，兀术亲自下水去探看，来到水关底下，将头钻进水关来，果然一头撞在网上，上面铜铃一响。城上听见了忙要收网，那兀术大惊，挥刀乱砍，将网绳砍断，然后跳上岸来，砍死不少宋兵，奔到城门边砍断了门闩，放下吊桥，吹起胡笳。外边的金兵听见了，纷纷拥上来接应。

这天晚上，陆登正在衙门办公，忽然军士来报："大人，金兵已经破城了！"陆登大惊，忙对夫人道："城已经丢了，我岂能偷生？自然要以身殉国。"夫人道："相公要尽忠，妾自当尽节。"

夫人叫来乳母道："我与老爷只有这点骨血。须要帮我抚养成人，接续陆氏香火，就是我陆氏门中的大恩人了！"吩咐已毕，走进后堂，自刎而亡。陆登在堂上，听说夫人已经自刎了，连叫数声："罢了！"便拔剑自刎。只是，陆登那尸首巍然屹立，并未跌倒。

一众家丁见老爷、夫人已死，各自逃生。

那兀术夺了城池，好生得意，来到衙门。他看见堂上一人手持利剑，巍然挺立，大声喝问道："你是何人？"见对方不吱声，走上前仔细一看，认得是陆登，却已经自刎了。兀术大吃了一惊，心想：哪有人死了不倒的道理？便提起宝剑走入后堂，却只见一个妇人尸首横倒在地上，再也没有其他的人了。

兀术从后堂出来，看见陆登的尸首仍然挺立着，道："我晓得了，难道是怕某家进来，杀戮你的百姓，故此立着吗？"正想问，只见哈迷蚩进来道："臣闻得狼主在此，特来保驾。"

兀术道："来得正好。与我传令出去，吩咐军士穿城而去，寻一个大地方安营，不许动民间一草一木。违令者斩！"哈迷蚩领命，传令出去。

兀术道："陆先生，某家不伤你一个百姓，你放心倒了吧！"陆登的尸首仍然不倒。

兀术又道："是了，那后堂的妇人一定是先生的夫人，为丈夫尽节而死。某家将你夫妻合葬在大路口，表彰你夫妇的高风亮节，如何？"陆登仍然不倒。

兀术道："是了，某家闻得当年楚霸王自刎，直到汉王下拜，方才跌倒。如今陆先生是个忠臣，某家就拜你几拜，又有何妨？"兀术便跪下拜了两拜，陆登仍然不倒。

兀术道："这也奇了！"就拖过一把椅子来，坐在旁边思想。只见一个小兵拿住一个妇人，手中抱着个小孩子，来禀道："这妇人抱着这孩子在门背后吃奶，被小的拿来，请狼主发落。"

兀术问妇人："你是何人？抱的孩子是谁？"乳母哭道："这是陆老爷的公子，小妇人便是这公子的乳母。可怜老爷、夫人为国尽忠，只存这点骨血，

第十一章　群雄抗金

求大王饶命！"

兀术听了，不觉眼中流下泪来道："原来如此。"便向陆登道："陆先生，可怜天下父母心啊！某家绝不伤害你的公子，一定将他抚养成人，将来仍然姓陆，接续你的香火，如何？"话才说完，那陆登的身子轰然倒地。

兀术大喜，就将公子抱在怀中。恰好哈迷蚩进来看见了，便问："这孩子是哪里来的？"兀术将前事细说一遍。哈迷蚩道："这孩子既然是陆登之子，乞赐予臣，好将他断送了，报那割鼻之仇。"

兀术道："此乃各为其主。譬如你拿住个奸细，也不会轻易放了他。某家敬他是个忠臣，愿收养他的儿子为义子，派五百名军士，护送公子并乳母回转本邦。"一面命人收拾陆登同着夫人的尸首，合葬在城外高处。令手下将领哈利禄镇守潞安州，自己率领大兵，来抢两狼关。

却说总兵韩世忠正在中军，忽有探子来报："启上元帅，今有金兀术打破潞安州，陆老爷夫妇尽节。今兀术领兵前来侵犯本关，离此只有百里，请元帅定夺！"元帅闻报，当下一面传令各营将士，在三山口各处紧要关隘设置火炮，添兵把守，一面修表入朝告急。

正在此时，又有探子来报："启上大老爷，今有汴梁节度孙老爷领兵五万，绕城而过，杀进金营去了！"元帅道："哼！这奸贼怎么此时才到？也不来知会本帅一声。那兀术有五十余万人马，他有何本领，擅敢以少敌众，自取灭亡吗？"叫左右赏了探子羊酒银牌，再去打听。元帅心下思想："若不发兵救援，必至全军覆没；若去救援，又恐本关有失。"

正在犹豫不决，左右报说："梁夫人出堂。"韩世忠与夫人相见坐定，便问道："夫人出来，有何高见？"梁夫人道："妾闻孙浩提兵杀入金营，以他这样才能武艺，领五万人马挡兀术五十余万金兵，岂不是羊入虎口？倘或有失，那奸臣必然上本，反说相公坐视不救。依妾愚见，相公还是发兵接应才是。"

韩世忠道："夫人虽说得是，只是便宜了这奸贼。"遂传下令来，问："谁人敢领兵前去接应孙浩？"早有一员小将上前应道："孩儿敢去！"

元帅一看，原来是大公子韩尚德。

元帅就道："我儿，你可领兵一千，前去接应孙浩回来。"

公子答应一声，正欲下去了，夫人又叫转来吩咐道："我儿，为将之道须要眼观四处，耳听八方，可战则战，可守则守。若不见孙浩，可速回兵，切勿冒险与战！"

公子应声："晓得！"随即领兵出关。将近金营，他抬头一看，五六十里地面尽是营盘。公子心想："这许多金兵，若杀进去，这一千人马岂不白送了性命？若不杀进去，又不知孙浩下落，这便如何是好？也罢！"吩咐众军士："你们且扎住营盘在此等我，我独自一人踹进营中，寻见了孙浩，或者一同杀出来。倘寻不见孙浩，我战死敌营，你们可回报大老爷便了！"军士领命，就扎住营盘。

公子拍马舞刀，大喝一声："两狼关韩尚德来踹营了！"一声喊，往金营冲去。他手起刀落，杀得人仰马翻，犹如砍瓜切菜一般，来寻孙浩。哪知道这时候，孙浩的人马已全军覆没了。

小兵报进牛皮帐中："启上狼主，又有一个小将杀进营来，十分厉害，说叫作什么韩尚德，请狼主发令擒拿。"兀术便问军师："可晓得韩尚德是谁？这等厉害？"哈迷蚩道："就是前日臣对狼主讲的韩世忠的大儿子。他父母本事高强，生出来的儿子也是狠的。"

兀术笑道："他一个人本事虽强，怎敌得过我五十万人马？看孤家生擒他来，叫他降顺。"即命人传令下去："务必生擒，不许伤他性命。"金兵们得了命令，一齐围了上来。这韩公子毫不退缩，挥起大刀左拦右架。只是金兵

人马众多，杀不出去。

韩公子领来的一千人马在外边左等右等，不见公子消息，想必他已经命丧金营，就回到关中报韩世忠说："公子着令我们屯兵在外，单人独骑，踹进金营中去了。半日不见动静，谅已不保了。"韩世忠闻报，连忙走进后堂告诉了夫人。梁夫人听了，顿时大哭。韩世忠道："夫人不必悲伤，待我领兵前去，一则探听金兵消息，二来为孩儿报仇！"

韩世忠说罢，随即出堂，仍带了这一千人马，往金营奔来。来到中途，军士皆停马不肯走，元帅就问大家："为何不肯前进？"军士道："前番公子有令，说金营人马众多，我们这一千人马去了也是白白送命！要我们留在此地等候。"元帅听了，流下泪来："我儿既有此令，你们原地在此等吧！"元帅一往无前，冲入金营，大叫道："大宋韩世忠来了！"

那韩世忠果然名不虚传，挥舞手中大刀，杀进了几个营盘，都无人抵挡。小兵慌忙报进帐中，兀术连连称赞："好个韩世忠啊！"就与军师计议，下令叫众将围住韩世忠，然后调动兵马去抢夺两狼关。

那韩世忠虽是个英雄，怎挡得住金兵众多，一层一层围裹上来，一时杀不出去。这里兀术带领大兵，浩浩荡荡杀奔两狼关。

那韩世忠带来的一千兵马，站在远处等候，见元帅还不出来，以为他也战死了，就一齐回到关中，报告梁夫人。梁夫人恐乱了军心，不敢高声痛哭，只得暗暗流泪。她叫过奶娘夫妇，将小公子交给他们，吩咐说："你二人可收拾金银珠宝，带着两枚印信，骑马先出关去，在附近探听消息。我若得胜，你们可进关来，再作商量；我若死了，你们就将公子抚养成人，将来继承遗志，不得有误！"二人领命，忙收拾先出关去。

不一会儿，探子来报："金兵已到关下。"话犹未了，又有探子来报："有金军将领前来讨战。"

第十一章　群雄抗金

那梁夫人连忙擦干眼泪，将奶娘夫妇送出去，然后披挂上马，来到关前。守关将士上来迎接，说："夫人，那金兵势大，我军应该坚守关隘，不可出兵。"

梁夫人道："列位，我相公、儿子全都被敌人杀死，此仇不共戴天，不可不战！尔等将士可将'铁华车'摆列整齐，将大炮设在三山口上。只要那金兵靠近，一齐推出'铁华车'拦住，然后点炮杀敌，不得有误！"众将听命而去。

梁夫人带了人马，放炮出关，果然是人威武、马精神、军容整肃。那兀术看了，暗暗称奇。旗门开处，梁夫人出马。那边兀术四太子看见这边调遣，暗暗地喝彩："到底是女中豪杰，果然是名不虚传！"

梁夫人喝道："狗奴！你是何等样人？快快通报名来！"

兀术道："某乃大金黄龙府四太子，官拜昌平王、扫南大元帅完颜兀术是也。婆娘，你是谁？"

梁夫人道："狗奴听着，我乃大宋天子驾前御笔亲点两狼关大元帅韩夫人，官拜五军都督府梁红玉是也。"

兀术道："原来就是你！某家久闻你熟悉兵机，深通战法，岂不识天时人事？某家统领大兵来取你南朝天下，有如泰山压卵。你若识时务早早降顺，不独保全性命，而且照样享受高官厚禄！"

梁夫人骂一声："呸！狗奴！我丈夫、孩儿的性命都死在你的手里，我恨不得把你碎尸万段！"

兀术道："你丈夫、儿子哪里死了？不过是被某家困在营中。你若归降，我命你一家团聚。"

梁夫人怒道："休得废话，放马过来！"说罢，抢起手中刀，向那兀术就砍，兀术举斧相迎。

战到五六个回合，梁夫人哪里招架得住，只得回马败下。兀术随后追赶上来，眼看就要靠近关前，梁夫人高叫一声："放炮！"

那三山口上众将点火开炮，只是忽然之间一声巨响，天摇地动。原来那炮弹并没有打出，在炮筒里面兀自炸响了。两狼关城墙被炸出一个缺口，金兵见状趁机而入，宋军无法阻拦。梁夫人见关已丢了，只得逃走。走到一处茂林，遇见抱着小儿子而逃的奶娘夫妇。梁夫人抱着小公子大哭了一场。

却说那韩世忠闯进金营，被金兵团团围住，他奋勇杀敌，企图冲破重围。搏杀中，见一员小将也跟自己一样在浴血奋战。细细一看，原来是自己的大儿子韩尚德。韩世忠大声喊道："我儿，为父在此！"韩公子一听大喜，杀出重围，与爹爹会合。

大公子韩尚德说："爹爹！金兵人马太多，杀不过他。"

韩世忠道："我儿，爹爹跟你一齐杀出去，保护两狼关要紧！"

却说韩夫人丢了两狼关之后，金兵纷纷如潮水般涌进城中。拦截韩世忠父子的金兵渐渐少了，父子俩几乎是畅行无阻地冲过金兵营垒。

父子俩冲出重围，杀向两狼关，只见城门上竖着的是金兵的旗帜，知道城池失守，只好逃进树林之中。

父子俩进了树林，没想到韩夫人也在此地，一家人见面之后，悲喜交集。韩夫人将火炮爆炸、城墙被炸开，从而丢失关口的事情说了一遍。韩世忠父子听了连连叹气，大家抱头痛哭了一番。

等到平静以后，众人商议下一步的行动。韩世忠说："我等丢失关口，辜负大宋重托，罪该万死。且回到京城，听候皇上发落吧。"

一家人于是上路，直往汴梁城进发。路上遇到下旨的钦差，钦差宣读诏书，说："韩世忠失守两狼关，本应问罪，姑念有功免死，削职为民。"

世忠夫妇谢了恩，交还了印信，带着家人回到陕西。

第十二章
张邦昌叛变

兀术得了两狼关，又准备进攻河间府。

那河间府守将是张叔夜。张叔夜见大敌当前，暗自思忖：陆登足智多谋，韩世忠骁勇善战，他们都守不住关隘。我智谋不及陆登，兵马不及韩世忠，兵少将寡，没有外援，如何抵挡？不如假装投降，免得白白送了一城百姓的性命。等到时机成熟再反戈一击，足以将功补过。

想到这里，张叔夜决定向兀术投降。他的两个儿子张立、张用都是武艺超群的好汉，以为父亲真的要投降，他们不愿意这样做，便连夜收拾细软逃跑了，路上不幸离散。

张叔夜向兀术献了河间府，兀术十分高兴，答应大军不进城扰民，命令张叔夜仍然掌管河间府军政大事。随后，兀术又率领大军直奔黄河而来。

宋钦宗听说兀术已经饮马黄河，十分害怕，连忙召集文武百官，商议退兵之策。

张邦昌道："潞安州陆登尽节，韩世忠夫妇弃关而逃，今河间张叔夜又投降，只剩得黄河阻拦敌军。金兵如果渡过黄河，则汴京甚危。臣观满朝文武，无如李纲、宗泽。圣上若命李纲为元帅，宗泽为先锋，一定能杀退金兵。"

钦宗准奏，降旨拜李纲为平北大元帅，宗泽为先锋，领兵五万前往黄河退敌。二人领旨出朝。

李纲虽是个有谋有智的忠臣，却是个文官，不会上阵厮杀。今金兵势大，张邦昌明明要害他的性命，所以保奏李纲抗金，只希望李纲抗金失败，便会被革职。

第二天，李纲、宗泽两人一同点了五万人马来到黄河南岸，安下营寨，准备抵御渡河的金兵。

金兵渡河，没有船只。兀术便命令乌国龙、乌国虎兄弟督促造船，乌氏兄弟在黄河岸边设厂，抓紧打造船只。

李纲得知敌情后，立即命令随从张保带领十多只小船日夜在黄河南岸巡逻，防止奸细前来查看军情。

那张保暗想："听说敌军有五六十万之多，不知是真是假，我得过河去探听实情。"计策定好，到黄昏后，张保带了十几个水手，共乘一只小船，趁着星光摇到黄河对岸，躲进芦苇丛中。

夜半时分，张保带了一把短刀，提了一只铁棍，独自摸进金兵营垒。几个放哨的金兵正坐着打盹。张保上前捂住一个金兵的口鼻，将他夹在腰中，飞快跑进树林。正要问他话呢，却发现那个人已经死了，原来夹着那人飞跑的时候，力气用得大了一些，竟将那人夹死了。

张保自认晦气，只好回到金营中，重新抓了一个金兵，将他夹住，飞快跑进树林中。张保见那金兵没有被夹死，很高兴，抽出匕首架在他脖子上问道："喂，给我老实点，要不然给你好看！"那金兵被吓得魂飞魄散，连连点头。

张保问道："你们到底有多少人？"

金兵道："有……有五六十万。"

张保问："哪座营盘是兀术的？"

第十二章　张邦昌叛变

金兵道:"狼主的营盘离此地尚有二十里路。爷爷刚才捉我的地方,是先行官黑风高的营盘。"

张保又问:"那边的呢?"

金兵道:"这是元帅乌国龙、乌国虎在此监造船只的厂房。"

张保问得明白了,说道:"谢谢你了!"便一棍将那小兵打死了。

张保转身直奔黑风高的营前,大吼一声,举棍抢入营中,逢人便打。小兵拦阻不住,被他打死无数。然后,张保又回到船厂,只见众船匠已经起床,开始煮饭,准备做工。张保大喝一声,抡起棒子就冲了进去,逢人就打,一下子打死了好几个船匠,其余的人纷纷逃跑了。那张保取来火种放一把火,将金兵的造船厂烧掉了。

烧了船厂之后,张保跑到芦苇丛中,会合了自己的水手,摇船回到南岸。

张保觉得自己立了功劳,回到南岸径直向李纲报功。李纲大喝道:"有什么功?你不奉军令,擅离职守,冒险过河,倘若被金兵杀了,自己白送性命不说,还损我军威!以后再敢擅自行动,必然定罪!"

张保出了营帐,擦了擦头上的汗,笑道:"评不评功劳倒在其次,只要洒家杀得快活!"仍旧回到黄河口边去把守巡逻。

那金兵的船厂被张保烧掉以后,兀术连忙派人重新修建船厂,组织工匠继续造船。可是李纲、宗泽守备森严,金兵即使有了船只也难以渡河。兀术为此相当苦恼。

到了八月初三,天气忽然变冷,连日里北风不止,寒冷异常。金兵从北方来,行囊中多有些御寒衣服,穿上以后并不怕冷,倒是可怜了那些宋兵。原来宋军营中,原计划九月之后才开始发冬衣的,现在天气忽然变得比冬天还冷,而冬衣还没有准备好。宋兵们穿着单薄的秋衣瑟瑟发抖,很多军士开始怀恋家乡,军心也渐渐涣散。

这一天，兀术正与军师哈迷蚩商议行军计划，忽然有探子来报说："黄河水结冰了，我军可以强行渡河了。"

兀术听了，连忙下令去打听。不一时，金军来回报，果然黄河连底都冻了。兀术大喜，道："真乃天助我也！"传令三军，集结人马，要踏着坚冰过黄河。

那宋营兵将俱是单衣铁甲，冻得浑身打寒战，听说金兵过了黄河都很惊讶，连忙出营去看，只见那金兵如潮水般涌来。宋军见了，连忙丢盔弃甲逃跑了。

张保见军队混乱，知道情况不妙，连忙背了李纲就走。宗泽见军队已经溃散，知道回天无力，只好弃营逃命。两人逃到京城，皇帝网开一面饶他们死罪，但是削夺了官职，贬为平民。两人带着家眷，各自还回家乡。

那兀术渡过黄河，直奔汴京，在京城外二十里处安下营寨。

宋钦宗着急了，连忙汇集文武百官商议道："谁有退敌之策，速速献来！"张邦昌道："为今之计，只有求和一条路了。古人说礼多人不怪。求陛下用一份厚礼，与金求和，请他退到黄河以北，从此以后，双方以河为界。等到各地军队调回汴京，再跟金兵翻脸不迟。"

钦宗道："自古可有求和之事吗？"张邦昌道："汉朝将王昭君嫁给匈奴呼韩邪单于，唐朝也将文成公主嫁给吐蕃松赞干布。眼下为了救急，可送黄金一车，白银一辆，锦缎千匹，美女歌童各五十名以及猪羊牛酒之类，然后派一个忠臣去办这些事情。"

钦宗便问两班文武："谁人肯去？"连问数声，并无人答应。

张邦昌上前道："臣虽不才，愿走一遭。"钦宗便道："还是先生肯为大宋出力，真是大忠臣！"传旨备齐礼物，交与张邦昌送到金营。

张邦昌来至金营，见到金兵元帅黑风高。那黑风高问道："你这宋人，

第十二章　张邦昌叛变

是不是送礼物过来求和的啊？"张邦昌道："礼物是有，只是要狼主亲自接受才可以。"

黑风高一听，怒喝一声道："来人，拿去砍了！"左右金兵一齐上前，拖了张邦昌就走。张邦昌大喊："元帅不要动怒，我把礼物奉上就是！"

小兵放下张邦昌，那张邦昌双膝一跪，匍匐而前献上了礼物单。黑风高看了礼单，便说道："张邦昌，你先起来。礼物留在这里，我会替你转交的，你先回去吧。"

张邦昌道："小人还有要紧话禀告狼主。"黑风高道："有什么要紧话，对我说就行了。"

张邦昌道："请元帅禀告狼主，说我张邦昌献来礼物，正是想要耗费宋朝财力，将来还要献上这宋朝江山。望狼主留意小人，将来事成之后赐予官位爵禄。"黑风高道："知道了。这些话本帅与你传奏狼主便是了，你走吧！"张邦昌拜别黑风高，出了金营，回到京城交差。

等张邦昌走后，黑风高看了看这些礼物，只见美女歌童、金银缎匹，让人眼花缭乱。黑风高暗暗欢喜，心想："这几个月进犯中原，我也是有功劳的，得了这些礼物也不算过分。只是既然有了这么多好处，我还打什么仗呢？不如回家算了！"黑风高将礼物照单全收，然后下令军中拔营回去。

兀术听说这黑风高走了，十分疑惑，心想："这黑风高跟随我立下不少战功，我正要好好犒赏他一下，他怎么就走了呢？"为了弥补黑风高留下的缺口，兀术调遣人马顶替，并且还向前五里下寨。

宋钦宗见金兵收了礼物非但不解围，还向前五里下寨，十分惶恐，连忙问张邦昌道："昨天送礼求和，敌军应该解围才是，为什么反而向前扎寨？"张邦昌眼珠骨碌碌一转，说道："想必是金兵嫌礼物太少了。请皇上再送一份礼物过去，那兀术自然退兵。"宋钦宗无奈，只好将先前的礼物重新备办了一份。

第二天，张邦昌再次带着厚礼来到金兵营中，向兀术求和。

这一次张邦昌见到的是乌国龙、乌国虎兄弟。他跪在地上，献上礼单，对乌氏兄弟说道："启禀狼主，小人名叫张邦昌，特送礼物前来，并且有机密事情禀报。"乌国龙、乌国虎见了礼单，对张邦昌说道："我不是狼主，前日你送来的礼物都被黑风高元帅收下了，并没有转交给狼主。这一次的礼物，我们要检查，你先放在此地，等我们检查以后再替你交给狼主吧。"张邦昌只好出门，回到汴京城中。

那乌国龙对乌国虎道："怪不得黑元帅走了。我们自从起兵以来，立下多少功劳，说起来，收这份礼物也是应该的。不如收下，我们享福去！"乌国虎点头称许，然后传令下去，叫军士连夜拔营，也回去了。

兀术听说乌氏兄弟也走了，心想："乌家兄弟不等我犒赏就拔寨走了，这真是奇哉怪也。待我亲自带兵上前，看看到底所为何事！"兀术亲自带兵来到汴京城下驻扎。

钦宗得知后更是惊讶，问张邦昌道："两次送礼耗费国库金银不少，金人既然收了礼物，为何还要得寸进尺？"张邦昌道："前两次送礼，都不曾见到兀术。请皇上令臣再送一次礼物，这次一定要面见兀术才行。"

钦宗哭了，说道："爱卿，两次送礼已经耗光了国库。如今还要送礼，朕已无能为力了。"张邦昌道："若不送礼，前两次都是白费了，皇上到时候可不要怪臣啊！"

钦宗道："既然如此，只得在民间购买歌童美女了。"张邦昌道："民间购买，恐怕兀术不中意，不如还是在宫中挑选为上。"

钦宗无可奈何，只得任凭张邦昌去办理。那张邦昌在后宫中挑选美貌宫女，又搜刮金银首饰备成礼物，一起送到兀术的大营中。

第十二章　张邦昌叛变

那兀术听说宋朝丞相张邦昌求见，问军师哈迷蚩道："这张邦昌是个忠臣，还是个奸臣？"

哈迷蚩道："是个大大的奸臣。"

兀术道："既然是奸臣，何不直接拉出去'哈喇'！"

哈迷蚩道："千万不可。如今正是要用奸臣的时候，等得了天下再杀他不迟。"

兀术点头称许，叫人宣张邦昌进见。那张邦昌进来见了兀术，连忙匍匐在地，高呼："臣张邦昌朝见狼主，愿狼主千岁千岁千千岁！"

兀术道："张老先儿，你来此何干啊？"

那张邦昌道："臣是来帮狼主夺取宋朝天下的！"

兀术道："你有何妙计帮我夺取宋朝天下？"

那张邦昌道："臣没见到狼主之前，就已经定下耗财之计，两次送来厚重礼物，令宋朝国库空虚。只可惜那两次礼物都被您手下元帅占有了，不曾让您看见。这次臣又备了一份厚礼，请狼主过目！"说着，张邦昌膝行而前，将礼单呈送给兀术。

兀术看了礼单，击掌大叫："怪不得，怪不得！"

哈迷蚩道："主公，我看这张邦昌诚心帮助我们夺取宋朝江山，主公何不封他为王，令他全心全意为我们效劳呢？"

兀术大笑，对张邦昌说："好！张邦昌，孤家封你为楚王，你就归顺了孤家吧！"

张邦昌大喜，连忙磕头。

兀术道："贤卿，你既然已经归顺孤家了，何不献一条妙计，帮孤家夺取那宋朝江山？"

张邦昌道："要想夺取宋朝天下，必须先断绝他的子孙后代。主公何不派遣一个官员,随同我去见宋朝皇帝,只说要有一个亲王做人质,狼主才肯退兵。到时候,我在皇帝面前哄他几句,再威胁他几句,他必定将太子送过来。然后杀了太子,这样就不费吹灰之力,便动摇了宋朝根基。"

兀术一听,顿时心惊肉跳,却又欣喜异常。他嘴上连连说好,心里却想:"果然是大奸臣,真狠,真毒!想得出这样的毒计!等我事成以后,第一个要杀的就是他。"

兀术又说:"孤家就派左丞相哈迷刚、右丞相哈迷强同你一齐回去。只是这歌童美女,孤家用不着,你带回去吧!"

张邦昌带着金的左、右丞相,连同歌童美女一齐回到汴京城中,朝见钦宗。

钦宗问道:"这一次情况如何?"

张邦昌道:"那兀术不肯要歌童美女,只要陛下派一个亲王去做人质,才肯罢兵。为今之计,不如派太子殿下去金营中做人质,然后紧急调集各省兵马一同杀退金兵,救回太子。"

宋钦宗沉吟不语。

张邦昌道:"事不宜迟,请陛下速做决定。否则金兵攻来,玉石俱焚,悔之不及啊!"宋钦宗叹了口气,说道:"也罢!爱卿,你先回馆舍,等朕跟太上皇商议商议再做决定。"

钦宗入宫朝见徽宗皇帝,说:"金人要有亲王为人质,方肯退兵。"

徽宗闻奏,不觉泪下,说道:"皇儿,我想这定是奸臣之计。事已至此,没有别人去,只有令你兄弟赵王去吧!"随即传旨宣赵王入宫,徽宗含泪说道:"王儿,如今金兵猖獗,你王兄三次求和不成,只有送亲王过去为人质,金人才肯退兵。为父虽然舍不得你,却也无可奈何啊!"

那赵王虽然只有十五岁,却十分孝敬。见父王如此愁烦,上前启奏道:

第十二章　张邦昌叛变

"父皇，大宋是大，臣儿是小，岂能因臣儿一人，耽误大宋大事？既然金人同意只要拿亲王为质，便肯退兵，那就将孩儿寄放在金营，等到各省兵马到来之后，杀退金兵，再救出孩儿不迟。"

徽宗听了，泪流满面，亲自出宫坐朝，召集两班文武问道："赵王愿到金营为人质，你等众卿谁愿保殿下同去？"

新科状元秦桧出班奏道："臣愿保殿下同往。"

徽宗道："如果爱卿同去，那也很好，回朝之后必定加官封职。"

张邦昌、秦桧、哈迷刚、哈迷强带着赵王一齐来到金营。那兀术听说宋朝的亲王来了十分高兴，连忙喝令，叫人将赵王请来相见。

谁知那兀术下面有一个将军，名叫蒲芦温，长相十分凶恶。蒲芦温听错了命令，以为是叫他将赵王拿上来，急忙出营，喝道："谁是赵王？"

声如霹雳，赵王在马上听了，吓得浑身发抖。那蒲芦温看了看赵王，知道他就是赵王了，喝道："你就是赵王了？"

赵王吓得面色苍白。蒲芦温将赵王一把拉下马来，夹在腰间，大步向金营走去。秦桧在后面见了，大叫道："不要吓坏了我的殿下！"

那蒲芦温来到帐前，一把将赵王丢在地上，回禀道："赵王在这里了！"

兀术将地上那人一看，只见他早已没了气息，竟是被蒲芦温吓死了。

兀术大怒："我叫你把他请来，你却把他吓死了！我要你何用？来人，将这厮拿下砍了！"

过了一会儿，秦桧进来问道："为何把我殿下吓死？"

兀术问道："这是新科状元秦桧吗？"

哈迷强道："正是。"

兀术道："且将他留下，休放他回去！"

就这样，赵王被吓死了，秦桧则被留在了金营。

第十三章

二帝蒙尘

兀术将秦桧留住,命他将赵王尸首掩埋了,然后将他安置在北方,不许他回宋。

一日,兀术问张邦昌:"如今殿下已死,下一步该当如何?"

张邦昌道:"朝内还有一个九殿下,乃是康王赵构,待臣将他骗来此地。"

张邦昌出了金营,来到汴京,见了徽宗皇帝,假装哭着说:"赵王殿下从马上跌下来摔死了。如今兀术仍要一个亲王做人质,方肯答应退兵。若不依他,就要杀进宫来。"

徽宗听了,叫苦不迭,只得召康王上殿。

朝见毕,徽宗问康王赵构愿不愿意去金营为人质。康王答道:"社稷为重,个人是小。臣愿前往金营。"

二帝又问:"谁人愿保殿下前往?"

吏部侍郎李若水启奏:"微臣愿往。"

于是,李若水随同康王出城,来到金营。

那张邦昌见了兀术,启奏道:"九殿下已被臣骗来,宋朝再也没有别的亲王了。"兀术很高兴,却又担心不小心将康王也弄死了,连忙命军师亲自出营迎接。

第十三章　二帝蒙尘

　　李若水暗暗对康王说道："殿下，大丈夫能屈能伸，不可一味刚强。此次去见兀术，须要随机应变。"康王点头称是，就随哈迷蚩进营，来见兀术。

　　兀术见那康王年方弱冠，长得美如冠玉，不觉大喜道："好人品！殿下，你若肯拜我为父，等我得了江山，将来还是让你做皇帝，如何？"

　　康王听了，先是不肯，但听见兀术说愿意还他江山，心下暗喜，竟然上前跪拜，道："父王在上，请受臣儿一拜。"

　　兀术大喜道："王儿，快快平身！"

　　兀术发现康王身后还有一个人，那人虽是一介书生，却气质凛然，不容侵犯，心中顿时有几分畏惧，问道："你是何人？"

　　李若水瞪着眼道："你管我是谁！"随了康王就走。

　　兀术问军师道："这是谁？这等倔强。"

　　哈迷蚩道："此人乃是宋朝的大忠臣，现为吏部侍郎，叫李若水。"

　　兀术道："哦，原来是他，某家倒失敬了。"

　　第二天，兀术升帐，问张邦昌道："下一步该当如何？"

　　张邦昌道："臣早已许身狼主，愿意尽心尽力为狼主效劳。如今，臣已经将两个王爷骗到这里，过不久，臣定将两个皇帝也送来给狼主！"说完，哈哈大笑。

　　那兀术道："你还能将那宋朝的两个昏皇帝送来？果然如此，寡人重重有赏！"

　　张邦昌跟兀术悄悄说了一个妙计，那兀术听了，喜笑颜开，连声说："好、好、好！"

　　这一天，那张邦昌回到汴京城，朝见了徽宗、钦宗两个皇帝，说道："昨天太晚，不能商议事务，所以在金营过了一宿，今天才回来。"他还说："金兵虽然得了康王做人质，仍然不肯退兵，理由是康王毕竟是亲王，位份不

第十三章　二帝蒙尘

高。若能将五代先皇的牌位放在金营，才肯退兵。依臣之见，这先皇的牌位也不过是个物件。若能让敌人退兵，倒也是物有所值了。"

徽宗、钦宗听了，哀哀痛哭起来："子孙不孝，不能奋发图强，让先皇受累了！"

这父子二人来到太庙，痛哭了一场，吩咐张邦昌道："捧了去吧！"

张邦昌道："先皇牌位，微臣怎敢捧，还请圣上亲自送过去。"

徽宗、钦宗依言亲自将列祖列宗的牌位捧出城门。刚刚过了吊桥，那金兵突然冲了过来，切断了徽、钦二帝的退路。几个金将上前，将徽、钦二帝押进了金营。

那李若水听说二帝蒙尘被押进了金营，异常愤怒，先将康王交给秦桧，然后披散头发冲入金营，对兀术破口大骂。

兀术非但不生气，反而越发欣赏李若水。他想："如果做臣子的，个个都这样忠于主上，天下何愁不太平呢？"他对军师说道："这次大获全胜，擒获两个昏君。我将这两个囚徒押到黄龙府，交由老狼主处置，康王、李若水、秦桧，我也都要带回去。只是这李若水性格刚烈，我担心他得罪了父王，招惹杀身之祸。你可终日跟随他，保全他的性命为上。"

兀术命军师哈迷蚩先押送徽、钦二帝来到黄龙府，自己随后再回。百姓听说南朝皇帝都被押来了，高兴万分，纷纷从大老远的地方赶来观看。老狼主完颜乌骨达听说四太子擒获了宋朝的皇帝，更是喜出望外，连忙宣旨要南朝皇帝进宫觐见。

那徽、钦二帝见了老狼主完颜乌骨达，站着不肯下跪。老狼主大怒，道："你等屡次发兵伤我将士，今日被我生擒活捉，为何不肯下跪？"

徽、钦二帝并不搭理，老狼主更是恼怒，他冷笑一声，吩咐左右道："把那银安殿地面烧热了，将这两个昏君换了衣服，戴上狗皮帽，再在他们屁股后面挂一个狗尾巴，腰上挂着铜鼓，带子上面挂六个大响铃，把两只手用细柳枝绑了，再将他们的鞋子、袜子都脱了。"

左右官员听了，连忙去办。先是将银安殿里的地面烧烫，然后依照完颜乌骨达的要求，把二帝丢在银安殿中。那银安殿的地面加热以后，徽、钦二帝的脚被烫得皮焦肉烂，疼痛难忍。两个皇帝就在银安殿里面大呼小叫，跳来跳去。他们一跳动，身上的铜鼓、响铃便叮当作响，身后的狗尾巴也是上下摇动。金的权贵们看了，笑得前仰后合。

李若水见了，心中大怒，赶忙上前，先将老皇帝抱下来，又上前将小皇帝抱了下来。这一举动，让金的权贵从上到下都感觉不满。

老狼主问哈迷蚩道："此人是谁，为何如此扫兴？"

那哈迷蚩道："这个人叫李若水，是宋朝的一个大忠臣。四狼主十分敬重他，生怕老狼主伤了他的性命，让臣好生看管他。他如果死了，四狼主是要向臣要人的，望老狼主成全。"

老狼主听了，微微一笑，道："既然如此，就不与他计较了。"

李若水将徽、钦二帝放下之后，怒火难消，他伸出指头指着完颜乌骨达破口大骂："你们这些囚奴竟然如此凌辱我中原天子，实在天理难容。等我九省勤王兵马赶到，一定踏平黄龙府，报仇雪耻！"

老狼主完颜乌骨达听了这些话，顿觉颜面扫地，终于忍无可忍了，叫道："来人，给我把这厮的手指头砍了！"

几个金兵上前，按住李若水，将他的手指砍掉一根。

李若水并不畏惧，忍着疼痛，又伸出一个手指头继续大骂："囚徒，你们天理难容！"

完颜乌骨达更加恼怒，命人将李若水所有的手指都砍了。

可是李若水虽然没有了指头，却仍然大骂不止。他左一个囚徒，右一个

第十三章 二帝蒙尘

畜生,令金的权贵们忍无可忍,完颜乌骨达便命人将李若水的舌头割下来。

李若水虽然没有了舌头,说不了话,却仍然呜呜叫个不停。

完颜乌骨达根本就不理睬李若水,他照样饮酒款待立功的臣下。不知不觉间,完颜乌骨达走到李若水附近,没想到李若水顿时跳了起来,抱住完颜乌骨达,一口咬掉了完颜乌骨达的耳朵。

完颜乌骨达大怒,抽出宝剑将李若水斩了。哈迷蚩悄悄派人收拾了李若水的尸首,盛在一个金漆盒内,偷偷藏好。

太医给完颜乌骨达用药敷了耳朵。那老狼主惊魂甫定,传下令道:"将徽、钦二帝发下五国城,拘禁在陷阱之中,令他们坐井观天!"

可怜宋朝两个皇帝被丢进陷阱,每天吃喝都在陷阱之内,过着猪狗不如的生活。

有一个人名叫崔孝,原先是宋朝雁门关总兵,因为兵败流落在金,一晃已经过去了十八年。崔孝懂得医术,靠给人医马为生,当地很多人认识他,对他也相当友好。他在当地的日子也还过得去。

这一天,他听说宋朝两个皇帝被关在五国城监狱中,丢在陷阱里,十分痛心,便取了两件老羊皮袄子,烧了几十斤牛羊脯,又带了几根皮条,来到五国城。他找到监狱看守,说道:"听说我那旧主,也在此地关着。望各位做个人情,放我进去见他一面,也尽我一点忠心。"

众看守说:"若是别人,哪里能放他进去。既然是你,我们也常有麻烦你的地方,就放你进去看看。但是要赶紧出来,上头发现了,不是开玩笑的!"

崔孝道:"这个晓得,多谢多谢!"

那看守开了门,放崔孝进去。崔孝一头走,一头叫道:"主公,主公在哪里?"叫了半日,没有人答应,崔孝自言自语道:"这里有许多土井,叫我到哪里去找？"

  崔孝年纪已大，行走不便，走了半天，累得腰酸腿疼，只好趴着睡会儿。迷迷糊糊中，忽然听到有人在叫唤："王儿。"又听到有人在答应："孩儿在此。"

  崔孝惊醒了，循声一望，看见陷阱中有一老者，仿佛就是徽宗，连忙跪下，哭着说道："万岁，臣来晚了，罪该万死啊！臣乃雁门关总兵崔孝，兵败之后流落金地，苟且偷生。万岁在此，臣无物可敬，只有些牛羊脯并皮袄两件，献给万岁。愿吾主龙体康健，早日恢复故都，万寿无疆！"一边说一边哭，用牛皮条系着衣服、食物，送下土井去。

  二帝接了，十分感激，说道："难得你一片好心。"

  三人痛哭不止。

  哭过以后，崔孝问道："中原现在是谁做主？"

  徽宗道："中原已经无人做主了。原来有一个九殿下康王，如今康王在金做人质，也回不去啊。"

  崔孝道："国不可一日无主，既然九殿下在金地，愿陛下写一道传位诏书，令臣带在身上。他日见了九殿下，将诏书传达，一定帮助九殿下逃回中原，起兵来救二位陛下。"

  徽、钦二帝一听，悲喜交集，说道："难得你一片忠心，大宋还有一线希望。可惜没有纸笔，如何写诏书？"

  崔孝跪地磕头道："臣该万死，主公可降一道血诏！"

  二帝听了，把白衫扯下一块，咬破指尖血书数字，叫康王逃回中原继承皇位，重新整顿江山。写好之后，将诏书系在皮条上，由崔孝吊起来，收藏在夹衣之内。

  君臣痛哭一场，依依惜别。

第十三章 二帝蒙尘

崔孝走出监狱,那看守头目见了,怒喝一声,道:"大胆崔孝,你干的好事!进去这么久才出来!来人,给我绑去杀了!"

崔孝大吃一惊,叫道:"老汉无罪!"

看守头目说:"我念你医马有功,卖你个面子让你进去,为何现在才出来?如果让狼主知道了,岂不是要怪罪我们?"

崔孝说:"里面陷阱很多,不好找。况且老汉年纪大了,行走不便,因此耽搁久了,还请平章恕罪!"

看守头目说:"罢了,念你旧日的情分上,饶你一次,下次再不许到这里来。"

崔孝连连说:"不来了!不来了!"

崔孝谢过那些看守,匆忙离去。从此以后,他一边在各营医马,一边留心打听康王的下落。

第十四章

泥马渡江

转眼又过了一年，兀术立功心切，坐卧不宁，便点齐五十万兵马，二次进军中原。那康王赵构也跟随左右。等大军到了黄河边，已经是六月中旬，天气炎热，兀术下令在黄河一带扎营安顿人马，等到天气转凉，再渡河南征。

一晃到了七月十五日，依照习俗，应当祭祀祖先。那兀术命人搭起一座芦棚，宰了许多猪羊鱼鸭之类，准备望北祭祀先祖。祭礼摆放整齐以后，兀术偕同众王爷一齐到来。

那兀术骑着火龙驹，威武庄严，他身后跟着一个英俊王子，也是英姿飒爽，玉树临风。这英俊王子不是别人，正是宋朝康王殿下，如今迫于无奈，已经认那兀术为父王了。

那康王行走之间，忽然马受了惊，前蹄扬起，站了起来。康王不慌不忙，双腿夹紧，勒紧马缰，竟安稳坐在马上。那兀术看了，不禁赞叹："我儿马上的功夫，倒也长进不少！"

只是，康王被这马一颠簸，飞鱼袋中的雕弓掉在地上了。

这时，一个青衣人见了，连忙将雕弓拾起来，双手捧起，恭敬地递给康王，说："殿下请收好了。"

兀术见此人是中原口音，问道："你是何人？"

第十四章　泥马渡江

那人连忙跪下禀道:"小臣名为崔孝,原是中原人氏,在狼主这里医马,已经十九年了。这次狼主进军中原,臣奉命跟随。"

兀术点头,喜道:"看你这个老人家倒也是忠厚人,以后你就专门侍候殿下吧。将来某家夺取了宋朝江山,封你做个大官!"

崔孝谢了兀术,从此就留下来专门侍候康王。

金的众位王爷望北祭祀了祖先,一齐回到营中席地而坐,吃酒享乐,笑语喧哗。康王在人群中却暗自垂泪,心想:"金人尚且有祖先,如今二帝蒙尘,大宋破败,叫我怎不伤心啊!"

兀术正欢呼畅饮,却见康王在垂泪,便问道:"王儿,你为何不饮酒?"

康王听了连忙拭泪,却不知道该如何回答。

正在这时,崔孝跪下回禀道:"狼主,殿下因为适才受了惊吓,心口疼痛,身体不安,所以不能饮酒。"

兀术疑惑地看着康王,康王连忙点头,说自己心口确实疼痛,需要休息。兀术便笑着说:"我儿身体不适,何不早说? 这里没有外人,你何必拘束! 崔孝,你快扶殿下回去休息吧。"

崔孝领命,扶了康王回到营帐中。康王进了营帐,禁不住悲哭起来。崔孝对众护卫说道:"殿下身体不适,你们都出去,让殿下好好休息吧。"众护卫都退下了。

这时,崔孝拿出二帝血书,对康王低声叫道:"殿下,二帝有旨,快快跪接。"康王听了惊讶不已,连忙跪下。崔孝将圣旨交给康王,康王细细一看,热血沸腾。

崔孝低声对康王说:"殿下,那兀术正在饮宴之间,疏于防范,不趁此时逃走,更待何时?"

康王看了看崔孝,十分疑惑,说:"你到底是什么人,从哪里得来的圣旨？"

崔孝道："殿下，现在不是说这些的时候，事不宜迟，快快上路吧！"

康王暗下决心："与其在此地寄人篱下忍受亡国之恨，不如奋起一搏，再造大宋江山！"

康王和崔孝悄然离开营帐，牵了一匹快马策马而去。一路上守卫金兵不敢阻拦，心中却很疑惑，连忙报告兀术。兀术正在饮酒，听了汇报大为惊讶，连忙离座，骑上快马追了出去。

崔孝将康王送出营垒，指明了南方的道路，然后对康王说："殿下此去多多保重。老臣年纪大，走不动了，怕连累您，就此别过。"

康王说："你帮我逃脱，别人很快就会知道，留在此地凶多吉少，还是跟我一齐逃走吧！"

崔孝说："殿下！大宋存亡都在您的身上，臣不能以一己微躯置大宋存亡于不顾。殿下，您看看那是什么？"

崔孝说着朝前一指。康王扭头一看，那崔孝趁机抽出匕首自尽了。康王大惊，此时兀术已经追了上来。康王不敢久留，策马疾驰而去。

兀术见到崔孝的尸体，说道："一定是这老头跟他说了什么！"兀术远远看见康王，便急忙追赶上去，大声喊道："王儿，快回来！"

康王听了，吓得魂不附体，只顾往前奔。

兀术想："这孩子不知道是在想什么，做我的王儿多好，何必要逃走呢！待我将他射下马来！"那兀术弯弓搭箭，对准康王的马一箭射去，正中马的后腿。那马吃了痛，猛地一跳，将康王掀了下来。

危急关头，一位鹤发童颜的老人忽然出现了。他一手牵马一手拄杖，急忙对康王说："主公快上马！"康王就上了马，那马真神，竟然载着康王飞一般地跑开了。

第十四章　泥马渡江

兀术在后面见了大怒,对那老者大骂道:"等我回来杀你!"说着,拍马急追。

那康王策马跑到夹江边,举目一望,只见一条大江浩浩荡荡挡在眼前。后方兀术追来,气势猛如虎。康王上天无路,入地无门,急得大叫一声:"天呀!"话音刚落,那马忽然举起两蹄,跳向水中。兀术见康王被马带着跳进了滚滚江流,大叫道:"不好了!要淹死我王儿了!"

兀术来到江边准备救援。可是,那茫茫大江波涛滚滚,云雾弥漫,连康王的影子都看不到,如何救呢?兀术顿时大哭了起来。

兀术以为康王已经被淹死了,痛哭着回到营中。众人听说康王已经被淹死的事情,个个叹息道:"这康王,也是身在福中不知福啊!"

却说那康王被马带到江中,自己也以为必定要被淹死的。没想到,那马驮着康王浮上水面,竟然游过了夹江,上到了对岸。

马儿带着康王走了一程又一程,来到一片茂密的树林前。那马将康王耸下来,向树林中跑去。康王慢慢地步入林中,来到一座古庙前,发现庙里面有一匹泥马,颜色与刚才骑过的马相同,而且那马浑身也是湿的。康王很惊讶,说:"刚才驮我过江的,莫非就是这个泥马?"又说:"既然是泥马,沾了水怎么不变坏呢?"话一说完,那泥马立刻变成了一摊泥。

康王大惊,暗自忖道:"原来我有神灵护佑!将来若能重整宋朝江山,一定来这里重修庙宇,再塑金身!"

康王在庙中休息了一宿,第二天找到了当地的县令,县令得知康王在此,不敢怠慢也不敢冒认,连忙报告上级。各级官员听说此事更是惊讶,其中有不少人认识康王,大家察看清楚,确定这是康王无疑,无不拍手称快。

不多久,宗泽、赵鼎、李纲、田思中并各地方节度使、各总兵纷纷发兵前来护驾,众大臣见了康王赵构,喜极涕零。国不可一日无主,康王在众大臣的拥戴之下，在金陵奉旨继位，他成了南宋第一个皇帝——宋高宗。

宋高宗在金陵继位以后，改元建炎，大赦天下，发布诏令，召集四方兵马。不过几天，各路节度使纷纷前来护驾，又派遣官吏到各地催取粮草，各州县得令后，纷纷将粮草押送前来。

在押送粮草的县令中，有一个是汤阴县令徐仁。那徐仁将粮草上交给负责京畿军政事务的元帅王渊。

那王渊见了徐仁，想起一件事情，说道："本帅久闻当年贵县有个岳飞，如今怎样了？"

徐仁道："这岳飞当年在武场内挑死了小梁王，功名不就。如今闲住在家，务农养亲而已。"

王元帅道："像他这样的文武全才正是大宋栋梁，如今大宋正需要他效力，若这样的人闲居在家，是大宋之大遗憾。请您今晚在驿馆中安歇一宿，等到明日跟我一同去见驾，请皇帝下旨招聘岳飞为国效力。"

徐仁大喜。

第二天清晨，王渊带着徐仁一齐进宫。那王渊先将徐仁安排在午门之外暂歇，然后觐见皇帝，面奏道："有相州汤阴县徐仁解粮到此，臣向他问到当年岳飞之事。那岳飞文武全才，堪当大宋重任，望陛下聘他前来扶持社稷。那徐仁还在午门外候旨，伏乞圣裁！"

高宗听了，便叫徐仁觐见。高宗对徐仁说道："朕听说当年枪挑小梁王的岳飞在汤阴，特地命你前去招聘岳飞前来为朝廷效力。"

那徐仁得了圣旨，喜不自胜，回到汤阴就去拜访岳飞。

第十五章

岳母刺字

却说岳飞自从枪挑了小梁王，辞别宗泽，回到汤阴县后，遵从宗泽的教诲，日日讲习武艺文章，安分守己，不敢荒废学业。一晃六七年过去，因为瘟疫流行，王员外夫妇、汤员外夫妇相继病亡了。

瘟疫之外还有饥荒，百姓的生活更是雪上加霜。牛皋平常饭量大，喜欢有酒有肉的生活，终于熬不住清淡，做了些不法的事情。牛皋的母亲听说儿子做坏事，自己又不能管教，竟活活气死了。王贵、汤怀、牛皋因为没有父母的管教，更是学坏了不少。

这一天，岳飞正在书房里坐着，心想："当年恩师教导我，不可荒废了学业。今日无事，不妨到后边备马取枪，到外面练习练习。"

岳飞提起枪，牵着马，出门来到空场上。他正要练习枪法呢，忽然听见几个人有说有笑地走过来，一看，正是众位兄弟。岳飞见他们一个个武将打扮，手拿武器，牵着战马，像是要去战场一般。

岳飞心想："听说他们这些天经常做些不法之事，夺取不义之财。我常常劝他们，他们都不肯听，这次我一定要阻止。"

岳飞拦住他们的去路，问道："各位兄弟去哪里？"

众弟兄看到了岳飞，个个收敛了笑容不敢回话。只有牛皋答道："嘿嘿，大哥，还能干什么，无非是为了身上衣裳、口中食啊！"

岳飞道:"饿死事小,失节事大。古人说:'宁可正而不足,不可邪而有余。'"

王贵道:"大哥说得是,可是弟兄们没有饭吃,没有衣服穿,与其'正而不足',还不如'邪而有余'呢!"

岳飞一听,义愤填膺,喝道:"众兄弟若不听我的话,以后就不要做兄弟了!"岳飞拿起手中的枪,在地上一划,叫道:"为兄的与你们划地断义,以后各自努力去吧!"

众人道:"唉,饥寒难耐,顾不了那么多了,以后再说吧!"

几个兄弟竟然上马飞奔而去,徒留下岳飞站在那里,泪流不止。

岳飞心中难过,也就无心操演枪马。他牵着马转回家中,进了中堂,顿时放声大哭。岳母听见了,走出来喝道:"畜生!大白天为何哭泣?"

岳飞道:"孩儿心中难过,只为一班兄弟们做了不法之事,孩儿几次劝他们不住,今日又劝他们不住,就与他们划地断义了。回来想起,还是舍不得这些兄弟,所以悲伤。"

岳母听了,叹气道:"人各有志,且由他们去吧。"

母子二人正在谈论,忽听得外面有人呼喊。岳飞道:"母亲且请进去,待孩儿出去看看。"

岳飞去开了门,只见一个年轻人头戴便帽,身穿便衣,肩上还背着一个黄包袱,气喘吁吁地走进来。那人一直走到中堂,自己坐下,岳飞很诧异,细细打量那人,原来并不认识,心想:"这是何人,来这里有何事?"

那人见岳飞一脸诧异,笑道:"小弟有事来找岳飞,不知他在哪里?"

岳飞说:"在下便是,请问有何见教?"

那人听了,连忙下拜道:"小弟久闻大名,特来投奔。愿兄长接纳小弟,与小弟结为异姓兄弟。以后住在宝庄,好向兄长讨教武艺。"

第十五章　岳母刺字

岳飞大喜,道:"如此甚好,只是你尊姓大名,贵庚几何?仙乡何处呢?"

那人回答说:"小弟姓于名工,今年二十二岁,乃湖广人士。"

岳飞道:"如此说来,我年长一岁,贤弟受屈了!"

那人大喜,知道岳飞愿意接纳自己,就与岳飞一同跪下,望空拜了八拜,立誓道:"胜过同胞,永不相负。"拜后起来,两人大笑。

那于工从包裹里取出二百两白银赠送给岳飞。岳飞推辞,不肯接受。于工说:"你我既然是兄弟,何必要客气呢!"岳飞只好接受了,捧着银子进后堂,交给了母亲。

那于工又说:"哥哥家中可有大盘子,只管拿出来。"岳飞又跑到后堂,向夫人讨要了几个大盘子。

那于工亲自动手,把桌子摆在中间,将盘子安放在上面。打开黄包裹,取出十个马蹄金,放在一个盘里;又取出几十粒大珍珠,也装在一个盘子中;又将一件猩红战袍、一条羊脂玉玲珑带,各盛放在盘内。又从胸前取出一封书信,供在中央,便叫:"大哥快来接旨!"

岳飞道:"兄弟,你好糊涂,又不说个明白,却叫为兄的接旨。不知这旨是从何处来的,说明了我才好接。"

那人道:"大哥,实不相瞒,小弟并非于工,乃是湖广洞庭湖通圣大王杨幺驾下的东胜侯,姓王名佐。只因朝廷不明,信任奸臣,劳民伤财,百姓苦不堪言。眼下徽、钦二帝被金人掳去,大宋无主。因此我主公应天顺人,想要建立新政权。久慕大哥文武全才,因此我家大王特地命小弟前来聘请,想邀你同往洞庭湖去帮助打江山。请哥哥收了吧!"

岳飞道:"好汉子,幸好事先你与我结为了兄弟。要不然,就要拿贤弟去送官,连性命也难保了!我岳飞虽然不才,生是宋朝人,死是宋朝鬼,绝不背叛大宋！兄弟，你快将这些东西收了，休要多言。"

王佐道："哥哥，古人云：'天下者，非一人之天下，唯有德者居之。'宋朝皇帝无道，被兀术抓去，如今天下无主，人民离乱，大哥不趁此时建功立业，更待何时？请不要执迷了，跟我一齐走吧！"

岳飞道："古人说得好，'饿死事小，失节事大'。岳飞立志，如同女子守节。岳飞生是大宋的人，死是大宋的鬼。纵然是陆贾、随何再生，也劝不动我那凌云气节！本打算屈留贤弟住上几天的，今日你却有这种举动，为免生嫌疑，请贤弟速速回去。回去以后，报告你的主子，说我岳飞铁了心肠只忠于朝廷。难得今日与贤弟结拜一场，他日岳飞若有了一寸长进，与贤弟在战场上相会，那时候我们再来讨论！"

那王佐见岳飞侃侃而谈，意志坚决不肯动摇，便无可奈何，只得把礼物收回，告辞而去。岳飞叫住王佐，然后走进里屋，叫母亲把方才那个银包取出来。

岳飞捧着那二百两银子，对王佐道："这银包，请你收回去。"

王佐道："这又何必！这聘礼乃是小弟的一番敬意，仁兄何必推辞？"

岳飞道："兄弟，你差意了。贤弟送给为兄的，我已经收下了。这是为兄转送给贤弟的，请贤弟不要推辞，收下做回去的盘缠。"

王佐再三不肯接收。岳飞说："若还是客气，就不要做兄弟了！"

王佐见岳飞执意不肯，知道无法强求，只得收下那二百两银子，辞别了岳飞，悄然上路了。

岳飞送走了王佐，转身进来见母亲。岳母问道："方才我以为你那朋友还要住几天的，怎么到头来连饭也不吃一口就走了呢？"

岳飞道："母亲不要提了！方才那个人，先是说要与孩儿结拜为兄弟，学习武艺，不料后来却承认自己是湖广洞庭杨幺派来的人，叫作王佐，奉命

第十五章　岳母刺字

聘请孩儿前去做官。孩儿说了他几句,就打发他走了。"

岳母道:"原来如此。"又想了一想,便道:"我儿,你出去端正香烛,在中堂摆下香案,等我出来之后,自有道理。"

岳飞答应了一声,就走出去照母亲的话办了。

岳母洗手净面,带着媳妇出了后堂,先是烧香,然后敬拜天地祖宗,要媳妇磨墨,对岳飞道:"孩儿,你到这里跪下!"

岳飞连忙跪下了,然后问道:"母亲,您有何吩咐?"

岳母道:"做娘的见你不受叛贼聘请,甘愿守住清贫,不贪图富贵,是极好的了!但恐怕我死之后,没有人管束你,你又学那些不肖之徒,去做那些不忠不义之事,岂不把半世的芳名毁于一旦?因此,我今日敬拜天地祖宗,要在你背上刺下'精忠报国'四字,希望你永远做个忠臣,那将来我死以后,也可以含笑九泉了!"

岳飞道:"圣人云:'身体发肤,受之父母,不敢毁伤。'母亲的教诲,孩儿记得就是了,字就不要刺了吧!"

岳母道:"胡说!倘若你日后做了不忠不义、违法犯上的事情,被官府捉住了,吃棍子、受刑罚的时候,你也要对官府说'身体发肤,受之父母,不敢毁伤'吗?"

岳飞道:"母亲说得有理,就与孩儿刺字吧!"就将衣服脱下了半边。

岳母取出笔来,在岳飞背上正中间写了"精忠报国"四个字,然后将绣花针拿在手中,在他背上一刺。那岳飞浑身一紧。

岳母道:"我儿痛吗?"

岳飞道:"母亲还没开始刺,怎么问孩儿痛不痛?"

岳母流着泪说道:"我儿!你怕做娘的手软,这才说不疼。"说着,咬着牙根继续刺。刺完了,又将醋墨涂上,便永远不褪色了。

第十五章 岳母刺字

岳飞起来，叩谢了母亲训子之恩，各自回房安歇。

却说汤阴县县令徐仁，捧着圣旨，回到汤阴，然后带领众多衙役，抬着礼物并羊酒、花红等物件，来到岳家庄叩门。岳飞开门一看，认得是徐县令，就请进中堂。

徐仁便叫道："贤契，快排香案接旨！"

岳飞暗想："我命中该有这些磨折！昨日王佐来叫我接旨，今日徐县令也来叫我接旨。我想现今二帝北辕，朝内无君，必定是张邦昌那奸贼僭位，要来算计我。"

岳飞作了一揖，说道："老大人，二帝都已北狩，圣旨从何而来？说明了，岳飞才敢接。"

徐仁道："贤契，你还不知吗？九殿下康王从金营逃了回来，泥马渡了夹江，现今即位金陵。这就是大宋新君天子的旨意。"

岳飞听了大喜，连忙跪下接旨。

徐仁宣读了圣旨，对岳飞说："军情紧急，今日就要起身。我在此等候，贤契可将家事料理料理。"

岳飞道："既是圣旨，怎敢迟延！"就请徐仁坐下。岳飞将聘礼收进后堂，请母亲出来坐了，又叫李氏夫人侍立一旁。

岳飞告禀母亲："当今九殿下康王在金陵即位，特赐金帛，命徐县令前来聘召孩儿觐见。今日就要起身，特此拜别。"

岳母道："今日朝廷召你，多亏周先生教训之恩，还该在他灵位前拜辞才是。"

岳飞领命，将皇封御酒打开，在周先生灵位前拜祭一番，又在祖宗神位前拜奠已毕，然后斟了一杯酒，在母亲面前跪下，敬献母亲。

岳母接在手中，说道："我儿！做娘的今日吃你这杯酒，愿你此去为大宋出力，休恋家乡。你若尽忠报国，名垂青史，就是对我最好的报答。切记切记！"

岳飞道："孩儿谨遵慈命！"岳母一饮而尽。

岳飞站起来，又斟了一杯，向着夫人说："娘子，不知你愿意饮我这杯酒吗？"

李氏道："五花官诰尚要赠给我，这杯酒怎么吃不得？"

岳飞道："不是这等说！自古忠孝难两全，我岳飞并无兄弟，老母在堂，娘子须要代我孝养侍奉；儿子年幼，必当教训方能成人。所以说娘子，这杯酒责任重大，不知你能饮得吗？"

李氏夫人道："这都是妾身分内之事，何必嘱咐？官人只管放心前去，不必挂怀，家中事情都在妾身上。"接过酒来，也是一饮而尽。

这时候，那徐仁在外面全都听得明白，叹道："难得他一门忠孝！新主可谓得人，中兴有望了啊！"就吩咐从仆将岳飞的衣甲挂在马上，军器物件也叫人挑了。

岳飞拜别了母亲、妻子，正要与徐县令一同上马而去，这时岳云忽然赶来。那岳云跪在马前喊爹爹。

岳飞见了，问道："你不在学堂里听讲，回来做什么？"

岳云道："孩儿在学堂，听说爹爹要出远门，所以回来了。爹爹，你要去哪里？能不能带上我？"

岳飞道："孩子，你还小，不懂事。爹爹怕你舍不得，所以没有接你回来。爹爹要去杀鞑虏、保大宋，你在家中要孝敬奶奶和母亲，照管好弟妹，用心读书。"

岳云道："好吧！但是爹爹不要将鞑虏杀完了。"

岳飞惊讶道："为何？"

第十五章　岳母刺字

岳云道："留一半给孩儿杀杀。"

岳飞喝道："胡说！快些回去！"

岳云到底是个孩子，给岳飞磕了一个头，就蹦蹦跳跳地回去了。

徐仁望着岳云的背影哈哈大笑，忍不住赞叹道："虎父无犬子啊，古人说得真好！"他二人一路上快马加鞭，飞奔进入金陵城。

天子听说虎将来了，连忙召见。高宗慰问了徐仁，称赞他为大宋推荐了贤才，又对岳飞十分喜欢，遂给他加官晋爵。岳飞谢过皇恩，高宗又命赐宴，款待岳飞。高宗拿出五张画像，对岳飞说："卿可以看看这五个人，这是金的粘罕五兄弟，他日若在战场相逢，不可放过！"岳飞细细看了。

不久，岳飞受命，去张所元帅麾下效力。张所见了岳飞，十分欢喜，令他充任先行官，可以任意挑选兵马。

岳飞领命，去校场挑了六百名士兵，回来见元帅。张所见他挑的人太少了，又说："你去我的营中，也挑选一些。"岳飞又挑了两百名，连前次总共八百名，回来禀报元帅。

张所很奇怪，说："为什么不肯多挑一些？"

岳飞回答道："兵在精不在多，八百人足够了。"

张元帅命岳飞领着八百兵为第一队先行。又问众部下："哪一位将军，敢为二队接应？"

连问了几声都没有人回答，元帅呵斥道："都是些贪生怕死之徒，朝廷白养你们了！既然如此，我只好亲自点名了！"

张所便叫山东节度使刘豫。刘豫答应一声："有！"

元帅道："你带领本部人马为第二队先行。本帅亲率大军随后就到。"刘豫无奈，只得勉强领令，即去整顿人马。

第二天，张所带着岳飞、刘豫一同辞别朝廷，奔赴前线去了。

第十六章

大战青龙山

　　张所带着岳飞、刘豫等人与高宗皇帝辞行，这时一个巡城的指挥官慌张奏报："今有一伙强盗率领众人前来抢仪凤门，口口声声要岳飞出阵。"

　　高宗听了，传旨令岳飞出阵擒贼。岳飞领旨，带领八百士兵出城来。到了阵前，只见对方许多喽啰手中拿的并不是枪刀，而是些锄头、木棍、钉耙。这伙人乱哄哄的，不成阵势。

　　岳飞大喝一声："哪里来的毛贼？快快来认认岳飞！"

　　喊声未绝，对面阵营里面出现了一个青面獠牙的凶神，那人手持狼牙棒，身跨青鬃马，冲到阵前，见了岳飞便将双手一抱，对岳飞大叫道："大哥，小弟吉青特来拜见，望大哥提携！"

　　岳飞见是吉青，骂道："狗强盗！你甘心为贼，还来干什么？快与我拿下！"

　　吉青跳下马来，叫道："不要动手，你们绑了我就是！"

　　军士上前，将吉青五花大绑，牵了他的马，拿了他的兵器，来见岳飞。

　　岳飞见那些喽啰都是些农民，便对他们说道："都好好散了，各自回去安家乐业吧！"

　　众人见吉青已经被擒，听了岳飞这一说，也就散去了。

　　岳飞命众兵丁将吉青带进城中，面见皇帝。高宗见吉青相貌威武雄壮，

第十六章　大战青龙山

问道："你是何人，为何造反？"

吉青大叫："小人名叫吉青。万岁爷，小人不是来造反的，是来投靠岳飞的。岳飞是我结义大哥，吉青特来寻他，一同为大宋出力！"

高宗听了，龙颜大悦，问："这果然是你的义弟吗？"

岳飞奏道："以前是，现在不是了。"

高宗问道："为什么？"

岳飞道："当年我等结拜之时，相约替天行道，保家卫国。谁知这吉青耐不住清苦，做了拦路抢劫的不法之事。臣已与他们划地为限，断绝了兄弟情义。"

高宗说："人谁无过？过而能改，善莫大焉。孤家看他也是一条好汉，如今大敌当前，正应该赦免小过，让他将功赎罪吧！"于是传命松绑，封为副都统，拨在岳飞营前效用。

吉青大喜，连忙谢恩。岳飞便带着吉青来见元帅。元帅命令岳飞领兵先往鬼愁关，刘豫领本部兵五千为第二队。元帅自领大兵十万在后，准备迎战兀术。

那兀术在河间府听说康王继位，任命张所为元帅，领兵十万对抗自己，不觉恼怒，便点齐十万人马，命王兄粘罕带领，杀向金陵。

那金兵统帅是粘罕，副统帅是铜先文郎，先锋是金牙忽、银牙忽。十万金兵杀气腾腾，似乎要踏平金陵，活捉赵构。

却说南宋先锋岳飞同着吉青，带着八百儿郎一路向前，来到一座山前，这山高大挺拔，气势恢宏，名叫八盘山。岳飞命众人扎下阵脚，然后四下里仔细一望，回头对吉青说："我看这山形势曲折，怪石嶙峋，可以埋伏重兵。若兀术来到这里，必然吃亏不小啊！"吉青看了，点头称是。

正在这时，探军来报："有一支金兵人马正往这里赶来。"

岳飞一听大喜，说："我主果然洪福齐天！"

于是，岳飞命众儿郎一齐用强弓硬弩，埋伏在道路两旁，又命吉青前去迎战，并且交代说："此去只许败，不许胜！引他进这座山来，为兄在此接应。"

吉青听令，带领五十人马，前来迎敌。那金兵们见吉青只带了不到几十个人，便哈哈大笑。吉青纵马上前，金牙忽、银牙忽道："我只道宋人长得人模人样，没想到是这个贼样！"吉青大叫道："俺贼样就是要吃你们的肉，喝你们的血！"说着，抡起狼牙棒杀了过来。金牙忽举刀招架。

战不上三个回合，吉青暗想道："大哥原叫引诱他们进山去的。"那吉青虚晃一棒，回马就走。金牙忽、银牙忽立刻带领三军随后赶来。

金兵到了山中，已经处在岳飞的包围圈中。岳飞一声令下，两边军士一齐发箭，把那帮金兵射得人仰马翻。金牙忽见状不妙，准备转身回去，忽听得一声大喝："休走，岳飞在此！"

那金牙忽见宋兵突如其来，不知道有几万之众，见岳飞气势如虹，早已吓得不知所措。岳飞沥泉枪一晃，正中金牙忽的心窝。那吉青见金牙忽已死，立功心切，就缠着银牙忽激战。那银牙忽见兄长惨死了，心中一惊，吉青看到他分神，便是一棒，将那银牙忽的天灵盖打得粉碎。

金兵失去了统领，立刻就散了。岳飞统领宋兵八百儿郎一齐上前，歼灭金兵三千余人。侥幸逃走的金兵回去报信了。

岳飞取了金牙忽、银牙忽的首级，收拾了缴获的马匹器物等，要吉青解送刘豫营中，托刘豫转交大营报功。

刘豫见了金军将领的首级，对吉青说："你且回营去，待本帅替你转达便是。"吉青回到营中，将转交一事禀报岳飞。

可是，那刘豫有自己的小算盘："这岳飞好手段！一出来就立了这大功，

这一路上不知还要立多少功劳呢！如今这第一功权且让我得了，下次再与他报吧。"忙将文书修好，向元帅报功去了。张元帅见了文书和首级，就赏了刘豫第一功，刘豫暗暗欢喜。

岳飞领兵向前，又来到一座山，名叫青龙山。岳飞左顾右盼，察看地形，然后吩咐人马扎营，对吉青道："这座山比八盘山更好。为兄的在此扎营，意欲等候金兵到来，杀他一个片甲不留。你可往后边营内去见刘豫元帅，要借口袋四百个、火药一百担、挠钩二百杆、火箭火炮等物，我自有用处。"

吉青领命，来到刘豫营中，向刘豫借口袋等物件。刘豫道："本营哪有这些？你且回去，待我差人到元帅大营中取了来送给你们。"

吉青听了，回去复命。那刘豫即差人往大营取齐了这些物品，送到岳飞营中，岳飞收了。

于是，岳飞拨二百人马去山前，将枯草铺在地上，撒上火药，埋伏起来。约定以炮响为号，一齐发箭。岳飞又拨一百兵在右边山涧水口，将口袋装满沙土，筑成堤坝阻住流水，等金兵一到，就放水淹敌；再拨兵一百在大石壁之上堆积乱石，等敌人逃过涧水，来到大石壁之下，就推翻乱石砸向敌人；又令吉青领二百人马埋伏在山后，擒拿逃走的金兵，且吩咐道："贤弟，你若遇见一个面如黄土、骑黄骠马、用流星锤的，那就是粘罕，务必要擒住！若放走了他，必将你送元帅处军法从事，不可有违！"吉青领命而去。岳飞自带二百兵在山顶摇旗呐喊，专等金兵到来。

那一天，大元帅张所独坐后营，止思索退敌之策，中军胡先前来禀报道："元帅，今日刘豫立了头功，下官觉得可疑。那岳飞领兵为先锋，必然先遇到敌人，又不曾听说他吃了败仗，为何刘豫反立头功呢？其中必有蹊跷。如果刘豫冒领功劳，岂不让英雄气短，谁还肯替大宋出力！下官想去查

第十六章　大战青龙山

明真相，不知元帅意下如何？"

元帅听了大喜："本帅也有些怀疑，正想查究，你去探听更好。"

胡先领命出营后，扮作兽医，抄小路来到青龙山。天已近黄昏，胡先悄悄来到半山腰，爬到一棵大树上，只见漫山遍野的金兵已到了，仿佛蚂蚁一般。胡先看了，心中一紧："那岳统制只有八百人马，怎么迎敌？恐怕要吃亏了。"

却说粘罕统领十万人马向金陵杀来，途中遇见败下阵来的士兵，听他们说："有个岳飞同一个吉青，杀了两个元帅。五千兵死了一大半，伤者不知其数。"粘罕听了大怒，连忙催动大军前来援助，准备一举踏平金陵。

忽有探军来报："启上狼主，前面山顶上有宋兵扎营，请令定夺。"粘罕道："既然有宋兵挡路，今日就扎营盘休息，等明日开战！"一声炮响，金兵安营扎寨，准备安歇。

这里青龙山上，岳飞见粘罕大军正在安营扎寨，心想："今日敌人不愿开战，到了天亮，敌众我寡，那就难以对付了。不如今夜就开始行动。"

岳飞想了想，拿起沥泉枪，叫人备了战马，然后对身后二百儿郎下令道："在此守候，不可轻举妄动，待我将敌兵引来受死！"

那岳飞跨上战马，摇动沥泉枪，直朝金营杀了过来。那胡先在树顶上见了，大吃一惊，心想："这岳飞莫非是神人，单枪匹马也敢挑十万金兵？"

却说岳飞快马加鞭冲入敌营，大叫道："宋朝岳飞来踹营也！"他骑着马，马又高大；挺着枪，枪又精奇！逢人便挑，遇马便刺，耀武扬威，如入无人之境。小兵慌忙报入牛皮帐中，粘罕大怒，上马提锤，率领元帅、平章、众将校一齐拥上来，将岳飞围住。

这岳飞哪里将这些人放在心上，奋起神威，枪挑剑砍，杀得尸横满地，血流成河。岳飞见敌人吃了大亏，暗想："现已激怒了敌人，不若假装败走，赚他来追赶。"就把沥泉枪一摆,喝道:"进得来,出得去,才是好汉!"两腿把马一夹,呼啦啦冲出金营!

粘罕大怒:"岂有此理!一个宋将来踹我大营,我却拿他不住,岂不让人笑话!若不踏平此山,难泄我心头之恨!"便率领大军齐声呐喊追赶上来,声音震得地动山摇。

岳飞回头看见了,暗暗欢喜:"哈哈,这次又中了我的计!"连忙走马上山。

那胡先在树上看得真切,心急如焚:"那岳飞好不会做事,引得十万大军追杀自己,自己死了不说,山上的士兵恐怕都要跟着死了。我坐在这树上,怕是也要遭殃!"

胡先越想越急,忽然听到一声炮响,吓了一跳,差点从树上掉下来。原来宋兵放了一炮,吓得金兵人仰马翻。两边埋伏的军士听了炮声全都站起来,张弓射出了几百只火箭。枯草上的火药立刻烧了起来,无数金兵被火海吞没,顿时鬼哭狼嚎,惨不忍睹。

铜先文郎和众平章一齐保着粘罕从小路上逃走,忽然眼前一条涧水挡住去路。粘罕测一测水深,只有三尺不到。粘罕大喜,催促三军渡河而去。金兵听从命令纷纷下到水中,有的人口渴了,便就着涧水喝了下去。

正在这时,上游岳飞的人马拉开沙袋,放水下来。金兵还没有反应过来,洪水已经将金兵冲走无数了。剩下的金兵吓得魂飞魄散,一齐往谷口逃生。

粘罕甩开部队,一马当先地逃在前面。忽听到前面有人来报,说前方有大石壁挡路,无路可走。粘罕听了,悲叹一声道:"如此说来,我等性命休矣!"正悲叹着,部下中有一个平章指着前方说:"狼主,前方似乎有一条小路,我们何不走一走试试看?"粘罕道:"慌不择路,只要有路就走吧。"于

第十六章　大战青龙山

是，那粘罕带着人马一齐从这条似有非有的路上走去。

没走多远，埋伏在石壁上的宋军听到了底下的动静，一齐将石头砸了下来。一时间，石壁下的金兵被砸得头开脑裂，金兵尸体遍布荒山谷中。

铜先文郎保护着粘罕，拼命向谷口逃去，终于找到一条大路。那粘罕见到大路，哈哈大笑。铜先文郎见了，问道："狼主，如今我军吃了败仗，你为何还要发笑？"粘罕道："我不笑别的，单笑那岳飞厉害是厉害，只是用兵之法还是稀松平常。如果在这里埋伏一支人马，我等就全军覆没了！"

话还没说完，只听得一声炮响，霎时间火光四起，一个如同恶神的将军跃马大叫道："吉青在此，快来受死！"

粘罕、铜先文郎吓得心惊肉跳。那粘罕双腿发软，对铜先文郎说道："某家今日死定了！"铜先文郎道："狼主不要着急，事已至此，臣只好使一个金蝉脱壳之计帮狼主脱身，只愿狼主将来好生照看臣的后代！"粘罕道："这个自然，计将安出？"铜先文郎道："狼主与我调换衣甲、马匹、兵器，一齐冲出去。那吉青必然将臣认作是狼主，上来与臣交战。若吉青本事有限，臣还可以同狼主一齐逃生。倘若他本事高强，将臣虏获，狼主可觑便脱离此难。"粘罕流泪道："难为你了！"急忙将衣甲马匹调换了，一齐冲出。

那吉青见铜先文郎这身打扮，以为他是粘罕，便举起狼牙棒前来缠斗。铜先文郎提锤招架，战不上几合，早被吉青一把抓住，活捉了。那粘罕带领败兵拼命夺路而逃。吉青追赶了一程，便停了下来，拿了铜先文郎回来报功。

那胡先在树顶上蹲了一夜，看得明白，对岳飞暗自称赞，等到大军一散，便溜下树来向张元帅汇报去了。

到了天明，各处兵丁都来报功。吉青绑了铜先文郎，前来报功道："果然拿着粘罕了。"岳飞一看，大怒："将吉青绑去砍了！"左右答应一声，就要将吉青拖下去。

第十七章
刘豫降敌

岳飞见吉青中了计,让粘罕逃跑了,十分恼怒,要将吉青斩首正法。

那吉青大叫道:"无罪!"

岳飞道:"我早已详细吩咐你,你却还是中了他的金蝉脱壳之计。"便向铜先文郎喝问道:"你这等诡计,只瞒得住吉青,怎瞒得过我?你实说,你是何等样人,敢假装粘罕替死?"

铜先文郎暗想:"中原还有这么厉害的人?"便叫道:"岳飞,我狼主乃天命之主,怎能被你拿了?我不是别人,乃大金元帅铜先文郎。"

岳飞道:"吉青,你听见了吗?"

吉青道:"大哥,我真糊涂,情愿受死。大哥要杀我,就同他一齐杀了!"

众军士一齐跪下求情。

岳飞道:"也罢,今日你是初犯,恕你一次。日后倘再有误事,王法无亲,决不容情!"

吉青谢了起来。

岳飞道:"着你领兵二百,把金军将领和缴获的马匹军械一齐押解到大营报功。"吉青领令,押解了铜先文郎并所有战利品前往大营。路上经过刘豫营前,叫小校禀知赶快放行。刘豫听说吉青又去报功,连忙命人传进来。

第十七章　刘豫降敌

吉青见了刘豫，禀报道："岳统制杀败金兵十万，活捉金军将领一员，得了许多军械马匹，现解押在营门外。请元帅查看明白了，好给小将让路去大元帅营中报功。"

刘豫听了这话，妒火中烧，想："金兵十分厉害，南朝并无一人能抵挡。这岳飞初来乍到，两次立功，一次更比一次大。他才用了区区八百兵丁，便杀败了人家十万人马，还擒获了金的元帅。以这个势头下去，将来位置必然在我之上。不行！"他想了一会儿，拿定主意，便假装客气地对吉青说："吉将军，你同岳统制杀败金兵、擒获金军将领，这件功劳不小！但你去到大营报功，须要耽搁时日。你营中本来就乏人，倘若金兵再来，谁来帮你们岳统制抵抗？我与岳统制情同兄弟，他的事就是我的事。不如我差人代你向元帅报功，然后你带了猪羊牛酒先回本营去犒赏三军吧。"

吉青见刘豫如此好意，盛情难却，也就答应了。那刘豫命人备置了猪羊牛酒，交给吉青带回本寨去了。

刘豫将铜先文郎关在后营中，将战利品全都留下，然后写好文书，叫来一名副官，将文书交给副官，吩咐道："你到大营内去报功。大元帅若问你，你就说金兵杀来了，被本帅杀败了，拿住一个金军将领关在囚牢中。大元帅若是要，就解送过来；若是不要，就在那边斩了。元帅问你话，你要随机应答，不可走漏了风声。"副官得令而去。

那胡先回到营中，换了衣服，便来见张元帅。

元帅便问："情况察看得如何？"

胡先将到了青龙山，爬在树顶上看了一夜的事情细细禀报了。

张元帅点头，道："难为你了，记上你的功劳。"

到了第二天，张元帅升帐，召集众节度、总兵前来议事。众将参见已毕，有传宣官上来禀报道："二队先锋刘节度差副官前来报功，在营门外候令。"

张元帅道:"传他进来!"那副官进来,叩了头,将文书呈上。

张元帅拆开观看,原来又将岳飞的功劳冒领了,便吩咐赏了副官,说:"且自回营,可将所擒金军将领解到大营中来。待本帅这里叙了功,送往京师,听候圣旨发落。"副官叩谢出营而去。

张元帅打发了刘豫的副官,然后对众将说道:"各位,两次杀败金兵的,都是前队岳飞。刘豫遮蔽贤良,冒领军功,实在罪不容恕。如今朝廷正在用人之际,岂容奸将埋没贤良,致使赏罚混乱?本帅想将那刘豫捉来,斩首示众,再禀报朝廷,哪一位将军愿前去捉他?"

话还未说完,胡中军上前禀道:"元帅若去拿他,恐怕他叛变。不如差一官员前去,骗他来此地商议军事,然后聚集众将,查明事情的来龙去脉,再将他斩首。只有如此,众人才会心服,他亦死而无怨。"

张元帅道:"此计甚妙,就着你去请他到大营来商议军机,不得有误。"

胡先得令,出营上马,前往刘豫营中奔来。

没想到张元帅帐下有一个两淮节度使曹荣,跟刘豫是儿女亲家。当时,他见张元帅将要对刘豫不利,十分不安,心想:"他的长子刘麟是我的女婿。他父子性命朝夕不保,我那女儿将来怎么过?"曹荣悄悄出了营帐,派心腹家将飞马前去报信。

话说那刘豫正在军中等候副官回来,忽然有人前来禀报道:"两淮节度使曹爷派人有要紧事求见。"刘豫赶忙叫人传进来,来人进了营,慌慌张张叩头,说道:"曹大人来不及修书,要我来禀报老爷,说大元帅已经知道老爷冒领了军功,要对老爷不利,大元帅派人来传老爷进大营商议军事,实际上是骗老爷进军营,好就地正法。大老爷有性命之忧,请快作打算。"

刘豫听了,大惊失色,忙取来白银五十两赏了来人,说道:"多谢你家大老爷的活命之恩,以后必当重报。"来人叩谢而去了。

第十七章　刘豫降敌

刘豫想了一会儿，走到后营将铜先文郎松绑，请他坐下，说道："久闻你乃金地名将，被岳飞暗算，这才来到此地。我看宋朝气数已尽，金必当强盛，本帅想要放了你，并投靠金，不知你意下若何？"

铜先文郎道："我乃死囚，若蒙再生，自当重报。我家狼主十分爱才重贤，元帅若投靠过去，我一定保举重用。"

刘豫大喜，一面吩咐准备酒饭，一面传令收拾人马粮草。

正待起行，副官恰好回来了，说："大元帅命老爷将擒来的金军将领解往大营，然后请旨定夺。"

刘豫大笑，立即鸣鼓，召集将士，然后对将士们说："新皇帝年幼无知，张所赏罚不明。如今大金狼主重贤爱才，本帅已经决定归顺金。尔等速速准备，跟我一齐去享受荣华富贵。"

话还没说完，只听下面有人叫道："我们都有父母、妻子在这边，不愿降金。"顿时人声鼎沸，大家一哄而散，只剩下几名亲随人员。

刘豫无奈，只好和铜先文郎带领这几人一齐上马，准备抄小路前往金。

忽然后面有人大叫："刘老爷去哪里？"

刘豫回头一看，只见一人骑着马飞奔而来，原来是张元帅帐下的胡中军。胡先来到刘豫跟前，问道："刘老爷，张元帅有令箭在此，要你速回大营，有事商议。"

刘豫嘿嘿一笑，说："我已经知道了！我本来想杀了你，又恐没有人报信。留你小命回去传话，说我刘豫乃堂堂丈夫，岂能受你的节制？我如今投顺大金，权且将他那驴头寄在他脖子上，我不日就来取！"

胡中军吓得不敢做声，回转马头就走。

胡中军回到大营，禀报张元帅。张元帅大怒，却不知是谁走漏了风声，连忙写了奏章。

却说那粘罕在青龙山上被岳飞包围，险些丧命，幸好有铜先文郎李代桃僵，让粘罕金蝉脱壳。那粘罕带着所剩无几的残兵败将逃回了河间府，见到了兀术。

兀术见他大败而回，惊问道："王兄有十万人马，怎么败在宋兵手中？"

粘罕道："有个宋将叫作岳飞的，真个厉害！"

粘罕将遭遇岳飞的经过说了一遍。兀术听了，道："从未听说宋朝有个什么岳飞，不信他如此厉害。"

粘罕道："若没有铜先文郎替代，我早已命丧黄泉了！"

兀术大怒道："王兄，你且放心，待某家亲自起兵过了黄河，活捉岳飞，给王兄报仇。再直捣金陵，踏平宋室，方解吾恨！"

正在此时，有小兵来报："铜先文郎候令。"

兀术惊讶地问粘罕："王兄不是说他被宋兵生擒了吗，怎么又回来了？"

粘罕也很惊讶，兀术道："快传进来！"

那铜先文郎带着刘豫一帮人，抄小路回到金营，经人通报之后，回头对刘豫说："元帅，你可在营门外等候，待我先进去禀明情况，再请你进去。"

刘豫道："全仗帮衬！"

铜先文郎进了大营，一直来到兀术帐前跪下叩头。

兀术道："你被宋兵拿去，怎么就逃回来了？"

铜先文郎将刘豫投降的事情说了一遍。

兀术道："这样无耻奸臣，留他有什么用，快拿出去'哈喇'了！"

哈迷蚩道："狼主不可如此！如今进攻中原，要的就是像他这样的人。快宣他进来，封他个王位，将来自有用处。"

兀术听了军师的话，觉得有理，命人传刘豫进见，封刘豫为鲁王，镇守山东一带。刘豫感激不已。

第十八章

马前张保　马后王横

却说宋朝这边，宋高宗感到敌情紧迫，便派重兵守卫黄河沿线，岳飞与吉青在黄河边下寨。张所带重兵前往汴京。

那张邦昌听说张所要来接管汴京，担心被排挤，心中生出一计，便来到太后面前，禀奏道："太后娘娘，兀术进犯中原，不日就来抢占汴京。如今康王九殿下在金陵即位，臣想要保护娘娘前往金陵，请娘娘将玉玺交给臣，臣再献给康王。"

太后娘娘听了这话，泪流满面，说道："如今天子下落不明，这个玉玺留在此处又有何用？都交给卿去办吧！"

张邦昌将玉玺骗到手中，连夜收拾了金银细软，带着家眷一齐往金陵逃跑了。

那张邦昌来到金陵，先安顿了家眷，然后来到午门，对黄门官说："张邦昌来献玉玺，相烦转达。"

黄门官连忙禀报高宗，高宗问众大臣道："贼臣来了，众卿有何主见？"

李太师道："张邦昌来献玉玺，也是功劳一件，可以封他为右丞相。但是此人心术不正，主公只能疏远他，不可分他实权。"

高宗点头，宣张邦昌觐见。

张邦昌见到高宗，献上玉玺，然后磕头不止。

高宗见了，心中有些不忍，说道："卿此次送来玉玺，有大功于大宋，特封右丞相。"

张邦昌大喜，磕头如捣蒜，谢恩告退。

到了第二天，张邦昌面见皇帝，启奏道："臣闻知兀术再犯中原，幸有岳飞在青龙山大败粘罕，挫敌锐气，扬我军威。臣观岳飞才能，实乃大宋栋梁。望主公重用岳飞，拜他为元帅，来日起兵抗金，迎二帝还朝，天下幸甚！"

高宗听了，暗想："好虽好，我却不听你的。"只是回了一句道："卿家不必多言，孤自有主意。"

张邦昌听了，十分扫兴。

回至家中，张邦昌郁郁寡欢，心想："这样的话实在是好话，小皇帝居然不听，可见我虽然是右丞相，其实没有一点实权。"

正独坐郁闷之时，小侍女荷香送茶进来了。张邦昌留神看了看荷香，见她唇红齿白，面若桃花，颇有几分姿色，心想："正好来个美人计！将此女认为干女儿，然后将她送到宫中。倘若她得了宠，成了皇后，那我就成了皇帝的岳父，以后不怕这小皇帝不听我的。"

张邦昌将自己的想法告诉了荷香，荷香也是贪图富贵的人，听了张邦昌的话，高兴得不得了。

第二天，张邦昌将打扮得十分俏丽的荷香带上车子，停在午门之外，然后自己朝见皇帝，说："臣有小女荷香，愿意服侍圣上，现在午门外候旨，望皇上垂怜。"

高宗此时还是个少年人，听了张邦昌的话十分喜悦，连忙叫张邦昌带女儿在殿上相见。

荷香见了高宗连呼万岁，行礼后便娇羞地站在一旁。高宗见了荷香龙颜

第十八章　马前张保　马后王横

大悦，连忙命太监将她送进宫中，然后立刻退朝，径直朝后宫去了。

李太师下朝回来，与夫人说起张邦昌献女的事情。夫人道："他因为不能专权，所以才使出这美人计，想要得到皇帝的宠信。"

太师道："夫人所言极是，奸臣用心不良，如今又博得了皇帝的欢心，将来这朝廷恐怕是难处啊！"

正说话，忽然发现檐下站着一人。太师道："你是何人？"

那人过来跪下叩头道："小人是张保。"

太师道："哦，张保，我一时忘了，只为国事匆忙，不曾举荐你。也罢，你去取纸笔过来。"张保就去取了文房四宝放在桌上。

李太师写了一封书信，将书信封好了，对张保说："我推荐你到岳统制那边去效力，你可要小心服侍岳飞！"

张保道："小人不去！古人云：'宰相的家人七品的官。'我放着一个七品官不做，怎么反倒去投靠一个小小的岳统制呢？"

李太师笑着说："那岳统制是个人中豪杰、盖世英雄，文武双全。这样的人，你不去跟他，还要跟谁去？"

张保道："小人且去投他，如果不好，仍要回来的。"于是别过了太师，出了府门，告别了妻子，背上包袱行李，提起了混铁棍，出门上路去了。

在路上走了几天，来到黄河口岳飞的营前，对军士说道："相烦通报一声，说京中李太师差我来下书，求见岳统制。"

军士进营报告了，岳飞道："令他进来。"

军士出营说："岳统制请你进去。"

张保进营叩头，将书信呈上。岳飞把书拆开看了一遍，对张保说："张管家，你在太师身边的日子多好过，到我这里来却是要过苦日子的。这样，且请你到小营吃顿便饭，等我修书一封，还是要你回去吧。"

岳飞命护卫将张保安置在小营中，准备了酒菜招待。张保坐在小营中，左右看了看，只见四壁破旧，桌子不过是柏木做的，也没有上过油漆，锅碗瓢盆都很粗糙。不久，伙夫将酒菜搬上来，也不过是一碗鱼、一碗肉、一碗豆腐、一盘子牛肉而已，酒水是白水酒，米饭是老米饭。

那护卫对张保十分客气，说道："张爷请用酒饭。"

张保有些不满，说道："你们为何把这样的酒菜给我吃？"

护卫道："这些酒菜，在我们这里是上等的。平常我们看都看不到，今日却是为了您，这才特地收拾了招待您的！我们统制天天都吃素，每到吃饭的时候还朝北站立，泪光盈盈地说：'为臣在此受用了，不知二位圣上如何！'有哪一餐饭不是流泪吃的。"

张保大为惊讶，说道："好，好，好！不要说了，且吃酒饭。"他一连吃了数十碗饭，然后出来见岳飞。

岳飞对张保说："书信已经写好，就由你带回去吧。"

张保道："小人不回去了，太师爷的命令，小的不敢违背。"

岳飞道："既然如此，权且在此地过几天。"

张保跪下，大声说道："岳统制乃真心报国之人，小的见了您，如同拨云见日。小的不怕吃苦，就怕这堂堂七尺之躯不能为大宋效力。小的愿跟随您左右，报答大宋！"

岳飞大喜，便留下了张保。那吉青见了张保，也不禁称叹："好一个汉子！"从此，张保就留在岳飞营中了。

且说张邦昌送玉玺时，一路上印了许多纸，以便将来可以假传圣旨。自从荷香得到高宗宠爱，这个张邦昌更加肆无忌惮。一天，他竟然传了一道假圣旨，要岳飞回京。原来，张邦昌算定了兀术要渡河南下的日期，为了替金兵扫除路障，就以皇帝的名义召岳飞回京。

第十八章　马前张保　马后王横

岳飞接过圣旨，不敢违抗，对张邦昌派来的假钦差说："大人请先行，岳飞随后便来。"那假钦差别过岳飞，回复张邦昌去了。

岳飞吩咐吉青道："兄弟，大哥要奉旨回京，又怕金军渡河过来，非同小可。为兄的有一句要紧话，不知贤弟肯听否？"

吉青道："大哥吩咐，小弟怎敢不听？"

岳飞就对吉青说："愚兄这次回京，最担心的就是金兵趁虚而入。你武艺高强，原本可以抵挡一阵，就怕你贪酒误事。今日愚兄替你戒了酒，等我回营再开。兄弟若肯听我的话，就以此茶为誓。"说罢，就递过一杯茶来。

吉青接过茶，便道："谨遵大哥吩咐。"说完，一仰头，将茶水一饮而尽。

岳飞又差了一员家将前往元帅营中，交代自己进京之事。临行时，岳飞还是不放心，再三叮嘱吉青一番，这才带了张保，上马匆匆向汴京进发。

岳飞带着张保，一路上快马加鞭地赶路。行到中途，只见一座断桥阻住去路。岳飞便问张保道："这座桥什么时候断的？你前日怎么过来的？"

张保道："小人前日来时，这座桥还是好端端的，小人正是从桥上走过来的。今日不知为什么断了？"

岳飞道："那就是近日新断的了。你去寻一只船来，方好过去。"

张保领命，向河边四下里一望，并无船只，只有对河芦苇中藏着一只小船。张保便喊道："艄公，快将船撑过来，渡我们过河！"

那船上的艄公应道："来了。"说着，便咿咿呀呀地摇起船来，不一会儿就摇近了，那艄公将他们两个人仔细打量了一番，问道："你们要渡河？"岳飞点点头。

只见这艄公生得眉粗眼大，紫膛面皮，身长一丈，膀阔腰圆，好生凶恶！那人道："你们要渡河，需要先把价钱讲一讲。"

张保道："要多少？"

那人道:"一个人十两,一匹马也是十两。"

张保说:"好贵啊!朋友,价钱太高了。"

那人道:"高就不要坐,随便你!"

张保想了想,说:"我们有要事去办,就依你了。快渡我们过去,钱照数给你便是了。"

岳飞心想:"这桥肯定是这个艄公拆的了,这艄公怕是想发点黑心财呢!"

岳飞猜对了,这个艄公果然就是拦路剪径的盗贼,他将这河上的桥给拆了,自己装扮成艄公,专门打劫过河的行人。

那艄公看了看他们的包裹,又看张保牵着一匹好白马,心想:"这包裹虽然不大,那白马牵出去也可以换几两银子。"艄公又看了看岳飞,只见他文绉绉的,心想:"这个好收拾。"又看了看旁边的军汉,五大三粗,一脸横肉,心想:"这个有点麻烦,我先对付了他,这匹马不怕不是我的了。"

艄公对岳飞、张保说:"是我的船小,渡不得两人一马,只好先渡了一人一马过去,再来渡第二个人。"

张保道:"不要紧。你的船小,我站在船艄就可以了,不占地方。"

艄公暗笑:"这该死的狗头,这是你自找的,怨不得我。你要是站在船艄上,我只要轻轻一点,就能把你打下水去。"

那艄公假献殷勤,将岳飞、张保扶上船,心想:"现在我扶你们上船,等一下就把你们推下水去喂王八!"

岳飞牵着马上了船,果然船很小。岳飞将马牵进船舱,自己站在船头。那张保背了包裹爬到船艄上,放下包裹靠着船舵站着。

艄公把船摇到河中间,看那张保手中还拿着根铁棍,心里有几分忌惮。忽然,他心生一计,对张保说:"大哥,我肚子饿了,你帮我扶着橹,我去

第十八章　马前张保　马后王横

拿一点吃的。你若是饿了,一起吃一点也好。"

张保早已经有了防备,见他这么说,就说道:"行,你去拿吃的吧!"说着,将铁棍放下,用双手扶着船橹。

那艄公窃喜,心想:"我去拿吃的,我请你吃刀子!"艄公飞快地揭开船板,"嗖"的一声掣出一把板刀。张保眼疾脚更快,飞起一脚将那艄公手上的板刀踢进了水中。

艄公大吃一惊,还没回过神来,那张保又是一脚,将那艄公踹入水中。那艄公"啊呀"一声掉进水中,翻了几个水泡就不见了。

岳飞在船头看得清楚,提醒张保道:"小心他在水里使坏!"

张保点点头,就坐在船尾,拿起混铁棍划起水来。

岳飞也不闲着,将沥泉枪拿出来在渡船前后左右不住地搅动,搅得水中金光万道。那艄公在水底看得清清楚楚,本来想要将船底掀翻的,现在却连靠都不敢靠近了。

不一会儿,岳飞、张保将渡船划到岸边了。他们牵出马,跳下船,一前一后继续赶路。一路上,张保十分兴奋,说:"刚才这个船夫好晦气,这才叫偷鸡不成蚀把米啊!"

两个人走了一二十步路,忽然听到后面有人呼喊。回头一看,只见刚才那个艄公赤着上身,提着条熟铜棍,朝这边跑了过来,嘴里还在骂骂咧咧:"两个死囚,快快站住,还我船钱!"

张保回头问道:"你要船钱啊,可惜我这棍子不答应呢!"

艄公道:"你好大的胆子,还想在老虎的嘴里抢肉吃!"然后,这个艄公大声说:"这世上,只有两个人坐船,我不收钱。除了这两个,哪怕是皇帝老儿来了,我还要收得多一些。你们两个算什么东西!"

张保道:"只怕从今以后,我坐你的船也不要钱了呢!"

艄公道："不要胡说！看看你的棍子厉害，还是我的厉害！"说着，举起熟铜棍，朝张保劈头打来。

张保喝道："好！"就把混铁棍向上一隔，"当"的一声响，架开了铜棍。张保使出一招"直捣黄龙势"，直指艄公心窝。艄公往右边一闪，躲了过去，也使了个"卧虎擒羊势"，一棍子打向张保的脚骨。张保双足一点，轻轻跳开。两个人你来我往，打了十五六个回合，不分胜负。那张保只因背上驮着个包裹转身不便，眼看就要输了。

岳飞坐在马上暗暗喝彩，忽见张保招架吃力，便拍马上前，举起沥泉枪向那两条棍子中间一隔，喝道："且住！"

张保和那艄公朝后一跳，分开来了。艄公嘿嘿一笑，说："你们两个一起来，老爷也不怕！"

岳飞道："不是这样说。我要问你，你方才说，天下只有两个人你不肯要船钱，说来听听，是哪两个？"

艄公道："哼，好，老爷我说出来给你们长长见识！第一个，是当今朝内丞相李纲。那是个大忠臣，他要坐船，我就不收钱！"

岳飞道："那另外一个呢？"

艄公道："第二个，是相州汤阴县的岳飞老爷。他是个英雄豪杰，老爷我很敬佩，所以也不要他的钱。"

张保笑道："好哩！那我岂不是第三个？"

艄公道："为何还要算上你？"

张保道："俺家的爷爷不就是汤阴县的岳老爷？你不要他的船钱，难道倒好单要我的不成？"

艄公道："你这狗头，休要哄我。"

岳飞道："俺正是岳飞，在黄河口防守金兵。如今圣旨召我进京，经过

第十八章　马前张保　马后王横

此地。不知壮士是怎么知道岳飞的，如此错爱？"

艄公道："你可就是那年在汴京抢状元，枪挑小梁王的岳飞吗？"

岳飞道："正是。"

艄公听了，撇了棍倒身便拜，说道："小人早已想要投靠，今日有眼不识泰山，多多冒犯了！请爷爷收下小人，小人情愿鞍前马后效劳。"

岳飞道："壮士请起。你姓甚名谁？家居何处？因何要来投奔我？"

艄公道："小人生长在扬子江边，姓王名横。也想雁过留声，人过留名，干一番事业，只是找不到出路。久闻爷爷大名，想来投靠。却苦于没有盘缠，因此将这座桥拆了，渡人过河，骗点钱财，想要送来孝顺爷爷，不承想在此地相遇了。"

岳飞道："人要想干一番事业，那是好事，但不能做这些不仁不义的勾当。你既然有一片诚心，就跟随我一齐去保宋朝江山，这才是正经出路。"

王横道："小人不愿富贵，只要一生服侍爷爷就好。"

岳飞道："你家在哪里？可有亲人？"

王横道："小人从小没了父母，只有一个妻子带着一个儿子，住在这沿河树林边的破屋里，依靠舅舅过生活。我这船艄里还有几两碎银子，待小人取来给他们日后生活用。"

张保道："快些，快些！不要耽搁了，我们还要赶路的！"

于是，三个人一齐回到河边。王横跳上船，取出银子，一直奔向河边树林下的茅屋中。安顿了妻子，他便背上包裹，飞奔出来。

张保见了，便道："朋友，爷是骑马的！我走得快，怕你跟不上，你把这包裹给我背上吧！"

王横道："不用了。我挑了三四百斤的担子，一天还能走三四百里路，这点包裹算什么？我看你的包裹比我的还重，不如给我背了，这才赶得

第十八章　马前张保　马后王横

上呢！"

岳飞道："既然你们都是好脚力,那我就上马先走了,你们谁先赶上来,就算谁好本事！"

岳飞把马加上一鞭,那马放开腿直跑,一口气跑了六七里。王横、张保不甘落后,也一口气跑了过来。王横刚赶到岳飞马背后,张保就跑到前头去了,两个只差十来步远。

岳飞见了哈哈大笑："你们两个,真是一对！一个是马前张保,一个是马后王横啊！"

第十九章
牛皋进京

岳飞带着张保、王横，一路上欢欢喜喜，不一日就到了京城。刚到城门口，恰好遇见了张邦昌的轿子。岳飞只得扯马闪在一旁。谁知张邦昌早已看见了他，连忙停住轿子，问道："这位可是岳将军？"

岳飞听了，连忙下马上前，打了一躬道："不知太师爷在此，有失回避！"

张邦昌道："不要紧。现在你当了统制，保卫大宋，我深感欣慰。以前在武场比武的那些事情都过去了，不要再提起，以后将相和睦，共同辅佐大宋才是。我在圣上面前保举你做元帅，圣上已经记在心中，如今我就同将军一齐去见圣上吧！"

岳飞见他这么说，不好推辞，只好跟随他一齐进城。刚到午门，已是黄昏时分。

张邦昌道："随我上朝。"就命家人提了灯笼引导着进宫。到了分宫楼下，张邦昌道："将军在此等候，我去禀报天子。"岳飞答道："领命。"张邦昌进了分宫楼，躲了起来，派人到宫中传达消息。

那荷香正在宫中与高宗夜宴，有太监将岳飞在分宫楼下等候的事情告知了荷香。荷香眼珠一转，见高宗已经醉了，便拿定了主意。她在高宗面前跪下，禀奏道："臣妾进宫侍驾这些天，还不曾仔细看看楼台宫阙。今日月色

第十九章　牛皋进京

甚好，求圣上带臣妾去细看一回吧！"

高宗兴致正好，见荷香娇艳欲滴，十分喜爱，连说："好好好。"便吩咐摆驾，到宫中赏玩月色。

一行人来到分宫楼，岳飞见了，心想："张太师果然有实权，真把皇帝请来了！"连忙上前行礼，说："岳飞接驾，皇上万福金安！"

荷香听了，立刻尖叫起来，内监跟着叫道："有刺客！"两边太监纷纷上前，按住了岳飞。

高宗大吃一惊，惊问道："刺客何人？"

内监道："岳飞行刺！"

荷香说："好一个岳飞，真是狼心狗肺！蒙圣上恩典做了统制，却恩将仇报，深入宫中，想要行刺。皇上，这人留不得，要立即斩首！"

高宗的酒还没有完全醒来，听了荷香之言，就传旨出去，要将岳飞斩首。太监们领旨，将岳飞绑了，推出午门。

张保、王横见了，上前问道："老爷何故如此？"

岳飞道："连我也不知道！"

张保回头对王横说道："王兄弟，你在此看着，千万保全爷爷性命，我很快就回来。"

张保提起混铁棍，冲出午门，直奔李太师府邸，门也来不及叫，一棍子将门打烂了，冲进去。守门的家丁见了，慌张得不知所措，连忙跟了上来想要阻拦。那张保腿脚利索，谁也追他不上，加上府邸他是熟悉的，而且也知道李太师此时还在书房里读书。

张保冲到书房，一脚将书房门踹开，拉起李太师就走。李太师惊愕不已，问道："张保，你不去岳统制那里抵御金兵，为何来到这里？"

张保背起李太师就跑，一边跑一边叫道："不好了，岳飞爷爷被绑在午门外，随时有性命之忧！"

张保背着李太师来到午门，李太师见了岳飞，惊问道："你为何在此？"

岳飞道："小将在营中接到圣旨，要我速速进京。小将在城门外遇到张太师，张太师便带小将同进午门。到了分宫楼下，叫小将站着，张太师进去了，谁知去了许久不见出来。圣上驾到说小将是刺客，将小将绑了起来，实在是冤枉。求太师查明此事，小将死而无憾！"

时辰已到，刽子手提刀上前要将岳飞斩首。李太师大叫道："刀下留人！待我禀明圣上查清此事。"监斩人员只好将刀收起。

李太师鸣钟撞鼓向皇帝喊冤，高宗听到了准备升殿。那荷香禀奏道："更深夜黑，主上明早升殿不迟。"高宗道："大臣喊冤必有隐情，孤家怎好不去看看？"随即升殿。

只见文武官员来了不少，李太师上前禀奏道："臣闻岳飞乃皇上提拔担任统制，守卫黄河，如今潜入京师意欲行刺主上，其背后必有人主使。请主上审讯岳飞，查明此事，再将其发落也不迟。"

高宗点头，传旨将岳飞关进监牢，听候大理寺查明真相。众大臣这才散去。

李太师回到府中，想方设法为岳飞翻案。苦思冥想之后，决定写一个冤单。所谓冤单，就是申明冤屈的传单。李太师写好后，派人将它刻出去抄写了数千张，然后叫张保、王横四处去张贴，将张邦昌陷害岳飞的事情到处传扬。

消息逐渐传开，没想到却惊动了太行山的一个山大王。这山大王不是别人，正是牛皋。那牛皋本是岳飞的结拜兄弟，在太行山落草为寇，号称"公道大王"。手下兵强马壮，还有一群一齐落草的兄弟，就是施全、周青、赵云、梁兴、汤怀、张显、王贵几个，他们各自号称大王，在太行山上称孤道寡，

第十九章　牛皋进京

八面威风。

　　这一天正逢牛皋生日，众大王带着贺礼前来祝寿，大家一齐饮酒听戏，好不快活。那汤怀喝得醉醺醺的，觉得屋里太吵闹，便立起身来，去外面散散心。走着走着，走到戏房门口，只听到有人在说话，其中一个说："张邦昌陷害岳飞！"

　　汤怀一听，酒醒了一大半，走进来问道："谁害岳飞？"

　　一个戏子回道："方才揭的一张冤单，这上面写的！"说着，将冤单递给汤怀。

　　汤怀接了冤单，细细一看，转身就走。他来到金殿上，对大家说道："弟兄们，岳大哥被奸臣陷害了！我们不可坐视不管！"

　　牛皋道："汤大哥，你怎么知道的？"

　　汤怀就将冤单念给众人听。众人听了，义愤填膺，那牛皋更是怒发冲冠，道："快快备马整队！待我领兵进京，去救我那被奸臣冤枉的大哥。"

　　于是，牛皋同着七个山大王，聚齐了人马，共计八万人，浩浩荡荡直奔京城而来，一路上无人敢拦阻。他们来到金陵城外，在离凤台门五里处安营下寨。

　　守城官兵慌忙上报："一伙贼寇在城外聚集！"

　　高宗闻听此信，大惊失色，问道："贼兵来犯，何人可以退敌？"

　　后军都督张俊奉命带了三千人马出城。两军相对，牛皋等八个山大王走上前来，说道："我等并非造反，只是请你去把岳大哥送出来，就罢兵回山。如若不然，便踏平金陵城，杀他个鸡犬不留。"

　　张俊道："怪不得岳飞要反，原来有你们这帮强盗朋友，正好里应外合。我今奉了圣旨，特来捉拿反贼。"

　　牛皋听了胸中火起，大叫一声，舞着双锏朝张俊照头打来。张俊抡刀隔架，战了不上三四个回合，便手脚发麻，知道不是对手，连忙调转马头逃了。牛皋正要追赶，却被汤怀拦住。那汤怀说："让他去吧！倘然我们追得急了，那边定要害了大哥的性命，不追也罢！"牛皋点头称是，同众人一齐回营安歇。

那张俊回到午门，下了马，进朝上殿启奏道："臣今败阵回城，却查明了真相，那岳飞勾结了强盗，企图里应外合，颠覆朝廷。望陛下速将岳飞斩首，免生后患。"

高宗将信将疑，主意未定，这时候，李纲求见。高宗传李太师觐见。

李纲上殿，高宗问道："贼兵犯阙，张俊败回，孤家无计可施，老太师有何良策？"

李纲奏道："就命岳飞退了贼兵，再将他定罪不迟啊！"

张邦昌奏道："李太师好糊涂！据张俊所奏，这班强贼乃是岳飞的朋友。若命岳飞退贼，岂不是放虎归山，让他们里应外合对付朝廷？"

李纲、宗泽一同跪下禀奏道："臣等情愿以一家老小的性命保举岳飞，倘有差池，臣愿被满门抄斩。"

高宗道："二卿如此保举，定然是有道理的。"思虑再三，传下旨意，命岳飞上殿。

那岳飞被人从监狱中放出，换了衣服，来见高宗。

李纲见了岳飞，大喝道："岳飞跪下！"岳飞连忙跪下。

李太师道："圣上爱你之才，特命徐仁召你到京，要你保守黄河。你怎么擅离职守，暗自进京，甚至要行刺皇上？你罪该万死，还有什么要说的吗？"

岳飞道："太师爷！小将冤枉！小将进京，实乃圣旨召见，那道圣旨还供奉在小将营中。小将之所以进宫，实乃张太师主张。张太师将小将带到分

第十九章　牛皋进京

宫楼下候驾，说自己进宫禀报。张太师进宫之后不见出来，恰好圣驾降临，小将自然跪迎，实在是无心惊动圣驾。小将死不足惜，只可惜未能洗刷国耻，恢复大宋江山！求太师爷做主！"

张邦昌忙奏道："岳飞诬陷本官，用心险恶，求圣上做主！"

李纲禀奏道："既然如此，圣上可查一查那日值殿的是谁？问他就明白了。"

高宗降旨，命内侍去查那日值殿者是谁。不多时，内侍查明回奏："乃是吴明、方茂值班。"

高宗就问吴明、方茂那一晚发生的事情。吴明、方茂说："那一晚，有一小童手执灯笼，上面写着'右丞相张'的字样，小将亲眼看见太师爷引着一个人进宫来。臣等之所以没有禀奏皇上，是因为张太师经常进宫，从来不需要禀奏。"

高宗闻奏大怒，大骂张邦昌道："明明是你将岳飞带进宫来，为何要诬陷他行刺朕？险些害了岳将军性命！"吩咐将张邦昌绑了斩首。

李纲奏道："姑念他献玉玺有功，免死为民吧。"

高宗准奏，降旨限张邦昌四个时辰内离开京城。张邦昌谢恩而出，回家收拾细软逃出了京城。

第二十章

大战爱华山

高宗罢免了张邦昌,命岳飞领一千人马,出城退贼。

岳飞辞驾出朝,披挂上马,带着张保、王横下校场挑选了一千人马,出城过了吊桥。汤怀、牛皋等看见了,齐声叫道:"岳大哥!"

大伙纷纷下马问候:"大哥一向可好?"

岳飞大怒:"谁是你们的大哥!我奉圣旨特来拿你等问罪!"

众人道:"不劳大哥动手,我们自己绑了,听凭大哥发落问罪就是了!"

于是,各人将自己绑了,命部下全部投降,听候岳飞发落。

早有探子禀报皇帝道:"岳飞一出城,那班人就不战而降。领头的几个将自己绑了,请求发落。"高宗听了大喜。

不久,岳飞来到午门,禀奏高宗,高宗传旨,要反贼觐见。牛皋、汤怀等八人来到朝堂,面见天子。

高宗问道:"尔等为何谋反?"

汤怀上前启奏:"小人并非谋反。只因当年岳飞枪挑了小梁王,我等不能博取功名,无法为朝廷效力。回家以后,粮米昂贵,我等无以为生,只得落草为寇。现听说张太师陷害忠良,我等义愤填膺,率领八万弟兄,想要驱逐奸臣,匡扶正义。没想到圣上英明,驱逐了奸臣,重用了岳飞,我等欣慰不已,以为大宋兴复有望了。小人等擅自起兵,情非得已,自知罪该万死,

第二十章　大战爱华山

听凭圣上发落。只要朝廷用忠臣、远奸臣，我等死而无憾！"

高宗听了流泪不止，称赞道："真乃义士也！"为众将松绑，全部封为副总制，又封岳飞副元帅，八万降兵全部收用。众人一齐谢恩。

高宗又命岳飞整顿人马，带十万兵去抵挡兀术。

再说兀术，领兵三十万来到黄河北岸边，想要渡过黄河，一举踏平金陵。可是黄河水流湍急，对岸守备严密，兀术看着滔滔河水心中烦闷，却想不出渡河计策。

那山东刘豫自从投降了金，就被封为鲁王。他为了在金站住脚，博取功劳，便偷偷联络了守卫黄河的宋将曹荣。这曹荣是刘豫的儿女亲家，两人一拍即合，便迎请兀术渡河。那兀术大喜，重赏了刘豫，封曹荣为赵王，然后集齐大军，浩浩荡荡地杀过黄河天险。

却说吉青自从岳飞进京之后，一连几日果然不吃酒了。一天，吉青带人去巡逻，抓住几个金兵的奸细，他十分高兴，将奸细捆绑了，送到张所大元帅的营中。张元帅大喜，赏了吉青十坛酒、十只羊。

吉青见了，喜道："元帅所赐，不可不吃，今日开了禁吧，明日保准不吃就是了。"当时就酌了一杯酒，一饮而尽。

这吉青喝酒吃肉，喝得酩酊大醉，这时有军士来报道："兀术已经过河，快到营前了，快些逃吧！"

吉青道："胡说！大哥叫我守住河口，往哪里走？快取披挂来，待我跟他决一死战！"

那吉青已经喝醉，摇摇晃晃地接过铠甲，又摇摇晃晃地上马，提着狼牙棒，醉眼蒙眬地朝金兵迎面而去。正巧遇到兀术，指着兀术大骂道："呔，你这狗奴，胆敢犯我大宋，快快受死！"

兀术看了，嘿嘿一笑，说："吉青，某家饶了你，快快去吧！等你酒醒了，再来打战。"

吉青上前一步，喝道："呔，狗奴！我要掏了你的心肝下酒喝！"说着，举起狼牙棒打来。

兀术大怒，提起大斧朝吉青砍来。吉青连忙举棒招架。只听"当"的一声响，吉青顿感两臂发麻，料定对手武艺不同寻常，酒立刻醒了三分。那兀术又是一斧横扫过来，吉青听得风声响，连忙将头一低，那斧头砍到吉青的头上，把吉青的头盔削掉了。

吉青连忙回马就跑，兀术哪里肯放，拍马就追了过来。一连追了二十里，还是没有追到吉青。天色已晚，兀术担心中了埋伏，便策马与大军会合。

岳飞被封为副元帅以后，带领十万人马，前往黄河口防线抵御金兵。半路上有探子来报，说曹荣已经卖了黄河，引着兀术杀向金陵。

岳飞大惊，说："黄河失守，前线告急。我等必须日夜兼程奔赴前线，迎战兀术！"

岳飞率领十万大军火速前进，来到一座山前。只见群山起伏，道路曲折，岳飞便要部下暂且休息，自己登上高处，细看四周地形。看过之后，心下暗想："好个所在！"便问军士道："这是什么山？"军士回答道："这叫爱华山。"岳飞想道："这座山正好可以埋伏人马！只是该怎样将金兵引到这里来，杀他个片甲不留呢？"

岳飞回到营中，一面命部下安营扎寨，一面派人到前面刺探金兵动向。

却说那吉青逃过兀术的追赶，会合了原先的八百儿郎，找了一处隐蔽处停了下来，派人到山下寻找救兵。

一天，军士回来禀报道："前方二十里是爱华山，有岳飞营盘。"

吉青大喜，连忙赶往爱华山，求见岳飞，又与牛皋、汤怀等人见了，十

第二十章　大战爱华山

分欢喜。

岳飞问道:"你不在黄河口边,怎么跑到这里?"

吉青道:"那两淮节度使曹荣出卖朝廷,将黄河献给了兀术。我抵挡不住,这才撤到这里来了。"

牛皋笑着问道:"怎么头发蓬蓬松松的,像个海鬼一样?"

吉青道:"我与那兀术交战,被他砍掉了头盔,连头发也被削掉不少,所以才这般模样。"

岳飞道:"你是不是不听我号令,喝了酒,这才轻易丢掉营寨?"

吉青脸上青一阵,红一阵,说:"酒是喝了,只是那兀术着实厉害,末将险些把性命丢了。"

岳飞道:"休得胡说!你不听将领,因酒误事,罪过不轻。我如今就命你去引得兀术到此,将功折罪。如果不能将兀术引来,就不要再来见我了。"

吉青领命,连兵马也不带,独自一人上马寻找兀术去了。

岳飞见吉青去引兀术,便令张显、汤怀带领二万人马、二百名弓弩手在东山埋伏,听炮响为号,就摆开人马捉拿兀术,二人领命而去。又令王贵、牛皋带领二万人马、弓弩手二百名在北山埋伏,吩咐道:"此处乃进山之路,等兀术来时,先让他人马进了谷口,听炮响为号,将空车装载乱石阻断他的归路,不得有误!"二将领命。又令周青、赵云领兵二万、弓弩手二百名在西山埋伏,炮响为号,杀将出来,阻住兀术去路,二人领令而去。又命施全、梁兴领兵二万、弓弩手二百名在正南山埋伏,号炮一响,一齐杀出,阻住兀术去路,二将各自领命而去。又分拨军兵五千,守住粮草。岳飞自领一万五千人马,与张保、王横占住中央。分拨停当,大军专等兀术到来。

却说吉青原路返回,行了几个时辰,忽然听到一阵马嘶人喊,心中大惊。等到人马走近,却发现这正是兀术和哈迷蚩带着的千余人的小部队。

吉青叫道："妙啊！"连忙打马上前，叫道："兀术，快拿头来！"

兀术见了，便道："你这杀不死的吉青，某家饶你去了，怎么又来？"

吉青道："臭狗奴！说得倒好！昨夜是老爷醉了，被你割断了头发。如今我已醒了，需要赔还我，难道罢了不成？"

兀术大怒，抡斧就砍，吉青使棒相迎。二马相交，战不上几个回合，吉青败走。兀术追赶上来，一直追了二十多里，这才停下。

吉青见他不赶了，回马叫道："你这毛贼，是不是怕了？"

兀术道："你这个狗奴不是我的对手，我怕你做什么？"

吉青道："我的确不是你的对手！我前面埋伏着人马，要捉你这毛贼，谅你也不敢来！"

兀术大怒道："你不说有埋伏，某家倒饶了你。你说有埋伏，某家偏要来拿你！"就把马一拍，呼啦啦地追上前来。

吉青在前，兀术在后，眼看就要追到爱华山，吉青把马一转进谷口去了。

哈迷蚩担心兀术有失，急忙带着人马赶来护驾，他朝兀术喊道："狼主，我看这宋将鬼头鬼脑的，恐怕有埋伏，快回营去吧！"

兀术道："那宋将担心某家追赶，故意说有埋伏来吓我。这条路乃是上金陵之必由大路。你回去将大部队调来，某家带这一部人马先进去看看！"

兀术带领众军朝吉青追来，吉青在前边招手道："来，来，来！我与你战三百合。"说罢，往后山去了。

兀术细看谷口，只见中央空阔，四面都是小山，仿佛口袋，杀气腾腾，大吃一惊，道："我已进到口袋之中，倘若后路被宋兵截住，如何是好，不如快回去吧！"

正要调转马头，忽听得一阵炮响，喊杀声四起。顿时，山岭上旗帜飘

第二十章　大战爱华山

扬,刀枪剑戟熠熠生辉,无数宋兵声如炸雷,只吓得兀术魂不附体!但见帅旗之下,岳飞挺身而出,威风凛凛,杀气腾腾,朝着兀术叫道:"兀术,你已经被我包围了,快快受死!"

兀术见了,惊问道:"你是谁?快报上来!"

岳飞道:"吾非别人,乃大宋兵马副元帅姓岳名飞的便是。今日你既到此,快快下马受缚,免得本帅动手。"

兀术道:"原来你就是岳飞。前番我王兄中了你的诡计,在青龙山上被你伤了十万大兵,我正要来寻你报仇。今日相逢,怎肯放你走?快来吃我一斧!"说着,拍马摇斧,直奔岳飞而来,岳飞挺枪迎战。

枪来斧挡,斧去枪迎,真个是棋逢敌手,各逞英雄。两个杀了好一阵,不分胜负。

却说那哈迷蚩飞马回报大营,恰遇着大狼主粘罕、二狼主喇罕、三狼主答罕、五狼主泽利,便将吉青引战、兀术带兵杀入爱华山的事情说了。众狼主一听,便率领三十万人马朝爱华山进发。

却说战场这里,把守谷口的正是牛皋、王贵,他们将石车堵在谷口,截断兀术去路,两人站在山上观战。不一时,只见谷口外无数金兵浩浩荡荡地奔爱华山来。牛皋见了,摩拳擦掌,对王贵说:"王哥,你看前面来了好多人马,我们在这里干等着做什么?不如杀下去过把瘾。那里面只有一个金军将领,还怕大哥对付不了吗?"王贵道:"说得有理。"二人就叫军士把石车推开了,领着本部二万人马,下山来迎战。

再说那岳飞与兀术交战到七八十个回合,兀术招架不住,被岳飞钩开斧。岳飞拔出腰间银锏,"唰"的一锏,正中兀术肩膀。兀术大叫一声,调转火龙驹往谷口逃亡。逃到北边谷口,此地原先是王贵、牛皋把守,有石车挡住去路,如今那王贵、牛皋正在山下同金兵厮杀,石车已经撤离了。兀术见无人阻挡，心下大喜，夺路而逃。

岳飞见谷口无人把守，逃走了兀术，心下大怒，连忙查问军士，这才知道金兵本部人马已至，牛皋、王贵早已下山与金兵厮杀去了。

问明情由，岳飞便传令众弟兄，各自领兵下山接战。一声炮响，各部集结，岳飞引着大军蜂拥一般杀向金军。

两军相逢，如龙虎相斗，直杀得天昏地暗，雾惨云愁。这一场大战，金兵大败，夺路向西北逃窜。岳飞催动人马，急急追赶，直杀得金兵尸横遍野，血流成河。

金兵慌乱逃奔中，来到两座山间。左边的山叫作麒麟山，山上有一位大王叫张国祥，领着四五千人马做强盗。右边的山叫作狮子山，山上的大王叫董芳，带着三四千人马打家劫舍。这天，两人约了在山下打猎，忽听手下来报金兵败下阵来，正在逃奔的消息。两人带着手下人拦路截杀金兵，并趁机抢物质。

抢杀中，王贵、牛皋、梁兴、吉青四人追到。张国祥和董芳见四人相貌凶恶，以为他们是金兵，带着人马继续抢杀。就这样，六人厮杀在一起，反而将金兵放走。直到岳飞带兵赶到，大呼"住手"，两边各自理清缘由，说明情况，这才罢了。

张国祥和董芳钦慕岳飞，情愿投奔岳飞麾下，岳飞大喜，命他们回山寨收拾，到黄河口营中相会。说罢，岳飞领兵继续追赶。

话说兀术带领残兵败将乱奔，来到黄河口，望着汪洋河水，无法前行，金的将士见了，知道无法渡河，必定死路一条，不禁痛哭流涕起来。后边宋军的喊杀声越来越近，兀术害怕得大叫道："这遭没命了！"

正在危急之际，那哈迷蚩用手朝河心一指道："狼主，你看这上游不是好多战船吗？你看，那上面打着的是狼主的旗号啊！"

第二十章　大战爱华山

兀术定睛一看,道:"果然不差,我等有救了!"连忙命令众军士一齐呼喊:"救命!救命!救命!"

原来那战船正是刘豫和曹荣的水军,被宋朝元帅张所杀败退了回来,恰好遇上同样吃了败仗的兀术。

前面的船还没有来,后面的岳家军眼看就要赶到,金兵乱作一团,毫无斗志,十分恐慌,不少金兵被踩踏致死。兀术也是手足无措,恨不得拔剑自刎。

忽然,芦苇丛中荡出一只小船来,那船艄上有一个渔翁独自摇橹。兀术见了,急不可待地叫道:"艄公,快摇船来渡某家过去,某家重金谢你!"

那渔翁道:"好嘞!"忙将小船摇到岸边,道:"我的船小,只能渡一个人。"

兀术道:"好好好!"

渔翁道:"快些上来,我还要赶生意!"

兀术慌慌张张上了船,那渔翁把篙一点,小船飞一般滑入河心,渔翁这才将篙子放下,把着橹慢慢地摇开来。

兀术看自己安全了,窃喜不已,回头一看,刘豫的战船才刚刚靠岸而已。王公显贵、元帅将领急急忙忙如丧家之犬般纷纷往船上挤,好多人被挤得掉进河里,瞬间就被河水淹没;有的人甚至抽出宝剑杀开血路。一时间金兵自相残杀,死伤无数。好久之后,四五十号大船才装满,岳飞带着宋兵赶来一阵砍杀,金兵尸体堆积如山。兀术见此情此景,悲不自胜。

忽听到岸上宋将高声大叫:"你那渔翁,你把朝廷的对头带到哪里去?快快回来,重重有赏!"

渔翁道:"这是我发财的宝贝,怎么能白白给你们!"

岳飞传令道:"只要把金军将领送来,赏赐千金,封万户侯!"

第二十章　大战爱华山

张保、王横领着军令，高声传令道："那渔翁快带犯人来，赏千金，封万户侯啊！"

兀术担心渔翁心动，连忙许诺道："渔翁，你不要听他们的，要听我的！我乃大金四太子完颜兀术。你若救了某家，某家回到大金，就封你个王位，决不失信。"

渔翁笑道："好是好，只是有一件事不成。"

兀术道："是哪一件？"

渔翁道："我是中原人，祖宗姻亲俱在中原，怎能接受你的富贵？"

兀术道："既然如此，你送我到对岸，我多给你些金银！"

渔翁道："好是好，只是跟你讲了半天的话，你怕还不知道我的姓名。"

兀术惊讶道："你姓甚名谁？"

渔翁道："本来不想说，但是不说不行啊！我父亲兄弟三人个个名震天下，乃是梁山泊上有名的阮氏三雄。我就是短命二郎阮小二的儿子，名叫阮良。你想，刚才那里在打仗，要不是为了捉住你，我何苦去冒险摆渡？你要问我捉你图什么？哈哈，中原人管中原事，你占我地盘，杀我人民，我不捉你捉谁去？赶快脱下战袍，你脚边就有绳子，自己把自己绑了，省得老爷费力气！"

兀术一听，勃然大怒，大吼一声："不是你死，就是我亡！"说着，提起金雀斧朝阮良头上一劈。

阮良一闪，"噗通"一声跳进水里。他跳进水中，冒了几个泡，游到船下面。接着，兀术的船开始滴溜溜在河心风车般转起来。那兀术只会骑马，不会乘船，一时间跟着船不停打转，直转得头晕眼花，站立不稳，只好匍匐在船上。

那阮良却在船底下用双手推着，把船往南岸送。兀术越发慌张了，朝着哈迷蚩的大船大叫道："军师！救我！"

哈迷蚩看见，忙叫道："快救狼主！"

阮良见有船来相救，哪里肯罢休，忽然从水底冒出头来，双手扳着船舷，身子往上一射，双手将船舷向下一压，那载着兀术的小船忽然被翻了个底朝天。兀术被船扣在水下，连喝了好几口浑水，以为自己要死了，忽然被一个巨大的胳膊牢牢夹住拖到水面上。兀术这才透了一口气。那兀术惊魂未定，细细一看，夹着自己的人正是阮良。阮良夹着兀术，踏着水直往岸上游去。

岳飞见阮良在水中擒了兀术，心中好不欢喜，举手向天道："真乃朝廷之洪福也！"众将无不欢喜，士兵个个雀跃。

哈迷蚩见情况紧急，连忙催动大船急速前行，指挥金兵用长矛猛戳阮良。阮良见状，连忙躲闪。

岳飞见阮良一拳难敌众手，想要援助却无能为力。毕竟宋军才来到黄河岸边，不曾准备战船，只能眼睁睁地看着兀术被金兵抢上船去。

阮良上了岸，愧疚难当，跪在岳飞帐前道："小人不能生擒兀术献于麾下，罪该万死！"

岳飞道："好汉请起。那兀术兴许命不该绝，此事怪你不得。本帅看你一表人才，不如在我军中立些功劳，报效大宋！"

阮良道："若得元帅爷收录，小人情愿舍命报国！"

岳飞大喜，连忙命军士帮阮良换了干衣。岳飞命安营下寨，杀猪宰羊，犒劳将士。这时，张国祥、董芳带领军士、粮草到来，岳飞命他们进营，与众将相见，又叫阮良与张国祥、董芳拜为义友。同时，写成告捷本章，连同收了张国祥、董芳、阮良三人的事情，一并上奏，等待朝廷封赏。

那兀术上了船，渡过黄河，回到河间府，惊魂初定，对众将感叹道：

第二十章 大战爱华山

"某家从进兵中原以来,从未遭此大败,那岳飞果然厉害!"他一面差人加紧守卫黄河口,防止岳飞渡河;一面修书差官员回金地汇报,再调人马前来增援,准备报仇。

第二十一章
牛皋藕塘关成婚

兀术败退以后，岳飞原打算强渡黄河，直捣黄龙府。但是南宋政权刚刚建立，还不稳定，于是宋高宗下令，要岳飞平定南方叛乱，维护地方稳定。岳飞带着众兄弟十万人马，扫平各地叛军。一些绿林好汉敬佩岳飞，也都弃暗投明，跟随岳飞报效大宋。

却说那兀术在爱华山被岳飞大败以后，没有一日不想着报仇。第二年，那兀术大举兴兵，想要分兵两路钳制南宋，以元帅斩着摩利之为先锋，领兵十万攻打藕塘关，又令驸马张从龙领兵五万攻打汜水关。宋高宗便让岳飞领兵前去抵挡。

那岳飞令牛皋带领五千人马为第一队先行，星夜前去救汜水关；新加入进来的绿林英雄余化龙、杨虎二人领兵五千，为第二队接应。

却说那牛皋领兵来到汜水关，军士报："汜水关已被金兵抢去了。"

牛皋道："既然如此，孩儿们给我先夺了关再回来吃饭。"他说着便一马当先，到汜水关前挑战。

金兵守将是张从龙，乃是金的老狼主的驸马，勇武过人。牛皋斗他不过，败下阵来。

这牛皋吃了败仗，正在懊恼。后面余化龙、杨虎领兵赶来，二将听说牛皋方才吃了败仗，大怒，顾不上吃饭休整，便来汜水关前挑战。余化龙与张

第二十一章　牛皋藕塘关成婚

从龙搏斗十多回合,知道此人厉害,便卖了个破绽,回马便走。那张从龙不知是计,追杀上来,余化龙暗自摸出金镖,回头一甩,正中张从龙胸部。张从龙落马,杨虎赶上前来,一刀结果了他的性命。二将挥兵,夺了汜水关。

余化龙与杨虎得胜之后,私下商议道:"牛将军是个够义气的朋友,我等才刚归顺了宋军,便抢了他的功劳,有点不好,不如将这个功劳让给牛将军如何?"

二将拿定主意,来见牛皋,说道:"牛将军,我等投靠朝廷,立功心切,没想到却抢了将军的功劳,深感惭愧。这个功劳就送给将军了,望将军日后多多关照我等。"

牛皋道:"元帅来了,怎么说呢?"

杨虎、余化龙道:"将军去报功,我两个不报就是了。"

牛皋笑道:"如此说来,就对不住你们了!"

杨虎、余化龙笑道:"不妨事,不妨事。我等指望将军开张大吉,步步高升呢!"

第二天,岳飞大兵已到,三人一齐上来迎接。

元帅便问:"抢汜水关是何人的功劳?"

三人都不答应。

元帅又问:"为何不报功?"

牛皋道:"我是不会说谎的,关是他二人抢的,说是把功劳让与我,我也不要,还是算他们的吧!"

元帅笑道:"藕塘关告急,你既然没有抢到功劳,就带领本部兵马去救藕塘关,本帅随后就到。"牛皋领兵而去。

岳飞就将余、杨二人上了功劳簿,然后进城安抚百姓,不久便起身往藕塘关进发。

且说牛皋一路上爱兵如子，他效仿当年楚霸王，自己行军在前，让三军殿后。那些军士常常带了饭团走路，生怕落后。牛皋的军队飞奔向前，不久便到了藕塘关。

藕塘关总兵金节正在衙门商议军务，忽然有一个军士来报，说岳飞的军队到了。金节大吃一惊，连忙出营跪在地上，大声叫道："藕塘关总兵官金节，迎接大老爷。"

牛皋道："免礼，我不是岳飞。我乃先行统制牛皋，元帅还在后头。"

金节脸上一阵红，气呼呼地站起来，暗想："一个统制见了本镇是要叩头的，今日我居然给他叩头了！真是晦气！"回头吩咐道："把那个报事的军士绑去砍了！"

牛皋听了，大怒道："不要杀他！看来你本事很高强，用不着俺们了，那我就走了。"说完，吩咐本部人马转身回去。

金节一想："这个匹夫是岳飞的爱将，我若得罪了他，会有许多不便。"只得忍着气上前叫道："牛将军请息怒。本镇因他报事不明，这才军法从事。既然将军说了，那就饶了他吧。"连忙吩咐松绑。

牛皋道："这便是了！你若难为了他，我就没体面了。"

金节道："是本镇得罪了，请将军进关驻扎。"

牛皋随同金节进关，到了衙门大堂外，只见到处张灯结彩，十分齐整，知道这些都是为了迎接岳飞而布置的。牛皋下了马，走上了大堂，也不客气，就在正中间坐下了。那金节总兵见了，心中虽然不悦，却也无可奈何，只好在牛皋的旁边坐了下来。

吃过茶，金总兵下令上酒菜，牛皋闻到一股香味，细细一看，只见那酒很好，如同琼浆玉液，芳香扑鼻；再看了菜，珍肴杂陈，令人垂涎欲滴。牛皋看了，有些不悦，说道："幸喜这酒席是请我的，我还谢你一份情。如果

第二十一章　牛皋藕塘关成婚

请的是岳飞元帅,那你就有罪了。"

金节忙问道:"这是为什么?"

牛皋道:"俺们家元帅每日用饭,都要向北方流涕。他总是说,二圣在金坐井观天,吃的是牛肉,饮的是酪浆,如此痛苦,我们为臣子的就算吃一餐素饭,都已经是过分的了。俺们常劝元帅为国为民,劳心费力,就用些荤菜也不为罪过。他被俺们劝不过,如今方吃些鱼肉之类。若见你这样大摆筵席,山珍海味,难道还不恼恨你!"

金节听了,连声谢道:"多承指教!"

牛皋道:"索性替你说了吧!俺元帅最喜欢吃的是豆腐。"

金节道:"原来如此,多谢指教。"

牛皋道:"贵总兵,你这酒席,果然是诚心请我的吗?"

金节道:"本镇是诚心请将军的。"

牛皋道:"若是诚心请我,就取大碗来。"

金节忙叫从人取过大碗,牛皋连吃了二三十碗。金节暗想道:"这样一个好元帅,怎用这样蠢匹夫为先行官?"

看着吃到午时,牛皋问道:"贵总兵,俺那些兵卒们还没吃饭,你得赏他们些酒饭吃。"

金节说:"那就都给他们银子,让他们到外面买着吃算了。"

牛皋道:"甚好,甚好,多谢,多谢!"

就在牛皋已经有八九分醉意的时候,忽然军士来报,说金兵又来犯关,形势紧急。金节连忙命人传令下去,叫各部加强守备,防止金兵攻城。因为怕惊动了正在饮酒的牛皋,命令都是悄悄下达的。

牛皋见金节鬼头鬼脑的,立刻不满起来,说道:"金爷,你鬼头鬼脑,不像待客的意思,有什么话说出来又有何妨?"

金节道:"本镇见将军醉了,所以不敢说。那金兵已经近关了!"

牛皋道:"妙啊!既然金兵来了,更加要吃!快取好酒来,俺吃了好去杀敌!"

金节道:"将军已经喝多了。"

牛皋道:"嘿,多什么多?古人说得好:'吃了十分酒,方有十分力。'俺是越喝越来劲,快去拿酒来!"

金节无可奈何,只得取出一坛陈年的酒放在牛皋面前。牛皋双手捧起酒坛,一口气吃了一半,对家将说:"拿着这剩下的半坛酒,一会儿拿给我吃!"

说完,牛皋就站起身来,踉踉跄跄地走了出去。众人见他已经喝得烂醉了,只得扶他上马,三军随后跟着他,也出了城来。

那金节在城上看了,担心得不行,心想:"这个家伙喝成这样,怕是有去无回了,这以后怎么跟岳飞交代?"

却说那牛皋坐在马上,犹如死的一般,软绵绵的。那金兵元帅斩着摩利之可不是等闲之辈,他身长一丈,威风凛凛,手提浑铁棍,足有百来斤。斩着摩利之见牛皋吃得烂醉,东倒西歪,头也抬不起了,不禁大笑道:"你这个宋将真是不知死活,快快回去,别枉送了性命!"

牛皋也不答话,抬起头来,哼了一声。斩着摩利之见了,十分好奇,仗着自己武功盖世,直跑到牛皋面前,饶有兴趣地看着牛皋。

牛皋大声叫道:"快拿酒来!"

家将没办法,只得将剩下的半坛子酒送过来。牛皋看也不看斩着摩利之一眼,自顾自地喝,只见他双手捧着酒坛,咕咚咚乱灌。他实在是喝得太多了,忽然忍不住,嘴一张,"哇"的一声,把肚子里的东西全部吐了出来,正好喷在斩着摩利之的头上。

第二十一章　牛皋藕塘关成婚

那斩着摩利之忽然被牛皋喷了一脸、一身的污秽之物，连忙闭上眼睛，倒退几步，用手擦脸，又觉得臭气钻心，恶心难当，竟然弯腰呕吐起来。

哪知牛皋吐了酒以后，有些醒了。他睁开眼睛，看见前面有个金的大将，浑身都是酒气，还弯着腰呕吐不止，心想："哈哈，这鬼子活该要死在我手上了！嘿，不杀白不杀！"便摸出双锏，大叫一身，使尽力气一击。那斩着摩利之顷刻就毙命了。

金兵见元帅死了，阵脚大乱。牛皋见了，把手一挥，宋兵立刻呐喊冲锋，直杀得金兵大败而逃。宋军乘胜直追，杀敌无数，血流成河，抢夺了许多马匹粮草。

金节在城上看得真切，喜不自胜，连忙出城欢迎牛皋凯旋。金节见了牛皋，不禁称叹道："将军真乃神人也！"

牛皋谦虚地说："若再吃上一坛，就把那些金兵都杀光了。"

两人谈笑风生，一齐走进关来。

金节安顿好牛皋及其部众，回到衙门。见了夫人戚氏，一同吃过晚膳后，说："这牛皋对本官十分无礼，我原本很讨厌他，没想到他倒是一员难得的福将。方才他吃得大醉，却还打败了十万金兵，功劳不小啊！"

夫人道："也是圣上洪福，才有这样的人。"

闲谈了一会儿，金节因需要升堂办事，便去书房安歇，戚夫人也早早睡下。

当晚三更时分，戚夫人忽然听得有人敲门，连忙命丫鬟开门看，原来是妹子戚赛玉。

戚赛玉生得娇美不凡，尚未结婚，只因父母亡故，只好来藕塘关依托姐姐、姐夫为生。戚赛玉神色很是慌张，见了姐姐，就说："我刚才做了个梦，吓死了！姐姐，我一个人睡好害怕，你来和我做伴！"

戚夫人道："你都这么大了，胆子还这么小。幸好你姐夫在书房睡，你就来和我做伴吧！"

戚赛玉同姐姐一齐躺下，戚夫人就问道："你做了个什么梦，怕成这样子？"

戚赛玉道："方才妹子梦见一只黑虎来抱我，所以吓醒了，不敢睡了。"

戚夫人道："这也真是奇了。我方才也梦见一个黑虎走进后堂，正在惊慌，却被你惊醒了！"

姊妹俩虽然疑惑不解，但也各自睡下了。

天明之后，各自梳洗完毕，金节进后堂来用早膳。夫人道："妾身昨夜梦见黑虎走入后堂，小妹也梦见被黑虎抱住，不知主何吉凶？"

金节道："有这等奇事！我昨晚也梦见有黑虎进入后堂，这真是奇哉怪也！"

夫妻俩诧异了好久。金节想了想，双手一拍，说："我明白了，小妹的终身，就应在此人身上！"

夫人道："什么'此人'？"

金节道："昨日立功的那个先行官牛皋，长得面黑短须，身穿皂袍，这分明是个黑虎嘛！我看他为人虽然鲁莽，却是个福将，将来必定不凡！将令妹许配给他，正好合适！夫人意下如何？"

夫人道："全凭相公做主。"

金节喜道："我听说他还没有娶亲。今天是好日子，就替他们完婚！"

夫人大喜，进房去与妹子说了。

金节出来，一面派人张灯结彩，准备花烛，一面命人将新郎官的衣服、帽子送到驿馆中，交给牛皋穿上，并且吩咐道："你就说我请牛将军喝酒，请他穿上这衣服，别的就不要说了。"家将领命，将新郎官的衣服送到驿馆中来，

第二十一章　牛皋藕塘关成婚

交给牛皋。

牛皋道:"为何又要文官打扮吃酒？稍停我便来。"

那家将回府复命，金节大喜，将喜堂布置完毕，专等牛皋前来，拜堂成亲。

牛皋换了新郎官的衣服，兴高采烈地来到衙门大堂，见那里张灯结彩，喜气洋洋，心想:"难怪要我穿上好衣服来，原来他们家有人成亲，金大人请我喝喜酒来了。"便高高兴兴地走进来。见了金节，抱拳道歉:"金大人，不晓得你家有人要成亲，所以我连贺礼都没有备上。对不住了，将来一定补上！"

金节道:"牛将军客气了，今天是黄道吉日，下官有一妻妹，尚未婚嫁，今天送给将军为妻，特请将军来拜堂成亲！"然后回头叫道:"请新人出来！"

那牛皋听了这话，一张嘴脸涨得跟猪肝一般，左右不是，夺路而逃。牛皋一出大门，上马飞奔，逃到驿馆躲了起来。

戚夫人见未来的妹夫跑了，十分着急，拉着金节道:"相公，妹夫跑了，妹子怎么办？"

金节连忙安抚道:"夫人不必担忧。且等元帅到来，我去禀明，定要将这亲事做成了！"

正说之间，忽报岳飞大军已到，金节连忙出去迎接。来到岳飞军前，报:"藕塘关总兵金节迎接大老爷。"

岳飞道:"请起。"

岳飞没见到牛皋，暗暗担心:"莫非牛兄弟又吃了败仗，没脸来见我？"又见金总兵文官打扮，有点奇怪，问道:"为何这等服色？"

金节说:"请元帅为下官做主！"

岳飞道:"有什么事，快说。"

金节道:"昨日牛将军大发神威,吃酒吃得烂醉,却还能一锏打死敌方元帅,立了大功。下官见他是个福将,打算将妻妹许配给他,今日就是黄道吉日,请他来完婚,没想到他竟然跑了。求元帅成全了这桩婚事!"

岳飞道:"这等好事,我一定成全!你先请回,稍停待我将牛将军送来就是了。"

金节谢了,回衙与夫人说知,各自欢喜。

岳飞命军士扎下营盘,然后叫来汤怀,吩咐了几句。汤怀领命,到驿馆来找牛皋。

汤怀来到驿馆,问军士道:"你家牛老爷哪里去了?"

军士禀道:"俺家老爷在后面帐房里。"

汤怀来到帐房,只见牛皋朝着墙头坐着,长吁短叹。汤怀笑笑,道:"贤弟,穿这么漂亮?"

牛皋回头,错愕道:"汤哥几时来的?"

汤怀道:"我也是刚到。元帅有令,传你前去。"

牛皋连忙起立,说:"待我换了衣甲。"

汤怀道:"不必了。元帅有急事要见你,就这样去吧!"说着,扯了牛皋就走。

两人一齐来到大营,见了岳飞,跪下行礼。

岳飞正色道:"夫妇之道,人伦之本,岂可荒废?人家好意将妻妹许配给你,你居然跑了!辜负了人家一番美意,也害了那小姐的终身啊!今日为兄的送你去成亲。"

岳飞也换好了袍服,拉着牛皋一齐来到总兵衙门。金节出门迎接,先拜了岳飞,又请出新人。牛皋窃喜,飘飘然同戚赛玉小姐拜了天地,共入洞房。大家都欢天喜地。

元帅对金总兵道:"今日匆忙,另日再补办礼物!"

金总兵连称:"不敢!"

第二天,岳飞升帐,对众将道:"众位贤弟,从今日起,把'临阵招亲'这一款去掉。若贤弟们遇着婚姻美事,不用禀报,就可以成亲了。我们这一路上浴血奋战,岂能万无一失?若能临敌成婚,岂不是人生一大乐事?若能生下后嗣,也好接续香火,于国于家两全其美。"

众将听了大喜,纷纷致谢。

第二十二章
妙计除刘豫

岳飞带兵驻守藕塘关，这一天，正是八月十五中秋节。众将备了好酒好菜，呼朋唤友，一齐吃喝赏月。

晚上，牛皋对吉青说："这军营里千军万马，未免嘈杂。我跟你到山上去，找个幽静的地方好好喝一喝，不是更好？"

吉青道："此话有理！"便安排家将将瓜果抬到山上去，找了个幽静的所在，坐了下来。

等到家将回去以后，牛皋忽然放声大哭起来。

吉青听了，心中悲伤，问道："贤弟，你为何放声大哭？"

牛皋擦掉眼泪，说："俺想俺娘了！俺这辈子，还没让俺娘过一天好日子，俺对不起俺娘啊！"

吉青听了，不觉也掉下眼泪："不说了，兄弟，你一说我也难过！我也是没来得及孝敬我爹娘，他们就过世了！唉！"

两人本来是想到山上好好喝酒赏月的，没想到每逢佳节倍思亲，勾起了对父母的万千思念。两人一面哭一面朝父母坟墓的方向拜了又拜，这才收了眼泪开始喝起酒来。

吃了没几杯酒，牛皋就说："光喝酒没劲，我们要行个酒令。吉哥来一个吧？"

吉青说:"我不行,还得你来!"

牛皋说:"既然要我来,就依我的令。"

吉青道:"这个自然!"

牛皋道:"我们以月亮为题,各吟一首诗。吟得好,就算了;吟得不好,就喝十大碗!"

吉青道:"遵令了。"

吉青吃了一杯酒,诗兴大发,吟道:"团团一轮月,或圆又或缺。安上头共尾,一个大白鳖。"

牛皋笑道:"不通不通,世界上哪里会有这样大的白鳖?罚酒,罚酒!"

吉青自己也觉得不通,没办法,只好吃了十碗。喝完了,叫牛皋道:"你来,你来!我看你吟得有多好!"

牛皋道:"你听着。"他斟了一杯酒,拿在手中,吟道:"酒满金樽月满轮,月移花影上金樽。诗人吟得口中渴,带酒连樽和月吞。"

吉青听了,拍手大笑道:"好一个'带酒连樽和月吞'!月亮这么高,我就不说了,你把这酒杯给我吞下去!"

牛皋道:"这酒杯我怎么能吞下去呢?"

吉青道:"'带酒连樽和月吞'吗?你既吃不下去,要罚十大碗!"

牛皋笑了笑,道:"吃就吃,拿酒来。"一连吃了五六碗,感觉憋不住了,连忙立起身来就走。

吉青道:"你往哪里走!敢是要赖我的酒?"

牛皋道:"哪个赖你的酒?我去小解一下就来。"

吉青大笑。

牛皋走到山坡边,解开裤子向草里撒去。谁知草丛里躲着一个人,被牛皋尿了一脸的尿水,忍不住抹了一下脸。牛皋低头看见草丛里有人在动,忙

第二十二章　妙计除刘豫

将裤子系紧，一把将那人拎了起来。

牛皋拎着那人，乐呵呵地走到吉青面前叫道："吉哥，看，小弟我拿得一个奸细在此。"

吉青道："牛兄弟，你运气真好！连出恭都可得到功劳！"

两人将那奸细绑了，收拾了酒肴，上马直奔大营。

岳飞正在营中看书，听说吉青、牛皋二将求见，就宣他们进来。

牛皋见了岳飞，跪下道："末将在土山上抓住一个奸细，请元帅发落。"

岳飞道："绑进来。"

左右一声："得令！"就将那人推进帐中跪下。

岳飞一见他服色行径，便知道他是金的奸细，于是假装喝醉了酒，朝身后的张保递了个眼色，说："来人，快给他松了绑！"

一旁的卫兵连忙给那奸细松了绑。

岳飞对那奸细说道："张保，我差你出去，你怎么躲在山上了？我要你带的书信呢？在哪里？"

那人不敢作声。

岳飞道："想必你遗失了，所以不敢回来见我？"

那人听了，连忙回答道："小人该死！"

岳飞道："没用的狗才！我如今再写一封书，你给我送过去！这次我替你放好，你就丢不了了！"便写了一封信用蜡丸封好，命人将这奸细的腿肚子割开，把蜡丸放进他的肉里面。

岳飞放走他之前说道："小心快去山东，将此信交给鲁王刘豫。若再误事，必然斩首！"

那人听了，连忙走了。

一旁的牛皋呆呆地看着岳飞，等到奸细一走，方才上前问道："元帅，何故把那奸细认成了张保？"

岳飞笑道："你哪里晓得？兵者，诡道也！这个奸细，杀了也无济于事。我早想发兵去取山东，杀了那刘豫，又担心金兵来犯藕塘关，故此将计就计，放这个奸细去替我把事情办了！也不知效果如何！"

众将听了，一齐称赞："元帅真个神机妙算！"

岳飞便派了探子前往山东，探听刘豫消息。

却说这奸细果然是兀术帐下的一个参谋，叫作忽耳迷。兀术差他到藕塘关来探听岳飞的消息，没想到遇着了牛皋。这忽耳迷吃了苦头，忍着疼痛逃命回到河间府，见到了四狼主兀术。

兀术见了忽耳迷，问道："参谋，孤家差你去探听消息，怎么到现在才回来？"

参谋禀报道："臣奉旨前往藕塘关，因夜间躲在草丛中，被牛皋拿住去见岳飞。不承想那岳飞喝得大醉，将臣错认成一个叫张保的人，给臣一封书信，要臣交给山东鲁王刘豫。"

兀术惊讶道："快拿书信来，待某家看看。"

参谋哭着道："书信在臣的腿肚子里！"

兀术道："怎么会在你的腿肚子里？"

参谋道："岳飞将臣的腿肚子割开，把书信嵌在了里边，疼痛得很，所以回来迟了。"

兀术命人取出蜡丸。部将取出了蜡丸，用水洗干净了送到兀术跟前。兀术用小刀割开蜡丸，取出书信仔细一看，不禁大怒道："可恨那刘豫，如此反复多变，真是个奸臣！"

原来，书信里写的是刘豫约岳飞一齐夺取山东，岳飞已经如约准备，将来与刘豫互为表里，直捣黄龙。

第二十二章　妙计除刘豫

兀术便命手下大将金眼蹈魔、善字魔里之领兵三千，前去山东抄斩刘豫全家。军师哈迷蚩道："狼主且慢！这封信不知是真是假，不如先派人去山东探听虚实，然后再施行。若草草将刘豫斩首，岂不是中了岳飞的反间之计？"

兀术道："不管是真是假，这刘豫卖主求荣，是个大大的奸臣！此人不除，必生后患！快去将他全家抄没了来！"

金眼蹈魔、善字魔里之得令，立刻领兵奔赴山东。

就在这几日，岳飞又接纳一班江湖豪杰、绿林好汉，有岳真、孟邦杰、呼天保、呼天庆、徐庆、金彪。这些人武艺高强、报国心切，他们的投靠令岳飞欢喜不已。

这一天，岳飞正在营中与众将谈论兵法，忽然探子来报，说兀术派大将金眼蹈魔、善字魔里之领兵三千，将刘豫满门抄斩了。众将听了，个个称快，都说元帅奇谋妙算，让刘豫恶有恶报。

金眼蹈魔、善字魔里之抄没了刘豫家财，回至河间府缴令。兀术大喜，将财帛金银全部充公，然后召集权贵众将，问道："岳飞久居藕塘关，阻我进路，谁人敢去抢关？"

大太子粘罕答应一声："某家愿去。"

兀术道："王兄要带多少人马？"

粘罕道："给我十万大军，必雪前番耻辱！"

兀术道："好，便给你十万人马！只是宋军厉害，需要小心从事！"

粘罕点头称是。

粘罕领令，点齐十万人马，带着一班元帅、平章、护卫离了河间府，浩浩荡荡，杀奔藕塘关而来。

探子早已报入营中，岳飞便命令军政司点兵两万，分成四队：命周青领

第二十二章　妙计除刘豫

一队,在正南下营,保护藕塘关;赵云领一队,在西首保关;梁兴领一队,在东首安营;吉青领一队,在正北接应。四将领令,各去安营守卫。岳飞本人亲自坐镇大营,运筹帷幄之中。

第二十三章
大败粘罕

那粘罕率大军浩浩荡荡奔赴藕塘关,只见天色已晚,将士都有疲意,便传令安营扎寨,准备翌日攻城。这一声令下,四营八哨,纷纷乱乱,各自安营了。

粘罕安顿下来,暗暗思想:"之前我在青龙山也有十万人马,只可惜未曾提防,被那岳飞单枪匹马蹿进营来,杀得我大败而归。今日若是再冲进来,我岂不是要重蹈覆辙?"想到这里,心中一凛,忙传下号令,命将士们在帐前挖下陷坑,两边都埋伏下挠钩手,以防岳飞再来偷劫营寨。小兵得令,不一时间,俱已掘成深坑,上面用浮土盖好。

粘罕又挑选面貌跟自己相似的小将装扮成自己的样子,坐在中军帐内,点着蜡烛看书,自己却躲藏在后营中。

话说那河间府节度张叔夜,原本是个忠义之士。金兵压境之时,他权衡敌我实力,觉得只有献城假投降才可保全一城父老的性命,便投降了兀术,献出了河间府。兀术十分欢喜,命令士兵不许在河间府烧杀掳掠。那张叔夜献城之时,他的两个儿子张立、张用以为父亲真叛变,便带了盘缠逃走。那张叔夜见二帝被金兵捉走,十分愧悔,竟然自刎,尽忠殉国了。他的两个儿子这才明白父亲献城并不是为了自己的荣华富贵,实在是为了保全城中父老。

第二十三章　大败粘罕

张叔夜的大公子张立，出门不久，就和兄弟张用走散，之后盘缠用尽，只好沦落街头，乞讨为生。有一天，张立听说岳飞在藕塘关驻扎，便想要投奔，寻机报国。没想到来迟一步，前方道路被金兵挡住了。

张立便走上一座土山，坐着想道："我在这树林中歇息歇息，等待夜深时分打进金营去杀一个爽快，明日去见了岳元帅，他也要夸我是个好汉！"想到这里，就在林中草地上斜靠着身子睡去了。

不想，那掌管粮草供应的河口总兵谢昆正要押送粮食到岳飞军营，他见前面有金兵挡住去路，不敢前行，只好绕道经过土山，同时派兵向岳飞请求接应。

张立正在土山上睡觉，忽然听到一阵马蹄声，猛然惊醒过来，提起棍子就冲下山去。见到谢昆军队，他以为是金兵，二话不说，见人就打，一下子打倒了好几个士兵。谢昆惊慌，大叫道："何处狂徒，胆敢抢岳元帅粮草？"

张立一听大吃一惊，心想："哎呀，不好！我错把宋军当金兵了！罪过罪过！"痛悔不已，连忙逃跑了。

谢昆也不敢追赶，只好下马查看伤员，心想："这厮好生厉害，幸好没有动着我的粮米！"

张立逃到土山上，心想："本想立了功好见岳元帅，没想到犯了罪，这可如何是好！罢了，还是去讨饭吧！"想到这里，便下山往东而去。

再说那一夜，吉青骑马巡营，望着粘罕军中灯火，心痒难挠，便传下令去，吩咐道："你们好生看管营寨！我去去就来。"

部下忙问道："老爷黑夜里也要出门？"

吉青道："我前回在青龙山中，本来可以生擒粘罕，没想到中了这金兵的'调虎离山'之计，让他给跑了。如今战场上再度相逢，我若不将他活捉了献给元帅，终究心下难平！"说罢将马一拍，飞奔而去。

吉青冲入金兵营寨，提起狼牙棒大声呼喊，打进金的兵营中。金兵见了，大喊道："宋兵来踹营了！"便四散奔逃。

吉青直奔中军营帐，只见牛皮帐中坐着一人，面如黄土，衣着华丽，正在看书，吉青大喜道："这不就是粘罕吗？"将马一拍径直冲入帐中，忽听得轰隆一声响，眼前一黑，吉青便连人带马掉进刚刚挖好的陷坑中。

金兵见了，齐声呼喊，伸出挠钩将吉青钩了出来，用绳索绑了，推进后营来见大狼主。

那粘罕见了吉青，哈哈大笑，说："抓了吉青，正好报仇了！"便吩咐手下将吉青推出去砍了。

粘罕的部下铁先文郎上前禀道："刀下留人！"

粘罕道："留他作甚？那日某家几乎死在他手内。今日擒来，正合我意，哪有不杀之理？"

铁先文郎道："狼主临行之时，四狼主曾说过：'若活捉了吉青，务必送入本营中，听候四狼主发落，报那爱华山之仇！'"

粘罕点头，说："是有这番交代，要不是你说，我倒忘了！"遂传令叫小元帅金眼郎郎、银眼郎郎带领一千人马押解吉青上河间府处斩。

再说吉青部将见吉青一夜不归，十分着急，连忙去报知岳飞。岳飞急传令全营众将，分头去踹那金营，搜救吉青。一声令下，当时大营中汤怀、张显、牛皋、王贵、施全、张国祥、董芳、杨虎、阮良、耿明初、耿明达、余化龙、岳真、孟邦杰、呼天保、呼天庆、徐庆、金彪，并东西南三营内梁兴、赵云、周青等一班大将，各帅率本部人马一齐出动；岳飞亲率中军，一齐冲入金营中去救人。

金营见宋将齐至，连忙让道，想要引宋军陷入坑中。岳飞见了，心想："金兵让路，必有诡计。"细细一看，心中有了计较，将可疑之处指出，众将

第二十三章 大败粘罕

听了，深信不疑。于是，众将分成四路，一声呐喊，从后营冲入。金兵抵挡不住，宋军往前一冲，金兵都跌下陷坑，直把陷坑都填满了。宋兵如潮般涌入。

粘罕带领众元帅、平章分兵左右迎敌，哪里挡得起这班虎狼之师，两军杀得黄沙四起，天昏地暗，金兵死伤无数。粘罕见势头不妙，只好趁混乱逃跑了。宋兵获胜，岳飞一面命人打扫战场，一面命人搜寻吉青下落。

却说那张立自从袭击了谢昆的运粮队，心中惭愧，就离开了土山连夜向东行进。半夜时分，他走到官塘上，忽然见到一支人马，喧喧嚷嚷地押解着一辆囚车，往北前行。

张立暗想："这囚车向北去的，关着的必然是个宋将。我昨夜误打了岳元帅的兵，心中难受，何不救了这员宋将，同他去见元帅，说不定还可以将功折罪！"就放下讨饭的筐篮，提起铁棍赶上前来，大喝一声："咄！你们押解的是什么人？"

小兵答道："是宋将吉青。叫花子，快快让路！"

张立一听，喜道："好事来了！"举起棍打入军中，如入无人之境，不一会儿就横扫了六七十人。

金眼郎郎见部队停止前行，连忙问道："前面为什么呐喊？"

早有小兵急来禀道："有个叫花子来劫囚车，被他打坏了多少人了。"

金眼郎郎、银眼郎郎大怒道："有这等事！"两人就走马提刀赶上前来。张立也就提棍便打，金的大将举刀迎战。战不几合，张立以铁棍钩开了金眼郎郎手中的大刀，向马腰上"唰"的一棍，将马腰打断。金眼郎郎跌下马来，张立照头一棍，将他打得稀烂。银眼郎郎见兄长被打死了，心内着慌，拨马要逃。张立抢上一步，横扫一棍，那银眼郎郎顿时毙命。

吉青见有人要救自己，抖擞精神，浑身用劲一挣，挣散了囚车，大吼一声,狮子出笼似的夺了一个狼牙棒,挥舞着乱杀一气。那些金兵挨着即死,擦着即伤,没死没伤的赶紧逃跑了。

吉青见张立浑身褴褛,如同叫花子一般,便也不去问他,只顾自己向北追赶金兵。张立见他对自己毫不理会,心中不满,想:"岂有此理!我救了他的性命,他连姓名也不来问一声。这样的人是我救错了,睬他作甚,不如原讨我的饭去吧!"便蹲下身收拾了竹篮,赶路去了。

那吉青追赶金兵追到一座山前。这山叫作猿鹤山,怪峰耸立,古木参天,山里面有一座大寨,寨子里有四个好汉,为首的叫诸葛英,第二个公孙郎,第三个刘国绅,第四个陈君佑,四人聚集着四千余人,占住此山落草。

这一天,巡山的喽啰汇报:"有一队金兵在山前经过!"

诸葛英道:"好啊,山上正缺粮草,这些金兵入侵中原,手头上必然有些油水,哥几个下山去走一趟,揩些油水回来才好!"

众人大笑,纷纷传令备马,带领着山上大小喽啰一齐如猛虎般下了山。

那些溃散的金兵才离了虎口,又进了狼窝,被诸葛英的人马拦住一阵砍杀,几乎死伤殆尽。

那吉青提着狼牙棒,恶狠狠地赶上来。诸葛英他们见了,以为这个青面蓬头的将领也是员金将,便招呼着一拥而上,缠住吉青一阵恶斗。

就在这时,张立扛着铁棍,提着讨饭的竹篮,正好从这里经过。他仰头一看,见四个强盗正围着吉青缠斗,那吉青寡不敌众,渐渐落了下风,看来不久还有性命之忧!张立心想:"这个青面汉原不值得俺救,只是四个人打一个,终究是不公平。待我去插上一手,再救他一次吧。"

张立想到这里,放下竹篮,提起铁棍,奋身一跃,跳到五个人中间,将那铁棍一扫。五个人被他吓了一跳,再见他棍势凌厉,不是等闲之辈,连忙跳开避让。

第二十三章　大败粘罕

吉青见是熟人，心中一喜，叫道："好汉，快快救我！"

张立道："你们四个打一个，算什么好汉？"

诸葛英等人听了，怒吼道："小子不知死活，多管闲事，哥几个上！"说着，四人"唰唰唰"挥舞兵器，冲向吉青和张立。六个人打得难解难分。

却说那粘罕带着随从也从这条小路逃生，前面探子回来禀报道："前面有宋兵挡住去路！"

粘罕道："前有堵截，后有追兵，如何是好！"一行人只好爬上山峰，走悬崖峭壁逃命去了。

岳飞带着众将追至猿鹤山下，见金兵没了踪迹，又见前面有人在恶战，连忙上前细看。只见吉青和四人正在恶战，旁边有一破衣烂衫的男子在相助。

牛皋道："前面吉哥在那里打仗，我们快去助阵！"

王贵听了，与牛皋冲锋上前，一个使刀，一个使锏，不问来历，叮叮当当，帮着吉青、张立打了起来。

岳飞在马上细看，只见那破衣烂衫的好汉外表实在不凡，技艺也十分高超。再看那四个山大王打扮的好汉，个个威风凛凛，本事高强。再见吉青未曾被害，心下自然欢喜。他走马上前，对诸葛英等人叫道："各位是什么人，胆敢阻挡本帅人马，放走金兵？"

诸葛英等人听了，连忙叫道："且慢动手！"

六个人各自朝外跳了出来。

诸葛英问道："你们却是何处兵马？"

牛皋道："你眼睛又不瞎，不见岳元帅的旗号吗？"

四个人听见，慌忙上前对岳飞行礼，解释道："看来这个是误会，我等见这个青脸将军同金兵一齐跑来，以为他也是金兵的将军，便缠住他斗了一

第二十三章 大败粘罕

番！这个破衣烂衫的好汉本事了得，我等只管打斗，来不及问明来历！冒犯之处，请元帅见谅！"

岳飞颔首而笑，对诸葛英四兄弟说道："我看你们见了金兵，也有报国杀敌之志。山上落草，终究不是长远。如今主上圣明，汝等何不投军报国，战场杀敌，博个封妻荫子，也可以光耀门庭！"

四个人听了，深为心动，一同拜在岳飞面前，齐声说道："若得元帅收录，我等甘效犬马之劳！"

岳飞道："既然情愿归降，就快点上山收拾人马来，同本帅一齐回关吧。"

四人大喜，一齐回山收拾。

岳飞见那破衣烂衫的汉子依然站在路旁，不声不响，问道："你是何人？为何帮助吉青？"

张立见岳飞垂询，顿时激动得眼泪直流，跪下禀报道："小人乃河间节度张叔夜之子，名唤张立。自从河间府沦陷，我兄弟二人流落江湖。小人现如今虽然以乞讨为生，胸中尚存报国之志。听说元帅忠心报国，奋勇杀敌，特来投靠，不料错打了元帅的粮草营头，惧罪逃走。看见这位青脸将军被囚在车内，小人将他救出囚车，不想他不谢一声，竟自往前追杀金兵。到这里，又遇见他与那四位将军交战，看来招架不住，恐误失了性命，一时愤怒，因此又来助战。"

岳飞听了，感叹道："原来是英烈之后，忠勇可嘉！你先留在我这里，待我将你救人的功劳写成奏章报告朝廷，再给你授职吧！"

张立喜道："多谢元帅！"

岳飞唤来吉青，喝道："你受人救命大恩，不知作谢，是何道理？"

吉青连忙过来，拜谢了张公子。

岳飞又道:"你未奉本帅将领,私自出兵,本当斩首,今暂从宽。以后若是再犯,决不轻饶!"

吉青叩头谢罪。

不多时,诸葛英等四人带着山寨大小儿郎一齐来了,岳飞即命将山寨降兵编成一队,然后发炮回关去了。

第二十四章
何元庆归降

宋高宗在金陵得知岳飞获胜、金兵溃散的消息后大喜，忙下圣旨，命岳飞去征讨汝南曹成、曹亮。岳飞接到圣旨，不敢逗留。

岳飞命总兵金节继续把守藕塘关，命牛皋带兵前往茶陵关，命汤怀、孟邦杰送粮草到军前应用，又命谢昆再去催粮接应，自己亲率大军殿后。

牛皋在攻打茶陵关过程中被对方一员大将所败。岳飞到后，牛皋将当时情景细细描述。听了这番描述，张立觉得对方很像自己的兄弟张用，于是主动请战。第二天出战后，兄弟二人相认，原来张用在曹成手下做了茶陵关总兵。张立说服张用归顺岳飞。第二天，张用诈败，将茶陵关献于岳飞。张立带张用来见岳飞，岳飞大喜，为二人记上首功，同时差人进京保举张用为统制。

谢昆护送着粮草往茶陵关进发。路上遇到一个岔路口，谢昆选择从大路走，不想走到九宫山时遇到一伙强盗。这伙强盗的大王姓董名先，手下有四个弟兄：陶进、贾俊、王信、王义。谢昆写了告急文书，派人上报茶陵关，施全带人来会战。施全敌不过董先，逃跑时，遇到准备投奔岳飞的张宪。张宪降服董先，带着董先一干人等投到岳飞麾下。

汤怀、孟邦杰奉令催解粮草，也走到了岔路口，两人选择走小路。一天，两人去山里打野味下酒，来到樊家庄。樊家庄家主樊瑞原是冀镇总兵，膝下有两个女儿尚未婚配。得知两人的身份及两人均未娶亲，樊瑞将两人招为女婿。两人在樊家庄待了三日，之后辞别回营。

各路人马来到茶陵关，向岳飞禀明情况。岳飞大喜，设宴款待。

岳飞率领大军来到栖梧山。这栖梧山是汝南门户，曹成兄弟派手下元帅何元庆把守此处。这何元庆使的是两把银锤，有万夫不当之勇。何元庆在山头听说岳飞来了，便披挂上马，带领大小喽啰们来到关前。

岳飞见那何元庆相貌堂堂、威风凛凛，心想："若得此人归顺，何愁二帝不还？"便打马上前，问道："来将莫非何元庆？"

何元庆道："然也！你可是岳飞？"

岳飞道："既知我名，何不归降？"

何元庆道："久仰久仰！我听说你兵下太湖，收服杨虎、余化龙，果然是一员名将。本帅本欲投降，奈何我手下有两员家将不肯，故而中止。"

岳飞道："凡为将者，令行禁止，岂有被家将牵制的道理？"

何元庆道："你不知我这两个家将非比寻常，自幼跟随我，不肯半步相离，我亦不能一刻离他，所以如此。"

岳飞道："你那两个家将是何等样人？可叫他出来，待本帅认他一认，劝他一同归顺何如？"

何元庆道："我那两个家将有万夫不当之勇，恐他们未必肯听你的话。"

岳飞道："你且叫他们出来。"

何元庆道："你必要见他们，休得害怕！"

岳飞道："不怕，不怕！"

何元庆哈哈大笑，将手中两柄溜银锤一摆，叫声："岳飞，这就是我两个家将！你只问它肯降不肯降！"

岳飞大怒："好匹夫！百万金兵闻我大名，无一不望风而逃，我还怕

第二十四章　何元庆归降

你？本帅见你是条好汉，有心劝你归顺朝廷，你莫不知好歹！不要走，且吃本帅一枪！""唰"的一枪，劈面刺来。

何元庆举银锤"当"的一声架开枪，叫声："岳飞，休要逞能！你若能擒得住我，我便降你。倘若不能，休怪我这银锤不认得人，后悔莫及！"

岳飞道："休得夸口！敢与本帅战一百回合吗？"说着，"唰"的又是一枪，何元庆举锤相迎。

两人棋逢敌手，将遇良才，从早晨战到下午，不分胜败。何元庆将岳飞的枪挡住一旁，说道："肚子饿了，明日再战！"

岳飞道："也好，让你多活一晚，明日再来领死！"

两下鸣金收兵。

何元庆回到山中，暗暗传下号令："今夜下山去劫宋营，各自准备。"

岳飞回到营中坐定，召集众将道："我与何元庆交战正酣，他忽然收兵，必有缘故，我担心他今晚要来劫寨。汤怀兄弟可领本部军兵，在我大营门首挖一个陷坑，用浮土盖掩。张显、孟邦杰各领挠钩手，都穿上皂服，埋伏在陷坑左右，如果拿住了何元庆，不准伤他性命，否则军法从事！"三将领令而去。

岳飞又令牛皋、董先各带兵一千人，在中途埋伏，截住何元庆的归路，若遇到了何元庆，定要生擒，亦不许伤他性命。二将领令去了。

岳飞自把中军移屯后面，分拨已定。

到了二更时分，何元庆就带领一千喽啰，尽穿皂服，口衔枚，马摘铃，悄悄下山。来到宋营前，何元庆在马上一望，只见宋营寂然无声，一片漆黑。何元庆大喜，便点齐火把，呼哨一声，率众一齐冲入宋营。

才近大门，忽然听到"轰"的一声，何元庆连人带马跌入陷坑中去了，左右埋伏的宋兵齐声呐喊，张显、孟邦杰带领三军一齐上前，用挠钩将何元

第二十四章　何元庆归降

庆钩上来绑了。随行的喽啰见主帅被擒，个个转身逃命。

董先、牛皋见了，呼喊而出，拦住去路，大叫："休走了何元庆！"众喽啰齐齐跪下道："主帅已经被擒，望老爷们饶命。"牛皋道："既然如此，随俺们转去。若想逃走，须要先留下人头来！"众喽啰跪下齐声道："情愿归降！"牛皋、董先带了降兵，回至大营。

那何元庆被刀斧手带到岳飞面前，只是站着不肯下跪。岳飞赔着笑脸，说道："何将军，今日可以投降否？"

何元庆"哼"了一声，道："若不是我贪功，怎么会中你的奸计？要杀就杀，我不投降！"

岳飞道："今日且放了将军。那些投降的兵马，将军也可带走。等将军准备好了，重新来战，如何？"

何元庆带了本部人马一齐出营，回到山寨坐定，心想："这一次中了奸计，被那厮取笑了一场，来日必当活捉了他，才算解气！"

却说岳飞回到营中，仔细查看地图，又问熟悉地形的张用道："这栖梧山有无其他道路可以上去？"

张用道："后山有条小路，可以上去。只是道路狭窄，十分难走。"

岳飞道："只要有路就行了！我等行军在外，逢山开路，遇水搭桥，何惧道路难行！"便对张用、张显、陶进、贾俊、王信、王义交代一番，六将得令，便带领步兵三千人，每人备一个布袋，带着火药，从山后奇袭。

岳飞又传来杨虎、阮良、耿明初、耿明达，细细交代一番，四将暗喜，分作两班依计而行。

分派已定，忽报何元庆在营前讨战，岳飞就带领兵将，放炮出营。

两军对垒，岳飞出马，叫声："何将军，今日可准备好了？"

何元庆道："大刀阔斧奇男子，今日与你战个你死我活，才得住手。"

岳飞道:"好,我若添一个小卒帮助,也不算好汉,放马来吧!"

何元庆拍马提锤就打,岳飞举枪招架。只见这何元庆使着两柄锤,虎虎生风,一派银光皎洁;那岳飞使得沥泉枪,右挑左拨,如蛟舞龙飞。两个杀得激烈,直战到天色将晚,也没有分出胜负。

岳飞用枪架住了何元庆的双锤,叫声:"将军,天色已晚,怕你吃不消。等你回去吃了饭,养足了精神,再来交战!"

何元庆怒道:"岳飞,休得口出大言,我与你大战三昼夜!"

遂各叫军士点齐灯笼火把,三军呐喊,战鼓忙催,开启一场夜战。

两人杀到三更时分,只听得栖梧山上一片呐喊声,火光冲天。岳飞隔开银锤,跳出圈外,叫道:"何元庆,你山上火起了!快回去救火!"

何元庆惊讶回头,果然满山通红,大惊!又听得宋将齐声高叫:"元帅,趁此机会拿下他狗头!"

岳飞不动,对何元庆道:"将军快些回去吧!"

何元庆拍马便回。行不多远,山上喽啰纷纷败下山来,报道:"宋兵从后山杀上来,四面放火,夺了山寨。小的们抵挡不住,只得逃下山来。"

何元庆咬牙切齿,大骂道:"你们怎么没有防守后山!唉,罢了,只好去汝南,请大王出山前来报仇!"便带了众喽啰,回马望汝南大路进发。

何元庆行到天明时分,只见大河挡路,河上的桥早已经被拆除了,何元庆叹道:"我死了!这大桥是谁拆断的!此处又无船只,叫我怎生过去!"

正在着急,忽听得一声炮响,水面上撑出一队小船来,都是四桨双橹,刀枪耀眼。前面两只战船上,站着杨虎、阮良,他们各执着兵器,高声叫道:"何将军,我奉元帅将令,在此等候多时,邀请将军一同去保宋室江山,快请上船!"

众喽啰吓得魂飞魄散,何元庆也不答话,拨马便走。

第二十四章　何元庆归降

来到白龙江口，只见一派大江，江面上也无船只，后面追兵也快赶来，何元庆道："又无船只，渡不了江。不如背水一战，同那岳飞拼个死活！"

话未说完，军士用手朝江心一指道："那不是有两只渔船？"

何元庆拍马跑上来，叫道："渔翁，快来救我！我乃栖梧山上大元帅何元庆！渡了我过去，重重谢你。"

那两个撑船的渔翁听了，便将船靠上岸来，说道："原来是何老爷在此！快请上船！"

何元庆道："你这小船，怎渡得我的马？"

渔翁道："老爷，都什么时候了，还顾得上马？这大江大水的不是儿戏，我们船小，你就坐在我的船上，把这两柄锤放在我兄弟的船上，这才过得江！"

何元庆只得依他所言，将锤放在一只船上，自己坐在另一只船上。眼看岳飞的追兵已经赶到，渔翁连忙撑着船离岸。

岳飞的追兵已经赶上。那些众头目齐齐跪下，纷纷投降。

何元庆见自己终于得救，十分凄楚地说："还亏得我命不该死，遇着这两个渔翁救了我，只是可惜我的战马被他们拿走了！"

何元庆正庆幸自己得救呢，忽然见载着双锤的那条渔船竟然划回去了。何元庆大惊，道："渔翁，你那兄弟的船为何又靠到岸上去了？"

渔翁道："哎呀！不好了！我这兄弟是好赌的，看见老爷这两柄锤是银子打的，便起了不良之心，要把它拐走卖了！"

何元庆道："你快叫他转来，待我过了江，我拿些钱给他。"

渔翁道："老爷，他现成的不要，会要你赊来的吗？"

何元庆气得不行，怒道："你、你、你，你跟他是合伙同谋！"

渔翁大笑道："说得好！老实跟你讲，我不是什么渔翁，我乃当今天子驾前都统制将军耿明初,那个是我兄弟耿明达。我们奉元帅将令,特来此拿你。"

何元庆大怒,跳起来要打渔翁,耿明初纵身一跃,跳进江心去了。何元庆站在船中,束手无策,正不知如何是好,忽然那耿明初从水底下钻出头来,叫声:"何元庆下来吧!"两手把船一扳,船底朝天,何元庆也落入水中。耿明初如同鱼在水中,一把擒住何元庆带到岸上,将何元庆解到岳飞马前。

岳飞见了,连忙下马,扶起何元庆道:"得罪得罪!不知将军今番愿意归降吗?"

何元庆道:"这些诡计何足道哉!要杀便杀,决不投降!"

岳飞道:"既然如此,叫左右交还战马、银锤,请将军回去,重整旗鼓,再来决战。"

何元庆也不答应,提锤上马而去。

众将心中不服,问岳飞道:"元帅两次不杀何元庆,却是为何?"

岳飞道:"列位贤弟不知,昔日诸葛武侯七擒孟获,南方永不复反。如今本帅不杀何元庆,就是要他心悦诚服地归降。"说完,叫来汤怀,吩咐如此如此,汤怀领命而去。

那何元庆骑马来到江口,想起两番被擒,又羞又恼,望着茫茫大江,悲从中来。他暗想道:"我不是岳飞的对手,谅曹成也不敌岳飞,天地苍茫,念我何元庆空怀一身本事却无处安身。也罢,不如就此了断了!"正要拔出宝剑自刎,忽见汤怀骑马飞奔而来,叫道:"将军,元帅惦记您,命我前来送行。请将军稍待片刻,小将为您备船渡江。"

正说着,又见后面牛皋带着几名健卒,扛着食物赶来了。牛皋对何元庆说道:"将军辛苦,元帅担心,特备水酒蔬饭,请将军享用。"

何元庆见了,潸然泪下道:"岳元帅待我如此恩厚,不由我不降!"便同

第二十四章　何元庆归降

着汤怀、牛皋来到岳飞马前跪下，口称："罪将该死，蒙元帅两次不杀之恩，今情愿投降！"

岳飞下马，用手相扶道："将军何出此言？良禽择木而栖，贤臣择主而仕，大丈夫正在立功之秋。请将军同保宋室江山，迎还二圣，足以名垂青史！"

何元庆感念不已。

随后，岳飞命何元庆部下皆更换衣甲，仍旧归何元庆统制。然后备办酒席，庆贺胜利。

曹成、曹亮两兄弟听说手下元帅都抵挡不住岳飞，十分恐惧，便携带着细软，从汝南老巢逃跑了。

岳飞申奏朝廷，禀明此事。朝廷下旨，要岳飞前往湖南，剿灭洞庭湖水寇。岳飞接到圣旨后，便移兵往湖南进发，一路上秋毫无犯，不多久到达潭州。

第二十五章
呼延灼殉国

岳飞在潭州剿水寇，时日一长，便被兀术探知。兀术与军师哈迷蚩商议："如今岳飞远出，正好去抢金陵。"

哈迷蚩道："臣已定了一计，狼主可请大太子领兵十万，去抢湖广。"

兀术道："岳飞在湖广，怎么反叫大王爷到那里去？"

哈迷蚩道："大太子去那里，并不是与岳飞交战，而是牵制岳飞，让岳飞离不开湖广。这样，二太子就可领兵十万去抢山东，三太子就可领兵十万去抢山西，五太子领兵十万去抢江西。弄得他顾此失彼，然后狼主自引大兵去抢金陵，那中原必在我掌握之中矣！此是五路进兵中原之计，不知狼主意下如何？"

兀术闻言大喜，遂召请四位弟兄各引兵十万，分路进兵。兀术自领大军二十万，向金陵进发。

那时，宗泽守着金陵，屡次上表请高宗回驻汴京，以便号令四方、恢复河山，无奈高宗不从。此时听说兀术五路进兵，而岳飞又羁留湖广，宗泽急得旧病发作，口吐鲜血斗余，大叫"过河杀贼"而死。后人有诗曰："丹心贯日竭忠诚，志图恢复待中兴。出师未捷身先死，长使英雄泪满襟。"

却说兀术带兵来到长江边，四下寻觅船只准备渡江夺取金陵。那长江总兵姓杜名充，他见兀术来势甚大，心下暗想："宗留守已死，岳飞又在湖广，

第二十五章　呼延灼殉国

在朝一班佞臣哪里敌得住兀术大军？那兀术有令，宋臣凡是归降者，俱封王位。我不如献了长江，也好图个富贵。"主意已定，就吩咐三军竖起降旗，驾了小舟来见兀术，口称："长江总兵杜充特献长江，迎接狼主过江。"兀术大喜，就封杜充为长江王。

杜充谢恩道："臣的儿子杜吉官居金陵总兵，现守凤台门，待臣去叫开城门，请狼主进城。"

兀术道："你的儿子若肯归顺，亦封王位。"就命杜充为向导，大兵往凤台门而来。

宋高宗此时正与张美人在宫中饮宴，见众大臣乱纷纷赶进宫来，叫道："不好了！杜充献了长江，引金兵直至凤台门。他儿子开门迎贼，金兵已经进城了！主公快跑！"

高宗大惊失色，顾不得别人，便同着李纲、王渊、赵鼎、沙丙、田思中、都宽，君臣七人急忙逃出通济门，一路奔逃。

那兀术进了凤台门，见并无一人迎敌，便长驱直入进了南门。他走上金阶，进了宫殿，只见一个美貌妇人跪在地上，说道："狼主辛苦，若早来一个时辰就拿住康王了。如今他君臣七人逃出城去了。"

兀术道："你是何人？"

那美人道："臣妾乃张邦昌之女，康王之妃荷香。"

兀术大喝一声道："夫妇乃五伦之首，你这寡廉鲜耻、全无一点恩义之人，还留你何用！"走上前去，就将荷香杀了。

接着，兀术传令官员把守金陵，自己则亲自统领人马追赶高宗。杜充在前边引路，沿城追赶。

宋高宗君臣七人急急如丧家之犬，忙忙似漏网之鱼，行了一昼夜终于到了句容。

李纲道:"圣上,快将龙袍脱掉换成寻常百姓衣服,以免招人耳目!"高宗无奈,只好依言。

七人不敢逗留,一路逃到海盐。海盐县令路金听说圣驾来此避难,连忙出城迎接。高宗在公堂上坐定。

王渊道:"如今圣驾要往临安,不知还有多少路?"

路金道:"道路虽然不远,但是金兵已经在钱塘江对面下营,节度使皆弃兵而逃。圣上若到临安,恐怕无人保驾,不如留在此处等候各路勤王兵马。"

王渊道:"你这地方太小,如何抵挡兀术?"

路金道:"地方虽小,尚有几百武装。此地还有一位隐居的豪杰,只要圣上命他前来保驾,或许可以抵挡一阵。"

高宗叫声:"卿家,你说的这个豪杰是谁?"

路金道:"乃是昔日梁山泊上好汉,名叫呼延灼,此人有万夫不当之勇,主公召来,可以保驾。"

王渊道:"呼延灼当日是梁山上的五虎将,是个英雄。只恐如今年事已高,无能为力!"

高宗道:"事急从权,就烦卿家去请来。"

路金安排了酒肴款待高宗,然后火速去请呼延灼。

君臣七人用过饭。那王渊说:"此地偏小,兵少将寡,抵挡不住兀术。依臣愚见,还是走为上策。倘若到了湖广,见了岳飞,方保万全。"

高宗道:"列位卿家!朕连日奔走,实在辛苦,且等呼延灼到了以后再作商议。"

正说着,路金来奏:"呼延灼在外候旨。"

高宗连忙宣进来。

第二十五章　呼延灼殉国

高宗见呼延灼虽然白发苍苍，却仍然是精神抖擞，便问道："老卿家，可曾用饭否？"

呼延灼道："接旨即来，尚未吃饭。"

高宗就命路金准备酒饭，呼延灼就在驾前饱餐了一顿。

忽然，守城军士来报："金兵已到城下了。"

高宗大惊！

呼延灼道："请圣驾上城观看。臣若是胜了，万岁爷就在此地等候勤王兵马。臣若是不能取胜，圣上就赶紧出城！"

高宗点头，遂与众臣一齐上城观看。

城下杜充高叫道："城内人等听着，四太子有令，若把昏君献出，官封王位。若敢负隅顽抗，便打破城池，鸡犬不留！"

话没说完，城门打开，一位白发老将跃马出城，大喝一声："呼延灼在此，谁敢逼迫我主？"

杜充道："我乃长江王杜充，你来寻死吗？"

呼延灼道："呸！你就是献长江的奸贼吗！不要走，吃我一鞭！"

"唰"的一鞭朝杜充顶梁上打去，杜充举金刀架住，呼延灼又一鞭拦腰打来，杜充招架不住翻身落马，众金兵转身败逃。呼延灼也不追赶，取了杜充首级进城见驾。

高宗大喜道："爱卿真乃神勇！寡人回京，必当重加官职。"

众金兵逃走以后，向兀术汇报道："长江王追赶康王，到了海盐城下，被一老将呼延灼打死，康王就在城中。"

兀术听了，连忙点齐大军，开赴海盐城捉拿宋高宗。

高宗在城上见了兀术，流着眼泪说："这就是兀术，拿我二圣之人！孤与他有不共戴天之仇！"

呼延灼道："圣上不必悲伤，待老臣出马，与他血战！若是取胜，自不用说。若是败阵，请陛下去寻岳飞，再图报仇。"说罢，提鞭上马，冲出城来，大叫道："兀术，休逼我主，呼延灼来也！"

兀术见呼延灼虽满头鹤发却精神矍铄、威风凛凛，十分喜悦，便道："来将莫非梁山泊虎将呼延灼？我乃大金四太子，久闻将军威名，忠肝义胆。若能归顺我大金，便封你为王，安享富贵，以乐天年。何苦为了这穷途末路的宋室江山赔掉性命！"

呼延灼道："呸，老夫乃大宋子民，不做金地走狗。当年征讨大辽，打死多少上将，今日战死沙场，也算安享晚年！奴才，看打！"举鞭向着兀术面门上打来，兀术连忙举金雀斧招架。

两人大战三十回合，兀术暗想："果然是英雄。他若年轻几岁，我就死了。"二人又战了十余回合。呼延灼终究年老，体力不支，回马败走。兀术纵马追来。呼延灼上了吊桥。没承想，这吊桥年久失修，木头已经腐烂，呼延灼跑马上桥踩断了桥木，那马失了前蹄，把呼延灼跌落下来。兀术赶上前来，杀了呼延灼。

城上君臣看见了，慌慌上马出城。县令路金跟随高宗等人一起沿着海塘逃走！

那兀术砍死了呼延灼，勒马道："老英雄当年在梁山何等威名，今日马失前蹄被我趁机害死，对不住了！来日某家得了天下，另行厚葬就是了！"

兀术进了城，问道："康王在哪里？"

军民跪着答道："康王同一班臣子逃出城去了。"

兀术传令不许伤害百姓，便带领大军沿着海塘一路追赶。追出十来里，远远望见高宗君臣。高宗回头看见兀术追兵将近，吓得魂飞魄散。

宋高宗正在惊慌之际，忽见一只海船驶来，众大臣叫道："船上驾长，

快来救驾！"

那海船上的人听见，就转篷驶近来，拢了岸，把铁锚来抛住了。君臣们即下马来，弃马登船。船上人见金兵将近，急忙驶离海岸，等兀术赶到时，已经没办法了。

兀术命人大叫："船家！快把船靠拢来，重重赏你！"

那船上的人哪里肯靠拢来。

兀术道："不知他们逃往哪里？"

军师道："谅他们不过逃到湖南去投岳飞，我们不如也追到湖南！"

兀术道："既然如此，某家先行，你在后边催赶粮草速来。"

军师领命，辞了兀术自去了。

那兀术带了人马，沿着海塘一路追赶。忽见三个渔人在那里钓鱼，兀术问道："三位，某家问你们，可曾见一只船渡着七八个人从这里经过吗？"

三人道："有的，有的。老老少少共有七八个，刚刚过去。"

兀术道："那就烦你们引我们的兵马追过去，若拿住了，重重有赏。"

那三个人连忙答应。

三个人引着大军，沿着海塘一路追赶。不一时，只见钱塘江上雪白的潮头涌起数十丈高，如同滚动的雪墙排山倒海般扑来。霎时间，巨浪滔天，将那兀术吓得魂飞魄散，金兵想要避让已经来不及，几万人马连同那钓鱼的三个人，一同都被潮水卷走了。

那三个钓鱼的人不是别人，正是钱塘县县令朱跸和县尉金胜、祝威。后来高宗建都临安，将他们三个封为松木场土地神，至今朱、金、祝三位相公的牌坊仍然矗立在杭州城中。

兀术大怒道："中了这渔翁的奸计，伤了我许多人马！"

后面哈迷蚩赶来，叹道："吓死我也！虽然淹死了好多人马，幸亏狼主

第二十五章　呼延灼殉国

无事。我们一直追到湖广，必要捉了康王方消此恨。"

于是，兀术催赶大军一路追来。

君臣八人历经坎坷逃到了湖广地界。行了半日，来到一座村庄中央一户人家的门首。这家的门造得比别家的都要高大，李纲抬头一看，叫道："不好，这里是张邦昌的家，咱们快些避开。"

君臣连忙往前行，没想到还是被张邦昌的家人看见了。张邦昌得知高宗来到，连忙追赶。他见到高宗君臣，叫道："主公慢行，微臣特来保驾。"赶上前去，跪下问候道："主公，前方坎坷多艰，岂可冒险而行。请到臣寒舍安歇，待臣派人去招岳飞前来保驾，方保万无一失。"

高宗听了，对众臣说道："且到张爱卿家中歇息，再作计较吧！"

一行人来到张邦昌家中，进了大厅，高宗坐定，问道："卿家可知岳飞在何处？"

张邦昌道："现在驻兵潭州，待臣将其召来。"

高宗大喜，张邦昌一方面吩咐家人安排酒席款待，一方面派人将前后家门严加把守，不许高宗君臣出门。然后辞别高宗，口称去找岳飞，却飞马前往粘罕营中，叫他来捉拿高宗君臣。

却说张邦昌原配夫人蒋氏一向修行好善，听说张邦昌拘押高宗君臣，吃了一惊，暗想："君臣大义，岂容不讲！"便悄悄来到书房，将张邦昌的阴谋告知高宗。

宋高宗听了大惊，忙问如何是好。

蒋氏道："前后门都有家将把守，出不去。主上可随罪妇去花园中，那边围墙低矮，可以翻墙出去。"

蒋氏将君臣八人带到后花园中，那边果然有一堵矮墙。蒋氏道："从这里出去都是菜园，无人看守。"听罢，李纲便搬来石头垫脚，君臣八人便翻墙过去了。一行人慌不择路地逃走了，蒋氏回到家中，担心被张邦昌责备，便解下鸾带在一棵大树下悬树自尽了。

粘罕得到张邦昌的讯息，忙带领三千人马随张邦昌前来捉拿高宗。没想到书房各处空空如也，不见了君臣八人。张邦昌吃惊不小，慌忙寻觅，直寻到后花园，看见矮墙边有几块大石头，叫道："不好，有人放跑了康王！"回头一看，只见蒋氏夫人吊死在一棵大树上。

张邦昌恨得咬牙切齿，道："这泼贱妇，坏了我的大事！"连忙跪下向粘罕请罪道："臣妻将康王放走了，臣罪该万死！"

粘罕道："既然如此，他们一定没有跑多远。你从此以后归顺我大金，不用在这里住了。"便命小将把这所庄园烧掉，带着值钱的物什走了。

张邦昌见自己的房子被烧了，家产被抄，心下好生懊悔，可惜后悔已经来不及了，只好跟随粘罕而去。

那粘罕带着金兵，追到张邦昌的朋友王铎家中。那王铎早有投靠之心，见了粘罕，手舞足蹈，说要跟随粘罕一同追捕康王。

粘罕大喜，道："你既然愿意归顺我大金，要这庄园何用？"便命人抄了王铎家私，点火烧了庄园，然后对张邦昌、王铎说道："你二人一定要忠于我大金，将来捉了康王，少不了给你们加官晋爵！"

王铎暗自叫苦，却也无可奈何，只好跟着粘罕，一同去捉拿高宗。

宋高宗赵构君臣八人一路慌忙逃命，去投奔岳飞。江南天气多雨，不久便暴雨淋漓。君臣八人顾不得下雨，抄小路爬上一座高山。

粘罕眼看就要追上了，却因山高路滑，不少金兵掉下去摔死了。粘罕说："雨下得太大，谅他们跑到山上，也插翅难飞。我等先支起牛皮帐来休息休息，等雨停了再追赶不迟！"

高宗君臣爬到山顶，见有一座庙宇，虽然破旧，却也可以避一避风雨，

第二十五章　呼延灼殉国

便躲了进去。

却说潭州，岳飞这天正在公堂议事，忽然有探子来报，说："兀术五路进兵。杜充献了长江，金陵失守，皇上带着七位大臣逃亡在外，不知去向了！"

岳飞一闻此言，热血上涌，悲愤交加，六神无主，定了定，大叫道："圣上啊！要臣等何用！"说着，拔出宝剑想要自刎。

张宪、施全二人急忙上前，一个抱住腰，一个扳住胳膊，叫道："元帅不可！圣上逃难在外，你不去保驾，却要寻短见，这可是丈夫所为？"

岳飞道："古语道：'君忧臣辱，君辱臣死。'如今陛下蒙尘不知所终，为臣子的不死何为？"

诸葛英道："皇上不知所终了，我们何不派探子四处去打探，或许能查明踪迹好去救驾。如果引刀自裁，皇上还有何指望！请元帅三思！"

岳飞听罢擦干眼泪，挑兵选将，命他们四处探明宋高宗所在，速速回报。一班人马扮作普通百姓四处打探去了。

过了一天又一天，终于有探子来报，说圣上在湘潭附近牛头山上被粘罕大军围困，生死不明。岳飞听了大喜，连忙命牛皋为先锋，率领五千人马前去牛头山勤王。

这时候，高宗君臣刚好爬到牛头山避雨，粘罕也撑起了帐篷等雨停下。牛皋见雨下得太大不便爬山，也支起帐篷，然后派人去前方探明情况。探子从前面查看情况后，回来报告说："前方有金兵扎营。"牛皋道："前方既然有金兵，主上必定就在这山上了。"连忙问向导："这座山可有其他道路上得去？"向导说："从荷叶岭上去，有一条大路。"牛皋便领兵前往荷叶岭，一马当先跑上牛头山。

李纲在庙内见到一帮人马都是宋军打扮，便偷偷出门观看。他见到牛皋,大喜道:"牛将军!圣上在此,快来救驾!"

牛皋跑到庙前下马,参见了高宗,回禀道:"元帅听说万岁蒙尘,几乎自尽,幸被众将救了。现令牛皋先来寻找圣驾,果然在这里!"说罢就将身边干粮献上。

高宗君臣正饥饿难耐,得了牛皋的口粮,不顾粗糙,个个狼吞虎咽。高宗吃着吃着,已经是泪流满面。

牛皋命人去潭州向岳飞汇报情况,又派人防守四方险要,抵挡金兵上山。

大雨停后,粘罕催兵上山捉拿赵构。快到山顶时,见四方都有重兵把守险要,无法登顶,十分诧异,连忙派人下山催促大军上山包围牛头山,又派飞马迎请兀术大军前来。

岳飞听说高宗在牛头山,连忙领兵前来保驾。见了高宗,跪下哭道:"微臣有失远迎,罪该万死!"

高宗哭道:"奸臣误国,卿有何罪?"便把一路上的辛苦向岳飞倾诉一遍。

这时候,张保过来禀奏道:"山上有一座玉虚宫,地方很大,有三十六个房头。"

岳飞道:"你去跟住持说明,要他不必惊慌。说有当今天子在此避难,命他们收拾几间好房子,等圣驾前来歇息。"

张保得令,上山安排去了。

岳飞便准备了车马,请高宗君臣八人上车,前往玉虚宫将息。玉虚宫外,早有一众道士跪拜迎接了。高宗一行奔波数日,担惊受怕,总算有了一个像样的地方休息,自然十分喜悦。

第二十六章
牛皋押粮

岳飞被封为大元帅，张贴榜文，发布禁令。

牛皋听说发布了禁令，便好奇去看。听见众人在那里念到最后一条"中军帐内不得饮酒喧哗"时，心中气愤，道："胡说！大哥明明晓得我喜欢喧哗叫嚷，喜欢喝酒，还将这两件事写在上边！等一会儿我闯一个辕门给他看，看他能把我怎么样！"

众将听了，个个目瞪口呆，担心牛皋会闯出什么祸来。

牛皋同众将一齐来到营前，只见张保传令道："元帅今日不升帐，诸将明日早上候令。"众将得令，各自散去。

牛皋道："今日就算了，明早我定要吃个大醉，看他把我怎样！"

再说岳飞此时命张保去请汤怀来后堂相见。汤怀来了，岳飞拍着他的背说："请贤弟来，不为别事。今日所张榜文，写明纪律，有两条犯着牛兄弟的毛病，故此愚兄今日不升帐，怕牛兄弟犯了禁令。我若依法将他处置，伤了兄弟之情；若不依法，又不能服众。贤弟可如此如此，方保无事。"

汤怀领令，来见牛皋。牛皋正在饮酒，见了汤怀，叫道："汤二哥来得正好，陪我吃一杯。"汤怀坐下，一同吃了几杯，便说："我有一事，与你相商。"牛皋道："是什么事？"汤怀道："知道大哥今日为何不升帐吗？他要差个人到相州去催粮，因为山下有金兵阻拦，无人敢去，为此愁闷不能升帐。我想我是不敢去的，所以找你来，看你敢不敢把这个功劳抢了。"牛皋道："谅这些小兵，怕他干什么？我去就我去。"汤怀道："太好了。只是你也不要声张，明日也不许吃酒，免得这么大的功劳被别人抢了去。"牛皋道："那是当然的。"

第二天，岳飞升帐，众将站立两旁听令。汤怀见牛皋没有吃酒，老老实实的，自然十分高兴。岳飞道："三军未发，粮草先行；且今交兵之际，粮草要紧。山下有金兵挡路，哪一位胆大，敢领本帅之令前往相州催粮？"

话未说完，牛皋上前道："末将敢去！"

岳飞道："凭你的本事，怕不能去。"

牛皋圆眼一瞪，道："元帅，谅这些毛贼，怕他干什么？小将若出不得金营，愿拿下这颗首级放在这里。"岳飞道："好！我有令箭一支，文书一封，限你四日四夜到相州，不得有误！"牛皋得令，将文书揣在怀中，把令箭插在飞鱼袋内，上马提锏，独自一个跑下山去了。

牛皋一马跑到粘罕营前，大叫道："快让开！老爷要去催粮！"说着就舞动双锏蹿进营来，逢人便打。金兵见他来势凶猛，慌忙报知粘罕。粘罕大怒，拿了溜金棍上马来迎战。

牛皋见了粘罕，拼命挥锏，一连打了七八锏。粘罕虎口发麻，招架不住，败下阵来。牛皋催马，冲出后营，直奔相州。

粘罕回到帐中，命将士收拾尸首，整顿营盘，又再次差人去催促各位王兄王弟速速领兵前来援助。

不几日，金兵云集，将牛头山围了一重又一重。岳飞见了，暗自着急："牛皋已经冲出金营，只是这粮草如何上得了山呢？"

再说牛皋到了相州，找到节度使辕门，大声叫道："快些通报！"说着就把那锏在鼓上一敲，竟把那鼓给敲破了。

第二十六章　牛皋押粮

士兵连忙去禀报，都院刘光世赶紧升堂，接见牛皋。牛皋将文书递上去，催道："都爷快看文书！快看文书！"

刘光世看了文书，笑道："元帅限你四日来这里，如今才过了三日半，何必这么着急？先去用饭。"

牛皋道："饭是要吃的，但粮草更要紧，明早就要起身的啊！"

刘光世道："这个自然。"一面传令准备粮草，一面安顿牛皋食宿。

到了二更时分，一切都已准备停当。天一亮，牛皋就来了。

刘光世道："来得正好，粮草已经准备齐全。有道表章烦你带去禀奏圣上。另有文书一封，交给你家元帅。"

牛皋收了表章、文书，叩头辞别，上马便行。

才出了相州府，忽然大雨倾盆。牛皋见前面有一堵红墙，以为是一座庙宇，忙忙催军士把粮车赶过去。到了近前，发现不是庙宇，而是一座王殿，牛皋不管三七二十一就命众军士把粮车推进殿内躲雨。

这大殿主人乃是汝南王郑恩之后郑怀。那郑怀身高丈二，使一条有酒杯口粗细的铁棍，力大无比，善于步战。听家将禀报有人擅闯自家大殿，还放肆喧闹糟蹋，那郑怀不禁大怒，提起铁棍，叫道："何处野贼，敢到这里讨野火吃？"

牛皋见此人长相凶恶，猜想他定是来者不善，便不答话，举锏打来。郑怀抡棍招架，不上四五个回合，郑怀大叫一声，拦开锏，伸手一抓，将牛皋擒住，卸下武器，叫家人绑了。

郑怀问牛皋道："你是何方草寇，竟敢到我家殿上胡闹？"

牛皋大喝道："该死的囚徒！你眼睛没瞎，没看见粮车上的旗号吗？我乃岳元帅帐下统制牛皋，奉令催粮上牛头山保驾。我在此避雨，你竟敢拿我，不怕犯死罪吗？"

郑怀一听大惊，忙道歉说："原来是牛将军，对不住了。小弟不曾亲见兄台，莫怪莫怪！"连忙来给牛皋松了绑，扶他坐下，请罪道："小弟乃汝南王郑恩后裔，名唤郑怀。久慕将军大名，今日愿拜将军为兄，同上牛头山保驾立功，未知可否？"

牛皋喜道："我本来是不肯的，看你本事好，就收你做义弟了。只是我肚子饿了，快收拾酒饭，等我吃了再说。"

郑怀道："这个自然。"

于是两人结拜为兄弟，然后吩咐准备酒饭，又杀了两头牛，抬出十坛酒，犒劳将士。郑怀收拾了行李，吃完了酒饭就同牛皋起身去了。

这一日来到一座山边，忽听得一阵锣声，五六百个喽啰从草丛里冒了出来。为首一员白袍银甲少年，跨马挺枪而出，大叫道："会事的留下粮草！"

牛皋怒眼一瞪，正要出战，那郑怀挡住，说："不劳哥哥动手，小弟去把这厮拿下。"说着便提棍上前。那少年抡枪便刺，二人大战三十多回合，不分胜负。

牛皋暗想："这少年好身手，我与郑怀战了不过四五回合就输了，他两个战了三十多回合还不分胜负，真个好身手！"

牛皋起了爱才之心，拍马上前道："你们且住手！我有话说。"

郑怀架住了枪，道："住手！俺哥哥有话讲，讲了再战。"

那将收了枪，道："有话快讲，讲了再战！"

牛皋道："俺非别人，乃岳元帅的兄弟牛皋。我看你年纪虽小，武艺倒好。如今用人之际，何不归顺朝廷，改邪归正，岂不胜过在这里做强盗？"

那将听了，喜道："原来是牛将军，何不早说！"便弃枪下马道："小弟久欲归顺朝廷，只是无人引荐。将军若不嫌弃，小弟愿拜你为兄，同往岳元帅麾下效用。"

牛皋道："这才是个好汉！但不知你姓甚名谁？"

那将道："小弟乃东正王之后，姓张名奎。"

牛皋道："既然如此，赶快收拾了行李，同我一齐上路。"

张奎就请牛、郑二人上山，三人结为兄弟。然后整备酒席，将喽啰编入行伍中，一同前往牛头山。

又过了一天，队伍来到一个地方，见前方有四五千人马拦住去路。

牛皋同郑怀、张奎出营。对方军中一金盔金甲小将跃马上前，手提一杆錾金虎头枪，叫道："你就是牛皋吗？"

牛皋道："老爷就是！你是什么人，敢来阻我的粮草？"

小将叫道："废话少说，跟我大战三百回合。你若赢了，自然放你过去！"

郑怀大怒，举棍上前就打。那将架开棍，一连几枪杀得郑怀浑身冒冷汗，气喘吁吁。张奎见郑怀不是对手，连忙来助阵，两人战一个，打了二十回合，渐渐落了下风。牛皋十分惊讶，心想："这小子有点来头。"连忙举起双锏上前助战。三个战一个，还是打不过。

正不知如何是好，那小将横扫一枪，将三人逼出圈子，叫道："且停！"

三人收住兵器，停下喘气。

那小将笑道："小将不是别人，乃开平王之后，姓高名宠。奉母亲之名前去牛头山保驾，今日幸得相会，特来以武会友，得罪得罪！如蒙不弃，我们结为兄弟，一同去保驾可好！"然后对牛皋说："哥哥在上，请受小弟一拜！"

牛皋大喜，叫道："好兄弟，你有这般本事，干脆做我哥哥吧！"

高宠道："我年纪尚浅，还望哥哥指教！"

牛皋大喜，便拉着郑怀、张奎与高宠一同结拜了。高宠将营中军兵并入

第二十六章　牛皋押粮

牛皋大军中，一行人催兵向前，共赴牛头山。

却说那牛头山下，兀术率领大军已到，一时间，山下金兵云集。兀术走进营帐听粘罕将情况说了一遍，兀术道："既然康王与岳飞都在这牛头山上，我等只需围而不攻，就可以将他们统统饿死了！"便下令四面八方扎下营寨，将牛头山围得水泄不通。岳飞闻报，好不焦虑。

牛皋一行来到牛头山下，见山前金兵连绵十余里，高宠说道："小弟在前面冲开营盘，兄长保住粮草，一齐杀进去。"

牛皋便叫郑怀在右，张奎居左，自己押后。高宠一马当先，叫道："高将军来踹营了！"便拍马挺枪，冲入金营。金兵猝不及防，鼓动士兵前来阻挡，有敢上前的，被高宠、张奎、郑怀乱枪挑死、乱棍打死。走了两三里，金兵全营惊动，兀术集结精锐前来阻拦。那高宠奋起神勇，远的枪挑，近的鞭打，一时间，拦路的金兵纷纷倒地。

金兵左右冲击，企图切断运粮军，无奈张奎、郑怀个个身手非凡。那郑怀使着铁棍，如同孙悟空使动金箍棒，棒子扫动处，遇着的非死即伤。那张奎挥舞长枪，如同猛龙搅海，搅得金兵死伤遍地。牛皋殿后，挥动双锏，无人能挡。运粮大军朝前猛冲，士兵前赴后继。金兵见高宠英勇无敌，不敢靠近，只能眼睁睁地看着粮草上山去了。兀术气得浑身哆嗦，却也无可奈何，只好命人打扫战场，掩埋了尸体。

却说岳飞坐在帐中正担忧牛皋运来的粮草如何上山，忽然探子来报说："金营内旗幡缭乱，喊杀连天，不知何故？"岳飞疑惑，便亲自出营察看。不一会儿，又有探子来报："牛将军解粮已到荷叶岭。"岳飞大喜，举手向天道："真乃朝廷之福也！"

不一时，牛皋催赶粮车上了荷叶岭，然后向岳飞禀报，交付了奏章和文书。岳飞道："牛兄弟，亏你押解来粮草，这是个大功劳。"吩咐上功劳簿记一笔。牛皋道:"这哪里是我的功劳。若不是亏得新收的三个兄弟,我牛皋哪里能把粮草送到山上!"

　　岳飞问道:"新收的三个兄弟是谁?快带来看看!"牛皋便唤来高宠、郑怀、张奎,一一引荐给岳飞,又把三个人如何本领高强,如何出生入死奋勇杀敌,保护粮草上山的事情说了一遍。岳飞听了,连连称赞。

第二十七章
大战牛头山

之后，岳飞带高宠三人一齐面见高宗，将他们三个的功劳和身世说了一遍。高宗问李纲道："他们三个当封何职？"李纲道："这三位都是功臣之后，不如暂封他们为统制，待天下太平以后再令他们继承祖职。"高宗准奏，三人一齐谢恩。

三人回到营中。牛皋说："这三个兄弟可与小将同住！"岳飞应允，就将他们三个带来的人马编入行伍，把所带的金银财帛送入后营。

第二天，岳飞升帐，众将站立两旁听令。岳飞高声问道："如今粮草齐备，只是相持下去必定坐吃山空，不如提前与金兵决战，杀退敌人才好送天子回京。不知哪位将军敢去下战书？"

话声未绝，牛皋上前道："小将愿往。"

岳飞道："你昨日杀了他许多兵将，如今再去，怕他报仇，去不得。"

牛皋道："不怕，我福大命大死不了。别人可不敢说。"

岳飞一笑，就叫张保为牛皋备上文官衣服。

牛皋穿衣戴冠完毕，就辞了岳飞出营。岳飞担心牛皋这一次凶多吉少，怕是有去无回，心中悲伤，不禁偷偷抹泪。

牛皋出营之后，众将校看了也都替他担心，有的人流着泪对牛皋说："兄弟，此去务必小心！千万不可言语冲撞。"

牛皋道："大家放心，我自有分寸。"又说："只有一件事情我放心不下，若是我这次去了不能回来，你们大家好好关照我那三个兄弟，对待他们就像对待俺老牛一样，那我就放心了。"

众弟兄听了，含泪答道："那是当然的，何须嘱咐。只希望你吉人天相，好去好回。"说到这里，有人竟然哭了起来，众人也是心中难过。

牛皋笑道："哭什么！你们看我这模样像不像城隍庙里的判官？"众弟兄听了，都含泪笑了起来。

牛皋独自一人骑马下山，揩了揩眼泪，说："要是被金人看见了，还以为我怕死呢！"

牛皋策马向前，一溜儿烟跑到金营中。平章看见了，喝道："牛皋！你怎么到了这里？今日为何如此打扮？"

牛皋道："能文能武，方是男子汉。我今日是来下战书的，当然要穿文官衣服。烦你去通报通报。"

平章不觉笑起来，进帐禀报："牛皋来下战书了。"

兀术道："叫他进来。"

平章出营叫道："狼主叫你进去。"

牛皋道："呸！这狗头，'请'字不说一个，'叫'我进来，真是无礼！"遂下马，一直来到帐前。

帐下守卫士兵都是熟悉牛皋的，今日见他这副样貌配上这般打扮，都不禁笑了起来。

牛皋见了兀术，道："请下来见礼。"

兀术大怒道："某家是大金的太子，又是昌平王，你见了某家该下个全礼才是，怎么反叫某家与你见礼？"

牛皋道："什么昌平王！我也曾做过山大王，跟你差不多。我今日上奉

第二十七章　大战牛头山

天子圣旨，下奉元帅将领，来到此处下战书。古人说得好：'上邦卿相，即是下国诸侯；上邦士子，乃是下国大夫。'我乃堂堂天子使臣，难道不是跟你平级的吗，怎么能屈膝于你？我牛皋不是贪生怕死之徒，若怕杀，也不敢来了。"

兀术道："这等说，倒是某家不是了。看不出你倒是个不怕死的好汉，某家就下来与你见礼。"

牛皋赞道："好！果然是个英雄！下次你我战场上相见，要多战几个回合！"

兀术下台行礼道："牛将军，某家有礼了。"

牛皋道："狼主，末将也有礼了。"

兀术道："将军到此何干？"

牛皋道："我奉元帅将令，特来下战书。"说着递上战书。

兀术看了，就在后面写了"三日后决战"几个字，交给牛皋。

牛皋收了战书，说道："我也是难得来的，也该请我喝一顿！"

兀术道："那是那是！"便派人为牛皋备办酒席。

牛皋吃得大醉，重新骑马上山，回到牛头山营中。众人见了大喜，全部前来迎接慰问，有人说："牛兄弟辛苦了！"牛皋道："辛苦什么，人家好吃好喝地招待，不辛苦。"

众人大笑，同牛皋来到大营。岳飞见了牛皋，大喜，看了看战书，便叫军政司记了牛皋的功劳。

决战前夕，双方要以牲畜祭旗。岳飞召来王贵，交给他令箭一支，说："本帅令你到金营中拿一口猪来，以备祭旗之用。"王贵得令，下山而去。元帅又叫来牛皋，说："本帅令你到金营拿一只羊来。"牛皋领令。

王贵下山时暗道："这个差难办！那金营中有猪，也不肯卖给我，若是去抢，六七十万人马，十几里军营，到哪里去寻找？不管他，我只去捉个金兵上来，就当猪缴令。"拿定主意，一马来到营前，两手摇刀冲进营中，出其不意地捞了一个金兵夹在腰间，拍马上山去了。

牛皋也正纳闷，心道："这金营里哪里有羊呢？买是买不到的，抢又不知道羊圈在哪里。"他见王贵捉了一个金兵上来，心想："金兵可以当猪，为什么不能当羊呢？"就飞奔下山冲进金营，也是出其不意将一个金兵生擒了，夹在腰间，上山缴令。

金营这边也要祭旗。那兀术在营中对军师道："岳飞叫人下山拿我营中士兵去当福礼祭旗，可恨可恼！我如今也差人去拿他两个宋兵来祭旗，方泄我心中之恨。"

军师道："不可！若是能到他山上去拿人来，这山早就抢了。还是另外再想办法。"

兀术想道："军师言之有理。这山易守难攻，如何上去抢得到人？"想了想，心生一计，说："张邦昌、王铎这两个不忠不义的人，留着他们有什么用？今日卖掉宋朝，明日就卖掉我大金。这两个不除，是个后患。不如将他两个当作猪羊，宰了祭旗！"遂传令将二人拿下。

兀术邀请各位王兄王弟，同了军师、参谋、左右丞相、大小元帅、众平章等一同祭旗。他命人将张、王二人杀了，请众人同吃立誓酒。

张邦昌、王铎二人当年曾在武场上对天立誓说："如若欺君，日后在异地变作猪羊。"没想到这话兑现了，真是苍天有眼。

那兀术刚祭过了旗，喝过了酒，小兵来报道："元帅哈铁龙送'铁华车'来了。"兀术传令叫哈铁龙带领本部军兵埋伏在西南方，哈铁龙得令而去。

到了决战当天，岳飞早已调拨人马紧守住关口，并设置檑木炮石防止金兵强攻。

第二十七章　大战牛头山

兀术引大军前来搦战，叫道："岳飞，你困守此山，粮草不足，迟早为我所擒。何不献出康王，早日归顺，不失封王之位。"

岳飞大喝道："兀术，你囚禁天子，逼迫我主，大逆不道，本帅与你不共戴天！"说罢，大吼一声，跃马上前，举枪便刺。兀术大怒，提起金雀斧相迎，两人大战十数回合。

就在此时，粘罕指挥大军从四面八方扑向牛头山。一时间，喊杀之声冲天，岳飞听到声响情知不妙，担心惊动天子，连忙挑开金雀斧，转马上山去了。张奎见岳飞罢战，便鸣金收兵。

那高宠见岳飞才战了十几个回合便收兵，心想："莫非兀术武艺高强，待我去试试！"便对张奎道："张哥，我去踹营，你别管我。"说完，就私自下山冲进兀术军中。

高宠撞见兀术，劈面一枪朝那兀术刺来，兀术连忙举斧相迎，谁知高宠枪重，兀术招架不住，只好把头一低，那枪头竟将兀术冠带挑断，挑落不少头发，吓得兀术魂不附体，回马就走。高宠大喝一声，紧紧追赶上来，撞进金营中。他这一杆铁枪，足有碗口粗细，直挑直刺无人能挡。一时间，所过之处死者不计其数。

那高宠杀得起劲，他左冲右突，进东营，出西营，如入无人之境，直杀得金兵叫苦连天，悲声震地。高宠见天色已晚，便策马准备回营。正在这时，他看到西南角上有一座金营，心想："此处必是屯粮所在，不如去放一把火将粮草烧掉，绝了他的命根，岂不为美。"便拍马抡枪，朝这座金营冲来。

不料这座金营元帅就是哈铁龙，哈铁龙见宋军一员悍将杀了过来，忙叫属下推出"铁华车"迎敌。众金兵得令，将"铁华车"推了出来。

高宠没见过"铁华车"，心想："这是什么东西？"便一枪刺过去，将一

第二十七章　大战牛头山

辆"铁华车"挑了起来，使劲一摔，竟将它摔烂了。接着，"铁华车"一辆一辆地冲过来，高宠见了，连忙挺枪挑车，一枪一个，挑起来砸下去，再挑再砸，一连挑了十一辆。待挑到第十二辆时，胯下战马已经是筋疲力尽，口吐鲜血，跪倒在地。高宠失了重心，"铁华车"从头顶上砸了下来，将高宠砸死了。

高宠死后，尸身被高高悬起。牛皋见了，顿时心如刀绞，他大叫一声，如猛虎发疯一般冲下山去。岳飞见了，忙令张立、张用、张保、王横四人下山增援，再命何元庆、余化龙、董先、张宪速去接应。众将得令，飞奔下山。

牛皋一马当先，打倒拦路金兵，直奔到大旗杆前，拔出宝剑一扫，将绳子扫断。高宠尸身掉下来，牛皋看了，痛哭不已。

众金兵见了，正要上前来捉拿他，张宪、张立等人一拥而上，将金兵杀退。王横上前，将牛皋扶上马，张保将高宠也放在马上，转身就走。金军几名不怕死的平章领兵追来，又被何元庆、余化龙大杀一阵，死伤一大片，金兵不敢追赶。

众将一声呼哨，齐上了牛头山而去，那兀术得到消息，连忙派人来追赶，只是已经来不及了。兀术心想："这些宋将果然胆大，却也十分义气，这次又伤了我不少人马。"只好叫小兵收拾尸首，紧守营门。

却说众将将牛皋抢上牛头山后，牛皋早已哭得昏了几次。众人见了，无不流泪。

高宗得知，传下圣旨："高将军为国亡身，将朕衣冠包裹尸首，权埋于此，等太平时送回安葬。"

岳飞又命汤怀住在牛皋帐中，早晚安抚他不要过于伤心。汤怀领令，早晚陪伴在牛皋左右。

第二十八章
岳云出山

却说有一日，兀术呆坐在帐中，忽然把案一拍，叫声："好厉害！"

军师哈迷蚩忙问道："狼主，有何事厉害？"

兀术道："某家在想，前日被高宠一枪，差点丢了性命，有本事连挑我十一辆'铁华车'，岂不厉害！"

军师道："任他厉害，也做了个扁人。臣有一计可以捉拿岳飞，不知狼主是要活的，还是要死的？"

兀术一听十分疑惑，问道："军师在说梦话吗？现在要拿他一兵一卒尚且不易，如何能拿到岳飞？"

哈迷蚩道："要上山去拿他的小卒实在是难，要拿住他本人却很容易。"

兀术忙问道："还有这种事？快说来听听？"

哈迷蚩不慌不忙伸出两个指头来，说道："臣打听到，岳飞事母至孝。如今他的母亲姚氏及其妻儿都在汤阴县，我们出其不意，带兵将他家属全部捉来，那时不怕他不来投降。这岂不是要他活，他就活；要他死，他就死吗？"

兀术大喜，忙差元帅薛礼花豹同牙将张兆奴领兵五千，打扮成勤王的样子，悄悄渡过黄河，星夜兼程前往相州府汤阴县，要将岳飞一家统统活捉。

再说相州汤阴县岳飞府，现在已经是一个大家庭了，主仆人口有一两

第二十八章　岳云出山

百。大公子岳云已经十三岁，出落得威风凛凛、一表人才，且天资聪颖，能文能武。其文则深明大义，武则万夫莫挡，寻常惯用两把银锤，有八十二斤重。

这一天，岳云在家给太太请安。太太道："云儿，你已经长大了，该懂事了。你父亲这般年龄的时候，不知干了多少事业！那刘都爷几次差人来问候你，你也从不去答谢。"

岳云道："太太不叫孙儿去，孙儿怎敢去？今日太太见允，孙儿去就是了。"于是辞别太太，禀报母亲，就带了四个家将出门上马前行，心下暗想："我去见了刘都爷，正好打听我父亲在哪里，好去帮他。"

主仆五人进了城，来到节度使辕门，岳云命家将在外等候，自己进去与都院刘光世见面。刘都院见岳云来了十分喜悦，忙命看茶。

岳云道："晚辈奉祖母之命，特来请老大人的金安。"

刘都院道："多谢老太太！公子回府，与我多拜上老太太，说我另日再来问安。"

岳云道："不敢！晚辈请问老大人，家父近日在何处？"

刘都院心想："岳太太曾嘱咐我不要说给他知道的。"便说："这段时间并无书信往来，可能是在京城护卫皇帝，也可能出征在外也不可知。等我打探清楚了，再来告知。"

岳云便谢过了刘都院，辞别以后准备回家，忽听得家将和守门人说话。

只听得家将说："辕门外那面鼓已经破了，你们刘大人也真是小气，为何不将它换掉？"

守门人说："你哪里清楚。你家老爷在牛头山护驾，因缺少粮草，就派牛皋将军来催粮。那牛皋性急，担心误了期限，就用双锏来击鼓，结果把这牛皮鼓捣破了。我家大老爷不肯换，说将此保留下来，好让人知道你家老爷如何急于公事、赤心报国。"

岳云将这话听得清清楚楚，知道父亲在牛头山，便记在了心头。

回到家中，见过太太。太太问道："刘都爷跟你说了什么没有？"

岳云道："不要说起，反被他埋怨了一场。他说：'你爹爹在牛头山保驾，现与兀术交兵，你不去保驾，却在家中享乐。'"

太太道："胡说，快到书房中去！"

太太喝退了岳云，便对李夫人道："刘都爷不该对我孙儿说起他父亲的行踪。如今他已经知道了，要防他私自逃去。"

李夫人道："媳妇领命。"

到了第二天，家将慌慌张张跑来报告："不好了！来了无数金兵，要捉我们家属。"吓得太太、李夫人惊慌失措，面面相觑，众家人听了此信也慌了手脚。

只见岳云身披铠甲，提着银锤，威风凛凛地走出来，叫道："太太、母亲不要惊慌！听说那些金兵只有三五千人马，待孙儿出去杀他个尽绝。"

太太道："孙儿，你小小年纪怎么说出这样的大话！快收拾了随我们一齐逃走才是。"

岳云道："太太莫急，且看孙儿跟他们一战，若是杀不过他们，再与太太逃走未迟。"就提了双锤，跃上战马，带着一百多名家将出门迎战。

行了二三里路，正好遇到金兵。岳云挺身上前，喝道："可是要到岳家庄去的吗？我小将军在此，快叫你们领头的出来受死！"

小兵转身报与元帅道："前面有一小将挡路。"

薛礼花豹听了，便提起大刀走马上前，喝道："何处小将？竟敢阻挡某家去路？"

岳云道："听着，我乃岳飞大公子岳云是也。你何苦大老远跑来送死？"

第二十八章　岳云出山

薛礼花豹大怒："小子，我正要来拿你。"

岳云道："吃我一锤！"一面说一面举起锤来，照着薛礼花豹头顶上一挥。

那薛礼花豹以为岳云不过是个小孩子，根本没提防，谁知岳云手快，只见银光一闪，这薛礼花豹就落下马来，一命呜呼了。

张兆奴大吃一惊，提起宣花月斧来砍岳云。岳云一锤撞开斧，一锤照张兆奴头上打来，张兆奴来不及抵挡，只听"嘭"的一声，顿时死于非命。金兵见两个主帅都死了，吓得四散逃亡。

岳云率众家将乘胜直追，一时间打死无数。刘都院听说金兵来捉岳飞家属，早已点齐军马前来接应，恰好遇着金兵逃散，就指挥众人一阵大杀，那些金兵一个都没有逃脱。

然后，刘都院命人打扫战场，便同着岳云一同来到岳府问老太太安。各地方官知道此事，也都跑来问安。

人散后，岳云便向太太禀报："孙儿要往牛头山去帮助爹爹，求太太放行！"

太太道："且再等几天，等我为你准备行李，再叫家将陪你前去。"

岳云回到书房，心想："太太必定舍不得我，才找借口让我留下。我何不趁夜动身，去牛头山帮爹爹？"便写了一封书信，叫随身小厮交给太太，自己则牵了马，开了门，一溜烟儿奔出去了。

守门的下人哪里敢阻拦，只好去报知太太。太太见了书信，慌忙叫人四处寻找，却已经找不到了，只好派人带着行李盘缠，往牛头山一路追去。

岳云走了四天四夜，一路问信，终于到了牛头山。只见那里一片荒山，并无人马，不禁暗想道："难道金兵都被爹爹杀完了？"正在疑惑间，忽然看到一个樵夫，连忙上前问道："樵哥，这里是牛头山吗？"

樵夫回答道："正是。"

岳云道："既然是牛头山,那些金兵哪里去了?"

那樵夫笑着说："小将军,你定是走错了。有金兵的是湖广牛头山,这里是山东牛头山。相差何止千里!"

岳云错愕,说道："那我要去湖广牛头山该如何走呢?"

樵夫指着一条小路,说道："你从这里往南走,上了大路,再找人打听吧。"

岳云别过樵夫,骑着马沿着小路朝南走。走了十多里,小路越发崎岖,两旁荒草丛生,几乎看不清道路。那马累得气喘吁吁,卧在地上不肯起来。岳云想:"唉,到湖广不知道有多远,这马走不动了,该如何是好呢?"

正想着,前面传来一阵马嘶声,岳云循声望去,只见前面树林中系着一匹马,浑身火炭一般,正迎风嘶吼呢。岳云见了,不禁称叹道:"好马!且去看看。"

岳云披荆斩棘朝前行去,来到那赤兔马前,忽听到乱石中一声虎吼。接着,一个少年人叫道:"孽畜,给我老实点儿!"岳云朝那一望,只见一少年,十二三岁年纪,按着一只成年老虎的头,正朝这边走来。

岳云见了,暗想:"好小子!年纪小小居然有这般神勇,将来长大了那还了得!想必这赤兔马就是他的了,待我上前捉弄他一番!"便大步上前,朝那捉虎的少年大声叫道:"你是谁家的小孩?怎么把我家的大猫捉住了玩?休要伤了它,快快还给我。"

那少年听了信以为真,想:"我说这老虎怎么这样温顺,原来是他养熟了的!"便对岳云叫道:"还你就是!"便将老虎举过头顶,朝岳云一扔。

没想到这少年用力过猛,竟将那老虎摔死了。岳云装作恼怒的样子叫道:"好啊,你将我家的虎摔死了,我要你赔!"

那少年自知理亏,就叫道:"赔就赔,我到山上给你捉一只来就是了!"

第二十八章　岳云出山

岳云道："这老虎是我养大的，有了感情，通了人性，你捉来的老虎怎么比得上它！"

那少年道："你要怎样呢？"

岳云道："也罢，将你这赤兔马赔给我就是了！"

那少年听了，哈哈大笑道："呆子，常言道'关门养虎，虎大伤人'，这东西是随便养的？我看你就是想要我的马，说出这样的话来骗我。"说着，从青草丛中拿出一口青龙偃月刀来，跳上赤兔马，叫道："想要马，须胜了我这口刀！若胜不了，休要妄想。"

岳云道："既然如此，好汉子说话不要耍赖。"

那少年道："不赖！不赖！"

岳云提锤上马，与那少年来到山坡之下。岳云见那少年面如重枣、威风凛凛，那座下赤兔马临风嘶吼，如同麒麟下凡。那少年看岳云：只见他风尘仆仆，像是远道而来，虽面带疲惫，却威武强健，有名将风采。

两人对视一阵，忽然一声呐喊，一个使刀，一个挥舞银锤，相向杀来。两人大战了四五十回合，不分胜负。岳云心想："这样一个孩子，我都战不过他，将来如何去百万军中取上将首级？"

两人直战到天色将晚，那少年挡开岳云一锤，虚晃一刀，调转马头，对岳云道："天色晚了，我要回去吃饭了。明日一早，再来此地比武相会！"

岳云道："你若耍赖不来，怎么办？将马匹留下做抵押，方才准许你回去！"

少年道："你只是想要我的马！也罢，我把这口刀留在这里，明日再来与你定个胜负！"便将刀递给岳云，拍马就走。

那少年朝前走了几十步，又回过头来，对岳云叫道："喂，我见你武功了得，你叫什么名字？哪里来的？"

第二十八章　岳云出山

岳云道："我叫岳云，乃汤阴县人氏！"

那少年诧异地问道："我听说有个抗金的名将叫岳飞，也是汤阴县人。"

岳云道："那正是家父！"

少年大惊，跳下马来，拜见岳云道："小弟不知大哥在此，刚才多有得罪！"

岳云连忙将他扶起，说道："贤弟言重了。敢问如何称呼？"

少年说道："小弟姓关名铃，乃梁山泊上大刀关胜之子。"

岳云大喜道："原来是忠烈之后，难怪有名将风度。"

关铃问岳云道："大哥怎么独自一人来到这里？"

岳云便将金兵来捉家属，自己杀败金兵，独自离家寻找父亲，准备杀敌报国的事情，一一对关铃说了。关铃听了十分敬佩，便邀请岳云到自己庄园中吃饭休息。

岳云随关铃进庄。原来关铃从小由舅父陈葵抚养长大，关铃所使刀法乃关氏祖传，关胜生前将此刀法传给陈葵，陈葵又将此刀法传给关铃。

关铃在家中设宴款待岳云，两人惺惺相惜，相谈甚欢。岳云对关铃说道："我想与你结拜为兄弟，不知可否？"关铃大喜。两人便来到关铃舅父跟前，请他为证，主持礼仪。两人对天拜了八拜，结为兄弟，岳云年长为兄，关铃年幼为弟。结拜之后便回座饮酒，尽欢而散。关铃舅父早已安排人收拾了房间，关铃便同岳云同宿，抵足而眠。

第二天，岳云便要告辞。关铃道："大哥有志报国，小弟不能相留，请收下这些银两以作路上盘缠。"然后牵出赤兔马来，交给岳云道："兄长长途跋涉，不可没有好脚力。愚弟将这马送给兄长，也好助兄长杀敌报国。"

关铃的舅父上前，将一张图纸交给岳云道："这是去湖广牛头山的路程图。"

岳云收下这些，深谢不已，与关铃洒泪而别。

却说牛头山上，牛皋自从兄弟高宠战死以后一直心情悲痛，常常在睡梦中哭醒过来。

这一日，正是八月十五。牛皋对汤怀说："今日我不哭了，你不用陪我。"

汤怀说："你只要不哭就好。"

那牛皋带着酒菜独自离开，跑到山上高宠的坟前，一会儿祭奠高宠，一会儿自斟自酌，仿佛那高宠还活着，正跟他一齐饮酒似的。喝醉了，牛皋就躺下，睡在高宠坟旁。

也不知睡了多久，牛皋恍惚间听到耳边高宠说道："牛大哥，快去杀敌立功啊！"

牛皋忽然醒来，四下一看，月色正好，照得大地如同白昼，心想："高兄弟要我去立功，我就去立功。"他回到营中披挂上马，举起双锏，朝山下直奔而去。他到了金兵营寨前，大叫道："牛大爷来踹营了！"便冲进敌营，见人就杀，将一座金营搅得乱纷纷如同蚂蚁在热锅里一般。

却说正是无巧不成书，此时，那岳云已经来到金营背后，见月色正好，心想："何不趁此时冲透金营，去山上找爹爹？"想到这里，便提起银锤，叫道："岳公子来踹营了！"便跨马直冲，杀进敌营。

却说兀术正同众王公权贵饮酒赏月，忽听得小将来报说牛皋踹营，怒道："那牛皋太扫某家兴致！"便提起金雀斧去战牛皋。

兀术见了牛皋，气得直瞪眼。那牛皋见了兀术，想起高宠之死，顿时气得双眼通红，便举起双锏，来战兀术。兀术躲避不及，被打中肩膀，败下阵来。

众金兵过来将牛皋团团围住，牛皋杀得两臂酸疼，汗如雨下，眼看有些

第二十八章　岳云出山

招架不住了,着急大叫道:"高兄弟,快来帮我啊!"

众金兵听了,笑道:"这牛皋又在说大话了,你高兄弟再有本事也帮不了你了,今日让你去阴曹地府找你高兄弟!"

第二十九章

大战金弹子

却说兀术被牛皋打中肩膀，负伤回到营中，忽有小兵来报，说有一个小将自称是岳公子，从后面杀了进来。兀术大怒，道："连小将也来欺我！"便提斧上马，去战岳云。

岳云见了兀术，并不认识，也不答话，挥锤相向。兀术见岳云银锤向自家面门打来，势头凌厉，心中大惊，连忙后退。那银锤落在了兀术肚皮上，兀术疼痛难忍，连忙逃走了。

岳云也不追赶，直朝人多的地方杀过去。一时间，杀得金兵鬼哭狼嚎，所过之处死伤一片。岳云催马向前，见前方一群金兵围着一个人在战斗，岳云细细一看，那被围的一个好像是牛皋，岳云大喜，举锤乱打，杀入中心，见了牛皋，叫道："叔叔，我来了！"牛皋见了岳云，大喜："我侄儿来了！"竟忘记疲劳越战越勇，与岳云一齐杀了出去，冲上了牛头山。

兀术这一晚连吃大亏，差点送命，待牛皋、岳云撤走后，便着人清点士兵，处理后事。

这一日清晨，岳飞刚要升帐，只听得传宣官禀道："牛将军在外候令。"

岳飞道："传他进来。"

牛皋进来跪下，禀道："小将缴令。"

岳飞道："你缴的是何令？"

第二十九章　大战金弹子

牛皋一想，道："我昨天去踹营并非元帅差遣，缴什么令啊？"忙改口说："小将昨晚去踹营，没想到遇到侄儿，便会同侄儿杀出金营。现在侄儿在营门外候令。"

岳飞大为惊讶，忙叫牛皋起来，然后传岳云来见面。

岳云见了父亲，跪下叩头。岳飞忙叫他起来，看了又看，又叫他快与众位叔父见礼，然后问道："孩儿，你不在家中读书，为何跑到这里？"

岳云将金兵去捉家属，自己杀退金兵，私自离家的事情说了一遍。岳飞听了又惊又喜，忙安排岳云吃饭休息。

却说第二天，岳飞升帐，众将参见，岳云也在其中。岳飞先命张保为岳云收拾马匹，备好干粮，张保领令。岳飞才叫岳云听令道："为父令你带文书一封交与金门镇傅总兵，叫他即刻发兵前来破敌。此乃要紧之事，限你日期，速去速回！"岳云领令，接了文书，辞父出营。张保不放心，将文书替岳云包藏好。岳云便提锤跃马而去。

岳云心想："我有要紧事，须从粘罕营中杀出。"拿定主意，便策马飞奔荷叶岭粘罕营，手舞双锤，大喝道："小将军来踹营了！"举锤便打。

小兵慌忙报知粘罕，粘罕急忙提着生铜棍，腰系流星锤，上马前来迎敌，见到岳云，叫道："别走！"举起流星锤打过去。

岳云虎眼一瞪，看准粘罕，便左锤一挡，架开流星锤，右锤一挥，正中粘罕左臂。粘罕大叫一声："哎哟，不好！"便忍着痛逃跑了。岳云也不追赶，径直杀了出去，直奔金门镇。

不一日，岳云便将文书送到。傅总兵见岳云年纪尚小，便已经能独踹敌营，十分喜悦，夸赞道："不愧为将门之后啊！"便好生招待岳云食宿。

第二天，傅总兵送岳云回去缴令，自己召集人马，准备克日起行。平西王之后狄雷前来报到，傅总兵命狄雷做先锋。

却说那粘罕被岳云打伤之后，叹气道："岳飞的儿子好生厉害，想必元帅薛礼花豹已经被他打死了。"

正在这时，小兵来报："二殿下完颜金弹子到。"

粘罕大喜，就唤他进来。这完颜金弹子乃是粘罕的第二个儿子，使的是一双铁锤，勇不可当。

粘罕带着金弹子去见兀术。

金弹子问兀术道："王叔，老狼主在家惦念，为何不早日拿下岳飞，捉了康王，平定中原？"

兀术叹道："那岳飞手下将领着实厉害，我军屡次进兵都被他打退，伤亡不小。"

金弹子道："王叔，谅那岳飞有何本事，待侄儿出阵，去将他擒了过来。"

兀术心想："这孩子不知天高地厚，去让他见识见识也好。"

兀术便下令，叫金弹子带兵去山前讨战。

岳飞道："谁敢去迎战？"

牛皋应声道："末将愿去。"

岳飞道："务必小心！"

牛皋上马提锏，奔下山来，大叫道："快通姓名，功劳簿上好记下你的名字。"

金弹子道："某乃大金二殿下完颜金弹子是也！"

牛皋道："管你什么金弹子、铁弹子，俺都要将你打成肉弹子。"说着，举锏便打。

那金弹子大怒，一锤架开锏，一锤挥向牛皋。牛皋见来势凶猛，大吃一惊，连忙举锏招架。金弹子一连挥了三四锤，牛皋一连挡了三四下，只感觉

第二十九章　大战金弹子

两臂酸麻，浑身冒冷汗，心想："这小子厉害，爷爷我走为上策！"便叫道："好家伙，赢不得你。"转身飞奔上山去了。到帐前下马，见了岳飞，跪下禀报道："这小将使得大锤好生厉害，末将招架不住，败回缴令，有罪有罪！"岳飞并不追究。

这时，探子又来报道："启上元帅，那金军小将又在山下讨战，说要元帅亲自出马。"

岳飞道："嗬！既然如此，本帅倒要亲自去看看。"便披挂上马，带着一班将领下了山来。

岳飞来到山下，见那金弹子果然雄壮，挥舞铁锤，仿佛李元霸重生，不禁肃然，回头问道："哪位将军敢去会战？"

余化龙道："待末将去拿了他。"

岳飞道："须要小心！"

余化龙一马冲上前来。

金弹子道："来者是谁？"

余化龙答道："我乃岳元帅麾下大将余化龙是也！"

金弹子道："不要走，看打！"举锤便打。

两马相交，激战十多回合，余化龙感觉不敌，便败下阵来。

董先见了，怒道："看末将去拿他！"便拍马持铲，冲向金弹子。

两人互通姓名，锤铲相交，打了七八回合。董先见金弹子果然厉害，便将铲子虚晃一招，飞马而逃。

何元庆见了，不服，道："待末将去会一会他！"便提起一双大锤，跃马而来。

两马相交，四锤相迎，当当有声；战马嘶吼，尘土飞扬。一个好似猛虎，一个好似烈豹，生死相搏，风云变色。

二人大战二十多个回合，一旁人看了暗自叫好。那金弹子越战越勇，何元庆渐渐力不从心，虚晃一锤，败回山上去了。

　　兀术听说金弹子连败敌方数将，心中喜悦，出营来观战，对金弹子说："王儿今日初上战场，就长了我军志气，好！别太劳累，明日再来耀武扬威。"传令鸣金收兵。

　　第二天，金弹子又来山下挑战。

　　岳飞十分忧心，问众将道："谁去迎战？"

　　张宪出列道："末将愿往！"

　　张宪领令下山，报过姓名，便挺枪刺向金弹子。金弹子挥锤相迎，见张宪枪法娴熟，心中一惊，道："难怪叔父说宋将厉害，果然如此。我需要小心为是。"两人大战，一个用锤，虎虎生风，招招可以毙命；一个用枪，嗖嗖作响，招招要来杀人。战了四十回合，张宪渐觉体力不支，便虚晃一枪，败回山上去了。见了岳飞，张宪谢罪。岳飞并不追究，只是愁眉不展。

　　金弹子在山下不住骂战，岳飞知道众将无人能抵挡，便挂起免战牌。金弹子不准免战，还是来叫喊，岳飞无奈，只好再挂免战牌。一连挂了七道免战牌。

　　那岳云从金门镇回转来，到了荷叶岭粘罕营外挥舞双锤杀了进去。岳云左冲右突，金兵东奔西逃，岳云将金营穿透了，回到牛头山上。忽然见到半山中挂着免战牌，数一数竟有七道，心想："我从金营中杀进杀出，没有遇到高手抵挡，为何父亲大人挂出免战牌来？"又想："定是某些将领懒于战斗，苟且偷安，这才瞒着我父亲挂起免战牌，真是岂有此理！"岳云毕竟年轻气盛，他怒发冲冠，将那免战牌全部打碎了。

　　岳飞正坐在帐中，忽听见传宣官来报道："公子候令。"

　　岳飞道："传进来。"

第二十九章　大战金弹子

岳云进帐，跪下禀报道："孩儿已到金门镇见过了傅总兵，令他即日起兵前来。"并将文书与奏章交给岳飞。

岳飞接过文书。岳云又禀道："孩儿上山时，见半山腰挂着七面'免战牌'，不知是何人瞒着爹爹坏我岳家军体面。孩儿已将免战牌全部打碎，望爹爹查出挂牌之人，以正军法。"

岳飞一听，大喝道："逆子！我令行天下，谁敢不遵！这牌是我挂的，你竟敢打碎，违我军令！左右，绑出去砍了！"

左右侍卫大喝一声，将岳云绑了起来，要拉出去正法。

众将连忙上前，道："公子年轻性急，无意触犯将令。元帅念他初犯，饶恕他吧！"

岳飞道："列位将军，我自己的儿子犯法却不能正法，如何号令将士、统领大军？"

众将无言以对。

牛皋上前道："末将有话要说。"

岳飞道："说！"

牛皋道："元帅挂'免战牌'，不过是因为那金弹子骁勇无比，我军无人能敌。公子年轻，无意触犯军法，若就此将他斩首的话，一则伤了父子之情，二则于军不利，三则若被外人知道，还以为元帅贪生怕死。岂不损了我军威风，被人笑话？依末将愚见，不如放了公子，令他与金弹子交战，若能胜过金弹子，则可以将功补过；若是胜不了金弹子，再将他正法也不迟。"

岳飞道："你可以为他担保吗？"

牛皋道："末将愿保。"

牛皋便让汤怀帮忙写了保状，自己在上面画了押，交给岳飞。岳飞收了保状，便放了岳云，令牛皋带领岳云去对敌。

第二十九章　大战金弹子

半路上，牛皋对岳云说："刚才叔叔没办法，只能这样救你。你若是跟金弹子交战，打胜了倒好；若打不过他，就别回山上了，直接冲出去，回去见太太，那就没事了。"

岳云点头称谢。

叔侄俩来到山下，只听金弹子大喝道："来将通名！"

岳云道："我乃岳飞公子岳云是也。"

金弹子道："某家正要拿你，不要走！"便举锤来战，岳云也举锤相迎。

两人战了四十回合，场面激烈，看得牛皋心惊肉跳。岳云与金弹子战了八十多回合，渐渐有点招架不住了。牛皋看见，心中着急，大叫一声："侄儿不要放走了他！"

那金弹子听到有人喊侄儿，以为是兀术在叫自己，连忙回头看了一眼。就在这一刹那，岳云瞅准机会扬起一锤，打在金弹子肩膀上。金弹子翻身落马，岳云拔出宝剑斩杀了金弹子。

众金兵见金弹子惨死，吓得大惊失色，大叫着逃跑了。

岳飞见岳云立功，大喜，自然赦免了岳云。这边的金兵抢了金弹子尸身回家，众王公见了放声大哭，将金弹子用棺木盛好送回金去。

兀术对哈迷蚩道："军师，宋将如此厉害，将来要是救兵来了，里应外合，我等如何是好啊？"

哈迷蚩道："臣已经想不出办法了。看来，到时候只有决一死战了。"

兀术听了长叹一声，坐在军营中发起闷来。

第三十章
双雄结义

宋朝君臣被困牛头山，各路兵马连忙前来勤王，最先到达的是韩世忠与夫人梁红玉。他们在汝南平定了叛乱，带着十多万人马走水路来到汉阳。距离牛头山尚有五六十里，梁红玉便命小儿子韩彦直先往牛头山朝见高宗，拜见岳飞，并察看一路的情况。

那韩彦直只有十六岁，却使得一杆虎头枪，锐不可当。他带上奏章、书信，持枪上马，别了父母，朝牛头山赶来。

行了二十里，忽然见前面急匆匆一员将官跑了过来。那人见了韩彦直，便叫道："小哥！快些走，后面有金兵杀来了！"

韩公子有些惊讶，再一看，只见前面果然有一个金军将领杀了过来。那杀来的金军将领可不是等闲之辈，正是金的大太子粘罕。

只见粘罕举着棍子疾奔而来，要取这将官的性命。韩公子见状，驰马飞奔到粘罕面前挺枪直刺，一连耍了几枪。粘罕招架不住，心中惊慌，正要逃跑，忽然那韩彦直奋起神勇，只见那马疾如迅风，那枪快如闪电，只一枪就把那正要逃跑的粘罕给挑死了。

那被救的宋将连忙下马，对韩公子深鞠一躬，说道："多谢公子救命之恩！敢问公子尊姓大名？"

韩彦直说："小将还未曾请教老将军尊姓大名，因何被他赶来？"

第三十章 双雄结义

那将官道:"我乃藕塘关总兵金节,奉岳元帅将令来此保驾,没想到在牛头山下遇见这金军将领,战他不过这才逃了回来,幸好遇见将军,不然性命休矣!"

韩彦直连忙下马道:"原来是金总兵,得罪得罪!我乃两狼关元帅的儿子韩彦直,奉家父之命前往牛头山去见岳元帅。金总兵既然要去牛头山,何不跟小子一同上山去?"

金节道:"我乃败军之将,无颜朝见天子,想就地扎寨等待岳元帅号令。公子既然要上山去,烦请替我带奏章一封向皇帝请安,带家信一封转交牛皋将军。如何?"

韩彦直道:"那当然好。"

金节大喜,就将奏章、家信交给韩彦直。二人一同来到牛头山下三岔路口,金节指着前面的金营说:"此去牛头山,要闯过这许多营寨,公子武艺虽高,切不可掉以轻心。"二人就此别过。

金节留下来安营扎寨,韩彦直驰入敌营,大叫道:"两狼关韩元帅的二公子来踹营了!"说着,便摇动银杆虎头枪风驰电掣般闯入敌营,见人就刺,一连刺死了上百人,竟冲出去了。

那兀术正在营中打瞌睡,忽然听得小兵来报:"不好了,山下杀来一员小将把大狼主杀了!现在又冲破营盘上山去了。"兀术听了大惊失色,赶忙差人去收拾粘罕的尸首,又命人去打听杀了粘罕的到底是谁。

韩彦直闯上牛头山见到岳飞,行礼毕,便说道:"小将奉家父之命前来拜见元帅,另有本章上奏请圣上安。"随后将路上遇见金节,挑死粘罕的事情一一禀报,又将金节妻妹的家书交给牛皋,将金节请皇帝安的奏章递给岳飞。岳飞听说他挑死了粘罕,大喜,道:"令尊平贼有功,功劳甚伟,可喜可贺!请同本帅一齐去见天子!"便带着韩彦直来到玉虚宫朝见高宗,将两

第三十章 双雄结义

道请安本章呈上。

高宗大喜，问李纲道："韩彦直立此大功，该当如何封赐？"

李纲奏道："韩世忠虽丢了两狼关，但如今讨贼有功，可官复原职。韩尚德、韩彦直俱封为平虏将军，命他们引本部人马去收复金陵，待圣驾还朝，另加升赏。"

高宗依李纲所奏传旨下去，岳飞同韩彦直谢过恩，辞驾出宫去了。

回到营前，韩彦直便要辞别回去。岳飞有些不舍，说："本想相留几日，无奈有君命在身，不好勉强。"便叫道："岳云何在？"

岳云转将出来，应声道："孩儿在！"

岳飞道："你送韩公子杀出金营去。"

岳云领命，便同着韩彦直一齐下山去了。

快到金营门口，韩彦直道："不劳远送，请岳公子回去吧！"

岳云道："家父命小弟送兄长出金营，岂敢有违！"

岳云见韩彦直不肯，就说道："兄长不必推辞，待小弟为你开路！"说着便挥舞双锤，大喝一声："快些让路，待小爷送客！"

那些金兵见打死金弹子的小将军又杀来了，人人胆战，个个心惊，呼天喊地躲在两旁。那些跑不及的，被岳云一锤一个结果了。

韩彦直跟在岳云身后，看岳云如此了得，不禁赞叹道："果然名不虚传啊！等冲出去了，我再送他回来，也好显显我的本领！"

两人冲出金营。韩彦直道："承蒙兄台送我出金营，小将十分过意不去。如今再将兄台送回去才好！"

岳云再三不肯，韩公子执意要送。岳云见拗不过他，只好答应道："既然如此，只得从命。"

韩彦直勒马转身，从山下冲上金营去了，他挺枪见人就刺，如入无人之境。金兵知道他的厉害，纷纷躲避开来，谁要是跑慢了，便做了枪下之鬼。

韩彦直将金营冲透了，带着岳云上了山。岳云跟在他身后，心想："果然厉害，名不虚传！"两员小将再次冲出金营，回到牛头山。

韩彦直道："公子请回，我们后会有期。"岳云道："既然兄长将小弟送了回来，岂敢不再送公子回去？"韩彦直再次推辞，岳云执意不肯，再次抡起双锤，叫道："快快让开，本公子要送客！"再次杀向金营。那些金兵被他两人送出送进地杀了不知几回，死了不知多少，吓得胆战心惊。

两人第三次杀出金营，韩彦直还要送岳云上山去。岳云道："我们这样送进送出的，不知要到什么时候才能送完。难得我俩如此心意相投，不如结拜为兄弟如何？"

韩彦直大喜，便同岳云结拜为兄弟。韩彦直年长一岁，是兄长。二人结拜之后，这才分手。临别依依，约好杀敌报国，胜利会师。

岳云再次踹营，回到牛头山。韩彦直回到汉阳，向父亲韩世忠禀报道："圣上有旨，叫恢复爹爹、母亲官职，我兄弟二人都被封为平虏将军，命我部领兵去取金陵。"另将自己杀掉粘罕立功，与岳云结拜为兄弟等事情一一禀明。

韩世忠、梁红玉正要整备战船去收复金陵，忽然探子来报："留守宗方大破杜吉、曹荣，威震金陵，特来报知。"

韩世忠问夫人道："既然金陵光复，我们该怎么处？"

梁夫人道："且将大小战船开往狼福山，扼住兀术撤军之路。待岳元帅发动总攻，我军以逸待劳消灭兀术。"

韩世忠道："言之有理。"

夫妻二人便率领大小战舰开往狼福山扎成水寨，一面差人前往金陵探听虚实，一面差人探听牛头山消息。

第三十一章

金兀术败走黄天荡

却说牛头山上，岳飞正与众将一同商议，等待四方勤王兵马到来之后一同合围剿灭兀术。而兀术也没有闲着，正与众元帅、平章商议如何开战。有探事小兵进帐报告："启上狼主，小的探知，宋军元帅张浚领兵六万，顺昌元帅刘琦领兵五万，四川副使吴玠同兄弟吴璘统兵三万，定海总兵胡章，象山总兵龚相，藕塘关总兵金节，九江总兵杨沂中，湖口总兵谢昆，各处人马共有三十余万，都在离此不远处四面下寨。"

兀术听了大吃一惊，连忙传令四位元帅向东西南北四个方向探查虚实，看哪一路可以撤退。那四位元帅领令而去。不多时一齐回来，进帐来禀报道："四面都有重兵，只有正北方一条大路无人防守，可以突围。"兀术听了十分满意，便传令下去，说："明日攻打牛头山，胜则前进捉拿康王、岳飞。倘若不能取胜，便只管往正北方撤兵。"

其实，正北方的要道已经被韩世忠、梁红玉率领的数十万水军挡住，探路的人只走了四十里就转回来了，所以没有看到韩世忠的水军。若再往前走十里，就不至于断送金兵五六十万人马的性命了。

岳飞请来高宗到灵宫殿前誓师完毕，便发令开炮，准备起兵。四方前来勤王的总兵、节度使们听到炮声，知道岳飞要开始行动了，便传下号令，统领兵马，准备合围牛头山上的金兵。

兀术听到山上炮声，知道大战来临，便传令众王子、元帅、平章集结一处，誓师道："今日拼了命，也要杀了岳飞，活捉康王，吞并中原！"

岳飞传令，命何元庆、余化龙、张显、岳云、董先、张宪、汤怀、牛皋等为先锋，带领众兵将杀入金营。一声炮响，岳家军如狼似虎杀向敌营。各路总兵、节度也率领数十万大军齐声呐喊着从山下杀向金营。

一时间，炮声震天，如同滚滚春雷激荡人心。喊杀之声，如同狂风席卷，山鸣谷应。宋军开始从四面合围。岳家军如同猛虎驱羊，将兀术大军冲成几小块，放手杀敌。一时间，杀得金兵横尸遍地。

元帅张浚、顺昌元帅刘琦带兵上来助战。岳家军勇气百倍，以一当十。金兵斗志全无，狼奔豕突。

岳飞见了张浚、刘琦，喜道："二位元帅！今日本帅将圣上并众大臣交与二位元帅，请速速保驾回京。本帅好去追赶金兵。"说着便辞别了天子，带领张保、王横等人奔赴前线指挥作战。

岳家军从辰时直杀到半夜，杀得金兵丢盔弃甲，四散奔逃。岳飞率领本部兵马奋起直追，直赶到金门镇附近。总兵傅光的先锋狄雷已经赶到，正在前方截住金兵厮杀。那些金兵本以为可以逃走，没想到半路杀出个程咬金，令他们如同惊弓之鸟，被猛将狄雷杀得死伤过半，侥幸逃脱的也是魂飞魄散。

狄雷杀得昏头转向，见岳飞率领部众赶来，以为也是金兵，挥起双锤就要上前厮杀，被岳飞一枪挡开。岳飞见来将双锤沉重，忙喝道："你是何人？胆敢阻扰本帅杀敌？"狄雷闻声，细细一看，认出是岳飞，心中惊慌，赶忙逃跑了。岳飞没做计较，领兵追赶兀术。

那兀术朝着北方落荒而逃。来到江口，忽听到前方一阵嚎哭声，声音凄惨悲凉。一看，正是自己的部下。原来，金兵逃到此地，被一片茫茫大江

第三十一章　金兀术败走黄天荡

挡住归路。后有如狼似虎的追兵，前有无船可渡的大江，那些金兵知道此时已经没有生还的可能了，绝望焦虑，望着大江号啕痛哭起来。一个个呼爹喊娘，催人泪下。

兀术见了浑身一抖，透体冰凉，仰天大叫道："天亡我也！某家自发兵以来，从来没有遭遇过这样的惨败。"

正在危急之时，军师哈迷蚩用手一指："主公且慢！你看这江中不是有船来了吗？"

兀术定睛一看，果然是有船开来，打的是金兵旗号。原来杜吉、曹荣被击败以后驾船逃走，恰好经过此地。

哈迷蚩大叫："快来救主！"

那船上的人见了，急忙靠岸。兀术与军师、众元帅、平章等争着上船，船少人多，哪里装得尽？眼看岳家军已经逼近，哈迷蚩慌忙命令离岸，剩下的兵将追赶不及，不少人溺水而亡，更多的被砍杀殆尽。兀术在船上看见了，掩面痛哭，好不伤心，可是已经无力回天了。

岳飞将兵马屯扎在汉阳江口，差人去找寻船只，准备渡江去追击兀术。忽然有探子来报说："韩元帅扎营在狼福山下，挡住兀术归路，特来报知。"

岳飞想道："这一个功劳就让给韩元帅！"便唤过岳云来，吩咐道："你引兵三千在天长关守住，倘若兀术来了，务必擒拿，不得有误！"

岳云得令，率领人马开赴天长关。岳飞则率大队人马，回到潭州驻扎。

却说兀术乘着杜吉、曹荣的战船，带着逃命归来的残兵败将游荡在江心，沿岸收集败逃的金兵，开往黄天荡驻扎。兀术命人清点队列，发现只有战船五六百只，兵力四五万人，不禁感叹道："想我初进中原，率领几十万大军，没想到此刻却只能带着四五万人回去。唉，我还有什么脸面去见父王啊！"说着，又痛哭起来。

第三十一章　金兀术败走黄天荡

众平章连忙来劝道："狼主不必悲伤，保重身体，才好渡江。"

正在这时，又有探子来报，说："启禀狼主，察得韩世忠率领数十万人马驻扎在长江北岸，阻挡我军归路！"

兀术听了大惊失色，叫道："才脱虎口，又进狼穴，这可如何是好！"兀术无奈，只好同军师一同乘船去观望。

只见北岸连绵十里尽是战船，旌旗飘动，楼橹密布，好比是铁打的城墙。

兀术见了更加忧虑，道："我军从北方来，不习水战。加上兵力单薄，只有区区四五万人，如何冲得出去？"

哈迷蚩道："江北战船密布，不知有多少号数，须派人打听虚实，才好过江。"

兀术道："待某家亲自去查看。"

哈迷蚩道："狼主千金之躯，岂可深入重地！"

兀术道："不妨！某家听说金山上有一座龙王庙，地势最高。待某家上金山去查看南北形势，就知道对方虚实了。"

哈迷蚩想了想，说："既然狼主执意要去，必须听我如此安排才可。"

哈迷蚩在兀术耳边说了几句，兀术点头同意，随即叫来小元帅何黑闼、黄柄奴二人，悄悄吩咐了几句，叮嘱道："你二人到晚间照计而行。"二人领命，着手准备去了。

却说那韩世忠探知金兵屯扎在黄天荡，便召集众将商议道："兀术乃金地名将，足智多谋，今晚必定上金山偷看我军虚实。我若在金山设伏，必定擒拿此贼！"韩世忠便令副将苏德引兵一百埋伏于龙王庙里，有金兵到来，就擂起鼓来；命二公子韩彦直领兵一百埋伏龙王庙左侧，以鼓响为号，一齐出兵捉拿兀术。

二位将领领令而去。韩世忠传来大公子韩尚德，命他领兵三百埋伏在南岸，听到江中炮响，便出兵截断兀术归路。大公子也领命而去。

那晚，兀术前往金山，小元帅何黑闼带兵护送到江边，兀术带着哈迷蚩、小元帅黄柄奴一齐悄悄上岸。三人来到金山脚下，便骑马上山，何黑闼将船只停在江边等候。兀术一行三人上了金山，来到龙王庙前，站定了一望，只见江流浩瀚，山势高耸。

正要观看宋军营垒时，忽听得一阵鼓响，宋将苏德带着一百军士呐喊着冲了出来，吓得兀术落荒而逃。庙左侧韩二公子听到鼓声，也立即引兵而出，大叫道："兀术往哪里走？快快下马受缚！"

这一声喊，吓得三人慌不择路地逃窜，有一个吓得从马上跌落下来，看看就要被韩彦直部下捉住。那兀术回头，举起斧子一阵乱砍，将那跌落下马的人救了出去。韩彦直见了便挥兵拦截。兀术被团团围住，逃不出去了。

那兀术奋起大斧，左右砍杀，企图突围。宋兵越来越多，韩彦直亲自上前与兀术缠斗，二人战了七八个回合，兀术不是对手，束手就擒了。

第二天天亮，韩世忠升帐，诸将皆来报功，唯有大公子没有来，他正在江边守候着，以防兀术上战船逃跑。二公子禀报说已经生擒了兀术，等候元帅发落。韩世忠大喜，命人将兀术推上来。左右一声"得令"，将兀术推了进来。

那韩世忠将兀术仔细一打量，大喝道："你是何人？竟敢假冒兀术坏我大事？"

原来，昨晚二公子所拿的是假兀术，真兀术逃走了。那假兀术道："我乃大金元帅黄柄奴是也。军师为防你诡计，特命我假装太子模样，果不出所料。今日既已被擒，要杀就杀，不必多言。"

元帅喝道："好刁滑！无名小卒，杀了你，恐污了我的宝刀。"吩咐道：

第三十一章　金兀术败走黄天荡

"将他囚禁后营，待我擒了真兀术，一齐剐了。"又对二公子道："你中了他'金蝉脱壳'之计，今后须要小心！"

二公子连声领命。

第三十二章

梁红玉擂鼓战金山

韩世忠因为兀术逃走正闷闷不乐。梁夫人见了,说道:"兀术军败之后,粮草所剩无几,必定要急速回去。他若回去,必然一面与我激战,一面设法逃生。我军不如分作两班,夫君与孩儿领管游兵,四面截杀;妾身专领管中军,安排守御,防他冲突。他若来攻打中军,我便只管用火炮守住,不与他交战。他见我不动,必然渡江而去。我方在中营大桅杆上立一个楼橹,妾身亲自上去击鼓,鼓起则进,鼓住则守。以挥白旗为号,兀术往北,白旗指北;兀术往南,白旗往南。夫君听鼓声、看号令,务必叫他片甲不留,不敢再窥我中原!"

韩世忠听了大喜,道:"夫人真乃神机妙算,赛过古之孙、吴也!"

梁夫人道:"既各分任,就叫军政司立了军令状。倘若中军有失,妾身之罪;倘若游兵有失,将军不得推脱责任!"

夫妇二人商议停当,各自去准备。

梁夫人统领一部人马守住中军营寨,命人在大船的大桅杆上造了一座鼓楼,供梁夫人指挥。韩世忠将一部人马分成八队,每队又分出八小队,每队有队长,每小队又有小队长,务必看中军旗号,听中军鼓声。约束已毕,韩世忠统领着游击兵船如飞般出发了。梁夫人上鼓楼从上往下一看,金营人马如蚂蚁,那营中一举一动全都一目了然。江南数十里地面,也都被梁夫人看

成地图一般。

再说那兀术在金山上差点被擒，逃回营中，喘息难平。他坐了半日，对军师说："南军虚实不曾探得，却白白地损失了黄柄奴。如今怎么才能过江去呢？"

军师道："我军粮少，必须速战速决。今晚可以出其不意，以支队攻打南军主营，吸引他们的兵力，然后我军主力趁机渡江。"

兀术听了，就令大元帅粘没喝领兵三万并战船五百艘去攻打宋军金山大营；然后派小船载一万多人，争夺逃往北方的旱路。约定大军三更造饭，四更拔营，五更过江。

众金兵金将哪个不想过江？得了此令，一个个磨刀拈箭，勇气十倍。到了三更时分，兀术饱餐了烧羊烧酒，命人吹动口哨，带领大军出发了。

金兵分成两路：第一路三万人，驾着五百艘战船往金山宋军大营进发。南风正劲，船如箭飞。金山下的宋兵哨船探知，连忙报进去。梁夫人早已准备好了炮架弓弩，约好了要士兵远者开炮，近者射箭，不许呐喊。

那粘没喝带领战船来到金山前一齐呐喊，宋营中却全无动静。兀术在后边船上见了，十分惊疑。忽然间，只听得一声炮响，万箭齐发，炮声震天。顷刻间，兀术的战船被打得七零八落。兀术惊慌失措，连忙率领残败军队向北开拔。此时，梁夫人在高高的桅杆上看得一清二楚，立即擂响战鼓，将挂着灯笼的号旗指向北方。韩世忠与二位公子见了，率领游兵截杀。两军相遇，一番激战。

此时天色渐渐明朗，宋军从四面八方合拢过来夹击兀术。金兵不熟悉水战，一时间哭喊声大起，金兵死的死，沉的沉，不计其数。兀术见自己被围拢，叫苦不迭。军师哈迷虿道："狼主，再不突围，怕是要全军覆没了。"兀术便集聚兵力，猛攻薄弱环节，将剩余战船开进了黄天荡。

第三十二章　梁红玉擂鼓战金山

这黄天荡是江边一条水港，兀术不熟悉地理，以为从这里可以溯流而上，没想到这里不是河，而是一潭死水，并无水路通往北方。

韩世忠见兀术败进黄天荡去，喜不自胜，说道："苍天有眼，这兀术败走黄天荡，我军只需要把江口堵住，此贼还能往哪里逃？不过数日，自然粮尽饿死，从此大宋就可以高枕无忧了！"于是传出号令，命二公子同众将一齐守住黄天荡口。

这一战，兀术又损失了许多兵力。宋军活捉了兀术手下多名元帅、大将，韩世忠领令带出黄柄奴来一齐斩首了，然后论功行赏，大举庆贺。

再说兀术大败之后，剩下不到二万人和四百艘战船，又被困在黄天荡中不知如何出去，便差人去探听路径，总算捉到两个渔翁，问道："我乃大金四太子，误入此处，不知如何出去，烦你等指引，重重有赏！"

那渔翁道："这里是黄天荡，河面虽大，却是一条死港。只有进路，没有出路。"

兀术听了心中惊慌，赏了渔人，与军师、众王子、元帅、平章等商议道："如今我们进入死港，韩世忠又紧守江面，我们如何出去？"

哈迷蚩道："狼主何不修书一封，许诺送重礼给他，不怕他不肯。"

兀术依言写了一封书，叫人送到韩世忠寨中。

韩世忠在寨中看到兀术的书信，上面写道："情愿讲和，永不侵犯，愿进贡名马三百匹，买一条生路回去。"他哈哈大笑道："兀术把本帅当作何等人看？"便写了一封回书，命小兵将回书带回去。

小兵回到金营，将书信带给兀术。兀术跟军师一看，知道是无计可施了，只得下令准备拼死杀出去。

第二天，众金兵摇旗呐喊，驾船冲了出来。韩世忠这边早有防备，他已下令众将小心把守，用强弓、火炮退敌，不使敌人靠近。

果然，兀术下令强攻，企图冲开韩世忠营寨。可是，这水上的营寨如同铁桶一般，巍然屹立。金兵舰船刚要靠近，忽然闻得炮响，箭如飞蝗般扑来。轰隆响声之中，金人战舰被炸碎了不少。

兀术见无法近前，立刻下令收兵，回到原处与哈迷蚩商议道："对方不肯讲和，我军又无法冲出去，看来是要全部死在这里了。"

哈迷蚩道："何不张贴榜文，若有人能解此危难，赏他千金。重赏之下，必定有办法的。"

兀术依言张贴了榜文。一日，有个小兵来报道："有一秀才说能解除包围，在外求见。"兀术连忙传他进来。秀才进来了，兀术连忙请他上坐，问道："先生有何良策帮我脱离危难？"

那秀才道："若要出去，难上加难。若是依我所言去做，却甚是容易。"兀术大喜道："先生快讲，若能脱离危难，将来不惜千金之赏，富贵自不待言。"那秀才伸出两个指头，说了一番话，就帮助兀术逃出了黄天荡。

原来那秀才告诉兀术，离黄天荡北岸十里处有一条老鹳河，连通的是秦淮河。这老鹳河一直泥沙淤积，若能掘开老鹳河引秦淮河水贯通黄天荡，自然可以扬长而去。兀术大喜，连忙派人去察看地形，果然正如秀才所说。兀术拿出金帛无数送与这个秀才，秀才不肯接受，也不肯说出姓名，飘然走远了。

兀术当夜就下令掘岸引水，一夜之间挖了三十里；又命人将秦淮河水引入老鹳河，又从老鹳河引水注入黄天荡。兀术大喜，命众人弃了大船，乘小船悄然进入秦淮河，然后登陆逃跑了。

韩世忠的水兵守住江口已有十来日，见金兵大船毫无动静，烟火也是一点没有，十分惊讶，便前去打听。这才晓得兀术丢弃大船，为疑兵之计，已乘坐小船逃走了。

第三十二章　梁红玉擂鼓战金山

韩世忠得知讯息，暴跳如雷，叫道："岂有此理，竟然让这狗奴跑了。莫非这狗奴命不该绝？"

梁夫人道："虽说老奴命不该绝，夫君也难逃骄惰玩寇之罪！"

韩世忠听了愤懑不已，便上了一封奏章向皇帝请罪。

却说那兀术逃到天长关一带，见四周山势险峻，道路狭窄，哈哈大笑道："岳飞、韩世忠用兵也不过如此！若在此地埋伏一支人马，某家就算插翅也难飞过去！"

正在此时，忽地一声炮响，一队人马杀了过来。为首一员小将，头戴束发紫金冠，孔武有力，却只有十三四岁模样。那小将如疾风驰骋，叫道："小将军在此等候多时，兀术快拿命来！"见了兀术便打，不到三个回合，便一锤打掉了金雀斧，又一锤打在兀术肩膀上，然后便将银锤收了，拦腰将兀术擒了过来。

宋军将士奋发向前，杀得金兵人仰马翻，死伤不可计数，唯有少数金兵拼命冲出关去。这兀术当初率领金兵几十万人马进犯中原，如今逃回去的只有三百六十骑。

擒拿兀术的不是别人，正是岳飞长子岳云。岳云奉父亲之命，在天长关专等兀术，果然手到擒来。岳云将兀术带到岳飞营帐缴令。岳飞见了兀术，大吃一惊，朝他喝道："你是何人，胆敢冒充兀术，坏我大事！"

那假兀术道："俺乃四太子帐下小元帅高太保是也。受狼主厚恩，无以报答，故而今日舍身代狼主之难。要砍便砍，不必多言。"

岳飞传令："绑去砍了！"

两边一声答应，将那假兀术推出去斩首了。

岳飞对岳云道："你这无用的畜生！你在牛头山多时，难道不认得兀术？怎么反擒了他的副将，被他逃去？"叫左右："绑去砍了！"

军士没奈何，只得将岳云绑起推出营去。

恰好韩世忠来见岳飞，见绑着一员小将，韩世忠便问道："这是何人？犯了什么军令？"

军士禀道："这是元帅的大公子岳云。奉令把守天长关，没想到捉到了假兀术，让真兀术跑了。元帅因此动怒，要将他正法。"

韩世忠道："刀下留人！不许动手！待本帅亲自去求情，保管能救了他的命。"说着，韩世忠急忙跑去见岳飞。

见礼已毕，韩世忠道："大元帅果然有回天之力！若不是大元帅，天子怎得回都？"

岳飞道："老元帅何出此言？此乃朝廷之洪福，众大臣之才能，诸将用命，三军奋勇，非岳飞之能也！"

韩世忠道："世忠方才进营，看见令公子被绑在营外要斩首，不知犯了哪条军令。"

岳飞道："本帅令他把守天长关，擒拿兀术，不想他拿住一个假兀术，错过这个好机会，故此将他斩首。"

韩世忠道："下官驻兵镇江时，也曾叫儿子捉拿兀术，也拿着了一个假的，让真的跑掉了。如此说来，下官也要让自己的儿子跟令郎一并斩首了。"

岳飞道："老元帅言重了！"

韩世忠道："今日杀掉令郎，来日谁来抗金？年轻人来日方长，何不松了他的绑，赦免其罪，令他日后杀敌报国呢？"

岳飞道："老元帅说得是。"便命人给岳云松绑去了。

岳云进帐谢过韩世忠。

高宗听闻岳飞、韩世忠得胜归来，大喜，接见岳飞、韩世忠，令光禄寺安排御筵，慰劳众将，赏赐有加。

第三十二章　梁红玉擂鼓战金山

却说高宗回到金陵之后，吸取上次杜充出卖长江防线的教训，决定将都城迁往临安。这一决定遭到大臣的反对。

李纲说："自古中兴之主无不起于西北，所以定都关中为上策；金陵乃南朝旧都，交通便利，可以号召四方，恢复中原，定都金陵乃是中策；至于临安，偏安于一隅，只可以逃避敌人，定都临安乃下下之策。愿陛下三思。"

高宗本就是平庸之主，自然是只想避开金兵，躲在安全的地方苟且偷生，坚决要求将都城迁往临安。李纲无奈，只好挂冠回乡去了。

岳飞闻听高宗要建都临安，慌忙同众将入朝觐见，说："兀术新败，无力再战。陛下应当奋发图强，挑兵选将，恢复中原。岂可坐守临安，偏安于海角！如此，何时才能平定中原，迎回二圣？"

高宗听了有些不满意，道："这几年为抵御金兵，征战不休，民生艰难，将士厌倦。今兀术已败，暂时不会南下，朕欲遣使议和，休养民力。卿家不必多言。"

岳飞叹道："既然天下初定，陛下不欲北征，臣想回家探亲，请陛下赐臣还乡，稍尽乌鸟私情。"

高宗同意了，赏赐众将金帛财物。岳飞便同众将谢恩，告别出去，各自回乡探亲去了。

众将散后，高宗又将韩世忠调往润州，封他为威安郡王。韩世忠离开京城后，高宗没了后顾之忧，便择了吉日良辰，将都城迁到临安。

第三十三章
杨再兴归宋

却说那兀术逃回金地以后,虽然得到他父王赦免,终究心中不平。他终日闷坐,思前想后,一日召来哈迷蚩道:"某家初入中原时势如破竹,捉二帝,困康王,威震天下。只因出了个岳飞,令某家屡遭大败,带出去的将士几乎丧尽,余下的也是逃命而归,这是为何啊?"

军师道:"狼主前日之所以有功,乃是因为宋朝有奸臣相助。可是狼主只喜欢忠臣,恼恨那奸臣,所以将张邦昌等人杀了。这些人都有功劳于狼主,狼主却杀掉他们,这样还有谁敢效忠于我大金呢?狼主又如何能抢得到中原呢?"

兀术想了一会儿道:"军师说得不差,某家前番进兵之所以获胜,都亏了一班奸臣。如今这些奸臣都被某家杀了,以后到哪里去找奸臣啊?"

哈迷蚩道:"奸臣有一个现成的在这里,不知狼主能不能找到他。"

兀术道:"这个好说!你说他是谁,我立刻命人去找,不怕找不到。"

哈迷蚩道:"有一个叫秦桧的,早年随二帝来到我大金。我观察过他,他是个贪图富贵、贪生怕死之徒,这样的人乃罕见之奸臣。殿下何不多送金银给他,再将他遣送回宋,令他做个奸细。有这样的内线,宋室江山何愁不是狼主的?"

兀术听了,喜道:"妙计、妙计!"于是命人四处打听秦桧下落。

第三十三章　杨再兴归宋

却说那秦桧早年随徽、钦二帝来到金,其他同僚都是铁骨铮铮、宁死不屈的忠臣,只有秦桧哀戚求活才保全性命,被赶到了贺兰山一带服侍养马的金兵。后来养马的金兵死了,秦桧夫妇就流落在山下,住在一处破牛皮帐房里,靠秦桧夫人王氏替人缝补衣服过活。那王氏生得俊俏,有些金兵看上了她,就提着羊肉来跟她厮混,秦桧也因此沾光,整日过着有酒有肉的生活。

也是秦桧时来运转。这一日,兀术闷坐无聊,便带了一队人马去贺兰山打猎。忽然见到树林里有一个宋人装扮的妇人,生得颇为俊俏,兀术心中一动,命小兵将那妇人带了回去。

兀术回到宫中,问妇人道:"你这南朝的人因何在我北地?"

那妇人便战兢兢地跪下,朱唇微启,娇滴滴地说:"启禀大王,奴家王氏,丈夫乃宋朝状元姓秦名桧,随二帝圣驾来此北方,如今二帝被囚在五国城,奴家与丈夫流落在此。方才不知狼主到来,多有冒犯,望乞恕罪!"

兀术一听,大喜:"原来你是秦桧的老婆。好,真是'踏破铁鞋无觅处,得来全不费功夫'!"连忙命人到贺兰山下将秦桧寻了来。

那兀术看王氏生得娇艳,眼眸含情,心下欢喜,便将她留了下来。两人缱绻许久,忽然听到小兵来报:"秦相公到了。"兀术就同王氏出了卧房,来到前厅。秦桧前来参拜。

兀术道:"卿家大才,某家仰慕不已。一向不知你的去处,今日相会,甚合我意!某家缺一个参谋,卿家就到我这里来吧。"秦桧连忙谢恩。

当晚,兀术就命人给他们夫妇换了衣服,安排住处。自那以后,兀术时时与王氏相会,秦桧也就睁一只眼闭一只眼装作不知道。这样过了一年有余。

一日,兀术问秦桧道:"卿家可想回家去吗?"

秦桧道:"小人蒙狼主厚恩,在这里生活得很好,不愿回去。"

兀术道:"古人说:'树高千丈,落叶归根。'卿家若想回去,某家可以派兵相送。"

秦桧道:"若能回去拜一拜祖坟也好。"

兀术道:"你回去收拾了。先到五国城向二帝讨要诏书,我便送你回去。"

秦桧大喜,第二天来到五国城向徽、钦二帝讨要诏书,然后回到兀术王府。那兀术大摆筵席,为秦桧夫妇饯行。

第二天,兀术更是带着一班文武送别秦桧夫妇。临别之时,兀术拉着秦桧的手说:"回去后,若是得了富贵,可别忘了我!"

秦桧说:"狼主大恩大德,小人没齿不忘。将来若得了富贵,情愿将宋朝江山送给狼主!"

兀术喜道:"卿家果有此意,何不对天立誓?"

秦桧跪在地上,对天起誓道:"我秦桧将来得了富贵,若不将宋朝天下送给狼主,便不得好死!"

兀术大喜,道:"我跟你随便说说而已,卿家何必这么认真呢?将来卿家在朝为官,若遇到要紧事情,就命人来通知,某家一定照应。今日就到这里,不能远送了!"

秦桧夫妇拜别上了马,跟兀术依依惜别。那秦桧夫妇来到边关,说明身份,守关将士不敢怠慢,连忙派兵护送秦桧夫妇来到临安。高宗听说秦桧带着徽、钦二帝的诏书回来了,大喜,连忙接见。

高宗见了诏书,激动得热泪盈眶,对秦桧说:"朕与二帝分别多年,杳无音讯。今日得见二圣消息,百感交集。卿家服侍二圣多年,劳苦功高。今拜卿家为礼部尚书,封妻王氏二品夫人!"

秦桧谢恩退朝,走马上任去了。

第三十三章　杨再兴归宋

再说岳飞，自归乡以来，为岳云办了婚事，给母亲办了丧事，守满孝期。众位弟兄在汤阴娶了妻小，生儿育女，来来往往，好不热闹。

宋高宗在临安定都以后，过了几年太平岁月。到了绍兴七年春日，忽然有兵部告急文书启奏道："山东九龙山杨再兴作乱。"又报："湖州太湖水贼戚方、罗纲、郝先聚众谋反，十分猖獗。"

高宗见了这些奏章，急得仓皇无措，便问众文武道："众卿有何良策剿除贼寇？"

太师赵鼎建议："诸寇猖狂，只有派岳飞去剿灭，其他人恐怕难以当此大任。"

高宗允奏，命皇后亲手绣上"精忠报国"四字旌旗，派人送给岳飞，召岳飞进京勤王。

岳飞正在汤阴家中享受天伦之乐，听说圣旨到了，连忙摆列香案，俯伏在地迎接。钦差宣读了圣旨，又送上皇后所绣的旌旗，岳飞诚惶诚恐，接过圣旨和旌旗，送走了钦差，立刻准备动身赶赴京城。

岳飞一面打点行装，一面邀请众弟兄一齐进京。

牛皋听了十分不满，说："大哥，我等何不安享富贵，管朝廷的事情干什么？那瘟皇帝，太平无事的时候不用我们；动起刀兵来，就来寻着我们去厮杀了，他却好在宫里头快活。"

岳飞道："贤弟，休如此说！自古道：'君要臣死，臣不敢不死。'你我吃过朝廷俸禄，就应该忠于王事，轰轰烈烈做一番事业。我们这一去必当建功立业，迎回二圣，恢复中原，博个青史留名。怎可以老死乡间、庸碌无为？各位贤弟可将宝眷遣返家中，然后跟随我去京城，精忠报国！"

众人齐声道："大哥言之有理。"

众弟兄便将家眷安顿好，整理好行装跟随岳飞出发了。岳飞带着众兄弟急忙赶赴临安,进朝见驾。天子大喜,赐宴款待众将,恢复众人官职。

天子问岳飞道:"卿家这次出兵,当先破哪一方贼寇?"

岳飞道:"当先平定杨再兴,然后再剿灭太湖贼寇。"

天子大喜,命兵部点兵十万,又命户部供应粮草,交付岳飞。岳飞升帐,以牛皋为先锋,率兵三千开赴山东九龙山;又命岳云带领人马押运粮草供应军需。

岳飞叮嘱岳云道:"粮乃三军重事!可晓得军中一日无粮,三军就要鼓噪,不可视为儿戏!"

岳云领令而去。岳飞率大兵随后起行。

牛皋率三千子弟来到山东九龙山前,先不急着安营扎寨,吩咐道:"先抢了九龙山,然后扎营。"军士得令,一齐来到九龙山下呐喊。

那边喽啰早已报上山来,说道:"来了一队宋兵在山前讨战,请大王定夺。"

杨再兴听了,便点齐喽啰一齐下山,见了牛皋,叫道:"哪里来的毛贼,敢到此地寻死?"

牛皋大喝道:"狗强盗,我是你牛爷爷,快快下马受缚!"

杨再兴道:"呸!原来是牛皋?不用啰唆,快快回去,我免你一死。叫岳飞来此跟我决一死战!"

牛皋大怒,一马当先,举起双锏便打过来。杨再兴举枪招架,银枪晃动不停,杀得牛皋浑身直起鸡皮疙瘩。

打了十二三个回合,牛皋想:"好汉不吃眼前亏,俺先撤了!"虚晃一锏,败下阵来。杨再兴并不追赶,牛皋气喘吁吁回到阵中,对三千儿郎说:"先给我老实下了营,再想办法对付这厮!"众儿郎无不掩嘴窃笑。

牛皋命人在山下扎了营,专等岳飞大军前来。不一日,岳飞大兵已到,

第三十三章　杨再兴归宋

牛皋出营迎接。

岳飞问道:"牛皋,你可曾与敌人交手?"

牛皋禀道:"交手了,有一个贼子,白马银枪,跟小将战了十二三个回合,小将一时间战不过他,跑了。他也不来追我,结果就没有再战了。"

众将听了,都微微笑道:"牛哥是吃了败仗了!"

岳飞又问道:"那人叫什么名字?"

牛皋道:"这个不曾问得。"

岳飞道:"牛兄弟!你跟我出兵多年,怎么还这么冒失?你姓名也不问他一个,倘若斩了他,功劳簿上如何记功?下次交战,不可忘了!还记得当年我们在汴京小校场比武时遇到的那个杨再兴吗?跟你交战的可是他?"

牛皋恍然大悟:"正是此人!"

岳飞道:"若是他,难怪你不是对手了!待我亲自出马,劝他归顺朝廷、报效大宋才是!"

众将上前禀道:"杀鸡焉用牛刀!谅一草寇,何须元帅亲自出马?"

岳飞道:"列位有所不知,这杨再兴乃是忠烈之后,人才难得,是个英雄好汉。我想收降这位英雄一同效忠朝廷。还有一事,望各位小心。为兄今日出战,无论胜负,各位都不需要上前,违令者军法从事。"

众将无奈,只好领命。

众将跟随岳飞来到九龙山下讨战,杨再兴闻知岳飞前来,便领兵下山迎战。

岳飞拍马上前道:"杨将军,别来无恙?"

杨再兴听了,便道:"很好很好。岳飞,你一向可好?"

岳飞笑道:"托福托福。当年在汴京小校场上相会过一次,一晃好几年过去了。"

杨再兴道:"今次相逢,正好跟你比试比试,看看我这几年枪法进展如何。闲话少说,动手吧!"

岳飞道:"我与将军也是故交。这次前来,不想大动兵戈,只想送将军一番话,望将军考量考量。将军乃将门之后,武艺超群,为何失身于绿林?岂不辱没了祖宗,落得个遗臭万年!将军文武全才,何不归顺朝廷,为大宋出力,也好扫平金虏,迎还二圣?那时名垂青史,岂不美哉?"

杨再兴呵呵笑道:"岳飞,你且住口!我杨再兴岂是不明道理的人?这宋朝,自从徽、钦二帝以来日益腐败,奸臣当道,日夜搜刮民脂民膏,搞得民不聊生,四方百姓纷纷揭竿而起。而后金人南犯,当今皇帝不肯大展宏图,恢复中原,只想偏安一隅,苟且偷生,将好端端一座锦绣江山弄得破碎不堪。这样的皇帝还有什么可帮的?这样的朝廷还有什么值得眷念的?你岳飞身负文武大才,何不跟我一同举义,先取代宋室,再恢复中原,共享天下富贵。岂不比辅佐昏君强一百倍?"

岳飞正色道:"将军差矣!为臣尽忠,为子尽孝。我岳飞生是大宋的臣,死是大宋的鬼,生生世世不敢有二心。将军乃是杨家名将之后,世代忠烈,岂可甘心做叛臣,玷辱祖宗的英名?听我一言,赶紧归顺朝廷,如若不然,只好与你用枪杆子讲道理!"

杨再兴道:"岳飞,男子汉大丈夫,不能流芳百世,便当遗臭万年!我好心指引你一条正路,你竟然不听,那就不必多言,只管放马过来吧!"

岳飞道:"且慢!我只和你单挑,各把兵将退后,不要他人帮忙,方能显出我二人的手段。"

杨再兴道:"如此甚好!"便命众喽啰退回山寨。岳飞也传令众将退后,不许上前。

二人两马相对,双枪并举。岳飞枪舞梨花,当心便刺;杨再兴矛分八

第三十三章　杨再兴归宋

叉，照顶来挑。两人大战了三百余合，不分胜负。众将在后面观战，无不心中暗服。看看天色已晚，各自收兵回营，约定明日再来交战。

到了第二天天明，岳飞带领众将又至阵前，杨再兴早已在那里等候。岳飞照旧命令众将退后，声明上前者斩。两人跃马相向，针锋相对，如龙夺食，如虎争餐。数百回合下来，二人不分胜负。

却说岳云押着兵粮来到营门，有军士回禀道："元帅不在营中，上阵亲自同杨再兴交战去了。"岳云即令军士们看守粮草，自己跑到阵前观战，但见父亲与那贼将厮杀得正酣，便同众位叔父一齐远远地观看。

牛皋见了岳云，便道："侄儿，你来得正好。你父亲跟这贼将战了一个上午，我们肚子都饿了。你快些上前去帮你父亲，擒了这强盗，我们好回去吃饭了。"

岳云不知就里，便答应道："晓得！"将马一催，冲上前去叫道："爹爹少歇，待孩儿来拿了这逆贼。"

那杨再兴见了，喝声："岳飞，你军令不严，做什么元帅？毫无诚信，不配跟我交战！"说着便拨转马头，竟自回山去了。

岳飞羞得脸色通红，只好收兵回营。

岳飞回到营中大怒，喝叫左右道："给我把那逆子绑去砍了！"岳云大惊，茫然不知所措。众将都是明白人，连忙一齐跪下苦苦求情，说："公子解粮刚到，不知道情况，所以才犯了军令。不知者无罪，请元帅开恩！"

岳飞道："死罪可免，活罪难饶，给我捆打四十！"

军士只得把岳云捆翻，打军棍。打到二十棍时，牛皋心想："这个明明是我害了他。"连忙上前禀道："牛皋代侄儿打二十，求元帅恩准！"

岳飞道："那就看兄弟的面子，免打了吧。"叫张保道："你将岳云背到九龙山前，对杨再兴说：'公子运粮初到，不知有军令在先，故此冒犯。本当斩首，奈何诸将求情，现已打了二十大棍，送来验伤请罪！'"

张保得令，将岳云背到九龙山前，对守山的喽啰说明了。喽啰上山报知大王，杨再兴亲自下山来，看过之后，称叹岳飞道："如此，不愧是个元帅。"

杨再兴便命张保带信，要岳飞明日再来会战。张保答应一声，背着岳云回营见了岳飞，把杨再兴相约再战的话说了。

岳飞命人将岳云抬去休息，亲手为儿子敷药调伤。岳云顿时哭了。岳飞十分心疼，对儿子说道："爹爹知道你委屈，可是爹爹身为元帅，若不能令行禁止，如何统率三军呢？"岳飞为儿子敷好药，命他睡下。岳云说："孩儿并非委屈，只是想到太太若在，必定不会让爹爹打孩儿。"岳飞听了，想起自己的老母亲，不免伤心落泪。

岳飞回到帐中独自坐着，心想："这杨再兴武艺高超，如何才能降服他呢？"想着想着，竟蒙眬睡去了。

不知过了多久，忽然有小校来报："杨老爷来拜。"岳飞想："哪个杨老爷？"正纳闷，只见一老人身披铠甲，头戴金盔，威风凛凛地走了进来，岳飞连忙起身迎接。

那老将开口说道："我乃杨景是也！只因我那玄孙再兴落草在此，我便特来帮助元帅降服他，让他重新做人，报效大宋，也好图个青史留名。"

岳飞道："小将也有此意。只是他武艺高强，战了几日，实在不是他对手。"

杨景道："他使的杨家枪法天下无人可敌，我这里有一套'杀手锏'，可以破得。今日传给你，保管将他降服。"说着，抡枪在手，与岳飞大战数合，那杨景拔步败走，岳飞追赶上前，杨景左手持枪，回身当心一刺。岳飞忙拿枪招架，杨景右手举锏，朝岳飞背上打来，叫道："记住了！"岳飞一跤跌倒，

蓦然醒来,原来只是一梦。岳飞暗暗称奇,便把刚才那套"杀手锏"重新演绎了一番。

这一天,岳飞如约来到九龙山下,杨再兴也领兵而来。二人也不多说,举枪交战。战了数十合,岳飞假装败走,杨再兴不知是计,举枪来追。岳飞趁其不备,回转一枪直刺杨再兴心窝,杨再兴连忙一枪隔拦,不提防岳飞右手挥动银锏在杨再兴背上轻轻一点,杨再兴坐不住,跌下马来。

岳飞慌忙上前,将他扶起,叫道:"得罪得罪!将军请上马再战。"

杨再兴羞得满面通红,跪在地下叫声:"元帅,小将已知道元帅本领,甘心服输,情愿归降。"

岳飞道:"将军若肯同扶宋室江山,愿与将军结为兄弟。"

杨再兴道:"愿鞍前马后效劳,不敢有非分之想。"

岳飞不同意,就拉着杨再兴拜了八拜,与他结为兄弟。那杨再兴便回到山上,收拾了人马粮草,放火烧了山寨,前来拜见岳飞。岳飞大喜,摆酒设宴接待杨再兴。

岳飞收服了杨再兴,命将士们高奏凯歌,班师回朝。

第三十四章
小商河之战

快到临安时，探军来报："水寇戚方领兵来犯。"岳飞传令扎营，命杨再兴带领三千人马去救应。杨再兴一举擒获戚方、罗纲、郝先。岳飞将戚方等三人收归麾下，与三人结拜兄弟。

洞庭湖水贼杨幺作乱，高宗下旨命岳飞去征讨。岳飞一路上收编了王佐、严成方、罗延庆、伍尚志等人，平定了杨幺之乱。正要入朝面见天子，忽然圣旨传来，说兀术又一次大举兴兵进犯朱仙镇，命岳飞速速点兵前往朱仙镇抗敌。

岳飞不敢懈怠，便命杨再兴为先锋，岳云为第二队，严成方为第三队，何元庆为第四队，余化龙为第五队，罗延庆为第六队，伍尚志为第七队。随后，岳飞连同韩世忠一同率领大军出发。

却说此时正是十一月天气，四下里乌云密布，大雪纷飞，万里江山，银装素裹。杨再兴带兵冒雪行军，走了两日两夜，终于到达朱仙镇附近。只见金兵漫山遍野，不计其数。

杨再兴看了，心中气愤，回头对将士说道："三军听着，我看那金兵人多，我等上前岂不白白送死？尔等扎好营寨在此等候，我去杀他一个翻江倒海，以壮军威！"说着，便单枪匹马冲进百万军中。

却说这一次，昌平王兀术带领六十五万人马，号称两百万，开往小商桥而来，准备大举进兵中原，征服天下。

那金兵第一队先锋乃北方骁将雪里花南。杨再兴一马当先，见了雪里花南，挺枪一挑，便将他挑死马下。金兵大惊，魂飞魄散，从两边散开。那杨再兴拍马向前，只往人多的地方冲，遇人就刺，遇将便挑，一连杀了敌人四个先锋大将，刺死金兵无数。那杨再兴好比是鹞子飞入麻雀群中，如猛虎驱逐羊群。金兵抵挡不住，阵脚大乱，一时间自相践踏，死伤无数，纷纷向北逃亡。

杨再兴想："金兵都向北逃，我若截住他的归路，大杀一阵，等后队人马到来，岂不是可以杀他个片甲不留？"他拿定了主意，便抄近路向北而去。

谁知前面有一条河，名叫小商河。因为漫天大雪，大地皆白，这小商河也被大雪覆盖，看不见河道。杨再兴以为那里是一马平川，便纵马向前。谁知坐下战马竟然陷入河道淤泥之中，好比是陷入陷坑中一般。那马陷入泥潭，动弹不得，金兵见了，纷纷驻足观望。胆大的叫一声"放箭"。金兵听了，个个弯弓搭箭，朝杨再兴放来。瞬间万箭齐发，犹如大雨倾盆而下。那杨再兴无力抵挡，被射得如柴草垛一般。

可怜杨再兴自从归顺宋朝，以万夫不当之勇、视死如归之心保家卫国，竟壮烈战死沙场。

兀术听前方战报说损失不小，便传令要将士安营扎寨，小心提防，以免又被宋兵冲散营垒。

岳云率领第二队人马赶到，杨再兴部下禀报道："杨老爷追杀金兵时误走小商河，陷于泥潭，被金兵乱箭射死！"岳云听了，大叫道："苦啊，苦啊！接应来迟，我之罪也！"传令三军："扎住营盘，待我去为杨叔叔报仇！"便拍马摇锤，一马冲入金营中。

那岳云大叫道："俺岳小爷来踹营了！"便银锤舞动，如雨点般打向敌人。

第三十四章　小商河之战

那金兵知道岳云的厉害，反应快的赶紧躲开，反应迟钝的便脑浆迸裂。岳云以强大的实力震慑敌胆，金兵惊恐大叫，乱成一片。岳云胸中气愤难平，勇力更比平常增添了几分，那气势令敌人心惊胆寒。他如同饿虎疯狮一般，一时间，死在乱锤下的人不计其数。

第三队先行官严成方赶到时，两队军士将杨再兴误走小商河被金兵射死，岳云单身独马前去报仇的事情说了一遍。严成方闻言大怒，立即叫三军整顿营寨，自己挥动紫金锤杀入敌阵中来。他跃马直冲金营，高叫道："俺严成方来踹营也！"那紫金锤携千钧力，金光闪耀之中，血花纷飞。那金兵们才躲过银锤，却着了紫金锤，被打死的一命呜呼，没死的也是鬼哭狼嚎。

金兵见了岳云、严成方，如同见了怒目金刚、凶神恶煞，只恨自己少生了两条腿，恨不得钻进地底下去，才可以保全性命。严成方寻到岳云，两人并肩作战，所向披靡。一路上敌人横尸当路，一路上马踩敌尸，奋勇而前。

早有小兵报入大营，兀术道："某家六十万大兵初来乍到，被杨再兴单枪匹马挑死我四个先锋，刺伤我许多人马。如今又有两个小将来踹营，如此厉害，若不将他两个擒获，岂不是军威扫地，让我如何夺取宋朝天下？"随即传令，命各营元帅、大将、平章速去增援，务必活捉了这二人，以振军威。

众位金军将领得令，奋力向前围住岳云、严成方厮杀。

却说第四队先行官何元庆领兵来到，听说了杨再兴战死、岳云与严成方杀入金营报仇的事后，便也下令扎营安寨，自己一人一骑，冲进金营之中，大喝道："狗奴！何元庆来也！"舞动双锤，杀进敌阵中。

第五队先行官余化龙的兵马也赶到了。余化龙听了此信，也按下三军，飞马冲入金营，大叫一声："余化龙来也！"把银枪一点，敌人血花飞溅。金兵们喊叫道："宋将狠啊！"

霎时间，何元庆、余化龙冲透金营七层围，撞翻虎狼八面军。众将会合。

第三十四章　小商河之战

第六队罗延庆人马又到，闻听杨再兴战死、众将踹营报仇的事情，大怒道："尔等扎下营盘，待我也去报仇！"一马风驰电掣而出。他来到小商河，远远见了杨再兴遗体，下马拜了两拜，哭道："哥哥啊！你为国捐躯，真个痛煞我也！小弟今日为兄报仇，望哥哥英灵护佑！"说着，揩干眼泪，提枪上马，奋起神勇，杀入重围之中。此时，大雪纷飞，天昏地暗。

第七队伍尚志也赶到，闻听战报，血脉偾张，便令扎住营盘，挺身孤往，杀入金营，奋起画杆银戟，撞开包围。他见到了岳云等人，喜道："好！我来了！"

六员大将坚守一心，奋力杀敌，直杀得天地惨淡，血肉横飞。

却说那岳飞、韩世忠大军已到，放炮安营。六个先行官听见炮响，知道元帅大军赶来，岳云便抢先突围，后边何元庆、余化龙、罗延庆、伍尚志一齐跟着杀出来。岳云回头一看，不见了严成方，大叫："众位叔父！严成方还没有出来，我们快些接应他！"

岳云带头又重新杀入敌围，众将在后照应。远远地看见了严成方，只见他在乱军中横冲直闯，鲜血将战袍湿透了。岳云策马过去道："贤弟，快跟我回营！"严成方哪里听得见，激战一夜，他已经杀昏了头，见了岳云，来不及细看，以为是敌人，便抡锤打来。岳云大吃一惊，连忙招架。两锤相撞，各自虎口发麻，岳云同何元庆上前，一个捉住严成方左手，一个捉住严成方右手，使劲摇晃，说："要走了，你杀昏了头了！"说着，拉住严成方突围。那严成方兀自大叫一阵，总算是清醒了过来。

众英雄裹着严成方杀出金营，冲出重围，进帐见岳飞。岳飞一看，只见六人个个蓬头散发，鲜血淋漓，好在都无重伤，这才放心。

岳飞吩咐严成方到后营疗养，又见罗延庆十分悲苦，便安慰道："贤弟休得悲伤，武将当场，自当马革裹尸还。只是杨兄弟才入我军，原本前途无量，却早早献身沙场了，真是可惜！"便吩咐整备祭礼，亲自到小商河祭奠，替杨再兴收尸，葬在凤凰山下。

那兀术见众英雄去了，留下的是己方兵将尸横遍野，血污成河，不知死了多少人，不知伤了多少兵将。他一面命人打扫战场，埋葬尸首，一面命人将带伤军士送入后营治疗。然后与众将商议道："这岳家军实在了得！光是几员将领，就杀得我狼狈不堪。若是各路军马到齐，我们如何抵挡？那秦桧说进了南朝，便要照应我的，为何音讯全无？莫非他夫妇二人忘了我昔日的恩义？"

军师哈迷蚩道："狼主吉人天相，那秦桧自然会帮忙，只是时机未到而已。何不按兵不动，等候几天？"兀术点头叹气。

不出哈迷蚩所料，那秦桧在宋朝当上了丞相，文臣武将在朝者纷纷给他送礼。其中有一个叫张九成的文官，是新科状元郎，为人刚正不阿，不肯给秦桧送礼。秦桧看张九成不顺眼，便启奏高宗，要张九成去北地问候徽、钦二帝。高宗听了秦桧的话，便命张九成前往朱仙镇，命岳飞派兵护送他去金。

那张九成来到岳飞营中，将自己受秦桧排挤、陷害的事情说了一遍。众将帅听了，无不愤慨，又想到朝廷奸臣当道，不免忧心忡忡。

岳飞问帐下众将道："谁能护送张大人去北地？"

汤怀挺身而出，说："末将愿往！"

岳飞看了看汤怀，不禁泪下，便命汤怀护送张九成起行。

那汤怀单枪匹马护送张九成进入金营。兀术听说此事，大喜道："秦桧当了宋朝宰相，真乃我大金的幸运呀！这张九成是个忠臣，我们给他让道。只是这汤怀是岳飞帐下大将，几次冒犯于我，等他回转来，便将他活捉！"

兀术下令让出一条通道。汤怀与张九成出了金营，一队金兵跟了上来，

第三十四章　小商河之战

领头的叫道:"我奉狼主命令,护送状元郎去五国城。哪一位是状元郎?"张九成道:"我就是!"那领头的兵将道:"你跟我走!那一个,你回去!"张九成与汤怀洒泪而别。

这汤怀端起长枪回到金兵营垒,要从这里回去。

众金兵上前拦住,喝道:"汤怀,今日你休想回营了!俺等奉狼主之命在此拿你。你若早早下马投降,我狼主封你高官厚禄。"

汤怀大怒道:"呔!老爷我有胆子来,就没想要活着回去!要我战死在这里也好,要我投降,你是休想!"说着,奋起长枪冲入敌阵之中。

这金营有五十里长,金兵有数十万众,汤怀单枪匹马要闯五十里敌营,也是毫无生还的可能。一时间,敌兵围了千万重,汤怀奋勇杀敌,终究还是寡不敌众,以卵击石。

这边金军将领说道:"汤怀,快快下马受降,还有富贵可享!要想冲出去,今生是不能了!"汤怀力战金兵,人疲马乏,敌人是越来越多了。

汤怀暗想:"罢罢罢!我今日冲不出去,倘若被敌人捉住,求生不得求死不能。与其白白受辱,不如引刀成一快!"于是叫了声:"哥哥替俺报仇啊!"便将枪头一转,向咽喉一指,早已翻身落马而死。

众金兵见汤怀自尽,便报与兀术。兀术命人将汤怀的尸体掩埋了。岳飞得知汤怀已死,痛哭流涕。众将闻知此信,也都扼腕长叹。岳飞吩咐备办祭礼,遥望金营祭奠汤怀。

第三十五章
王佐断臂

兀术埋葬汤怀之后，正在营中同众元帅、平章称叹汤怀的忠心。正在这时，小兵来报："狼主，殿下到了。"

兀术喜道："宣他进来。"

陆文龙进来，参见了义父，又与众元帅、平章相见了。大家看着那陆文龙，只见他少年英雄，一表人才，个个称赞。这陆文龙乃是当年潞安州节度使陆登的儿子。当年陆登夫妇殉国，留下这孩子交给奶娘夫妇照顾。兀术发现了奶娘夫妇和孩子，知道这孩子是忠烈之后，十分敬佩，发誓要将这孩子抚养成人，将来仍然姓陆，但是从来不曾跟陆文龙讲他是宋朝忠烈之士的后人。因此，陆文龙十分感激兀术的养育之恩，将他视为亲生父亲。

这陆文龙从小喜欢习武，因此练得一身好本事。他体格强壮，一双手有千斤力，能使左右双枪；又身长九尺，头大腰圆，眉清目秀，真是举世无双的少年英雄。

兀术见了他，爱惜地问道："王儿为何现在才来？"

陆文龙道："臣儿因贪看中原景致，故而来迟。父王领大兵进中原已经有些时日了，为何不发兵攻打临安，去捉那宋朝皇帝，反而扎营在此？"

兀术叹口气，将杨再兴战死小商河，岳云、严成方等来踹营的事情说了，又说："这岳飞和手下众将都是极为了得的，为父也是没有办法。"

第三十五章　王佐断臂

陆文龙道："父王不必忧虑。今日天色尚早，待臣儿领兵去捉几个宋将来，给父王解闷儿！"

兀术道："王儿此去，不可轻敌！"

陆文龙领令，带着兵马过了小商桥，到宋营门前挑战。

岳飞问帐下诸将："谁去应战？"

呼天庆、呼天保两员将官出列，叫道："末将愿往！"

岳飞见了，嘱咐他们道："来者必非等闲之辈，你们小心为上。"

呼氏兄弟上马出营，见对方不过是个十六七岁的少年，虽体格高大，却也生得十分清秀。但见他手握双枪，气宇非凡，威风凛凛，不禁暗暗称叹道："好一员小将！"

呼天保上前道："快快报上名来！"

陆文龙道："某家乃大金昌平王殿下陆文龙是也！尔等是何人？"

呼天保道："我乃岳元帅麾下大将呼天保是也。看你小小年纪，何苦来受死！倒不如快快回去，再叫一个年纪大些的人来，省得别人说我欺负小孩子家！"

陆文龙哈哈大笑道："我听说你家岳飞有些本事，特来擒他。谅你这些小卒，何足道哉！"

呼天保大怒，拍马抡刀上前直取陆文龙。那陆文龙眼疾手快，左手提枪勾开大刀，右手一枪，直刺呼天保前心！那呼天保暗叫不好，可是已经无法招架，心窝正中一枪，跌落下马，死于枪下。

呼天庆大吼一声："好狗奴，胆敢伤我兄长！我来也！"拍马上前，举刀便砍。陆文龙双枪齐举。两人交战，打了不下十个回合，陆文龙又一枪把呼天庆挑下马来，再一枪结果了他的性命。

金兵见了无不高声欢呼，宋营中观战者无不大吃一惊。陆文龙高声大叫：“岳飞听着，有本事速来会战！休叫这等无名小卒白白送死！”

岳飞听说二将阵亡，忍不住伤心落泪，问道：“哪位将军出阵擒拿那金军将领？”

岳云、张宪、严成方、何元庆四人一齐上前，情愿同去。

岳飞道：“我看那陆文龙本领高强，你们一对一怕不能讨得便宜，不如车轮战。一人战累了，换一人战，轮流消耗他的力气，便可将他擒获。”四将领命而出。

岳云打头阵，互报姓名之后，陆文龙挺枪刺来，要取岳云性命，岳云举锤相向。两个少年一场厮杀，战了三十回合，严成方叫道：“大哥稍歇，小弟来也！”

严成方举锤向前，缠住陆文龙一场恶斗，又战了三十回合。何元庆上前，再战了三十回合。张宪拍马上前接替。

兀术听说岳飞用车轮战法应战，说道：“赶快收兵，莫中了岳飞的奸计。”金兵连忙收兵。

第二天，陆文龙又来挑战。岳飞仍然命岳云等四人出马，继续车轮战。余化龙见了，挺身而出道：“末将愿意同去，看看那小将到底有多厉害！”岳飞同意他出马。

五员大将出马应战，也不搭话。岳云打头阵，战了三十回合，严成方接替。又战三十回合，余化龙接战。小兵连忙报知兀术，兀术恐王儿有失，率领众元帅、平章亲自去掠阵。只见陆文龙轮流战宋营五员大将毫无惧意，从容不迫，兀术不禁暗暗得意。双方战到天色将晚，五员宋将大喝一声，一齐上前，兀术也挥兵上前，双方一场混战，各有死伤。直战到天色昏暗，这才鸣金收兵。

五将进营缴令，禀报岳飞道：“那小将十分厉害，战不过他。”

第三十五章　王佐断臂

岳飞听了闷闷不乐，吩咐道："且将免战牌挂起，待本帅慢慢寻思计谋如何擒了他！"

诸将告退，各自安歇。岳飞命人挂起免战牌，又命各营多设障碍，加强警备。

却说统制王佐，夜里在营中用膳，一边吃一边想："我自归降朝廷以来从未立过功劳，如何想个法子立个功劳，上可报效朝廷，下可替元帅分忧，也好青史留名。"独自饮了一会儿酒，忽然想到："有了！那《春秋》《列国》里，有个'要离断臂刺庆忌'的故事，我何不也学要离先生自断了手臂，潜入金营博取兀术信任，然后拼了一身剐，将那兀术刺死，不就是立了一个功劳吗？"想到这里，他又拿起酒来，喝了一碗又一碗。一连喝了十大碗，然后喝退左右军士，拔出宝剑，嗖的一声，生生将右臂砍下来了。他大叫一声，浑身是血，颤抖不已。

军士听见了，连忙过来察看，见这番情形，跪下叫道："老爷，您怎么这样了？"

王佐忍痛说道："我心中冤苦，不跟你说。今日事不许声张出去，且好生待在营中，等我消息。"众军士答应了，不敢作声。

王佐将断臂包好，悄悄来到元帅营中。此时已经是夜半三更，王佐对值班家将道："我有机密军情，求见元帅。"

元帅听说王佐来了，便命人传来相见。

王佐一进来，岳飞见他面色蜡黄，浑身是血，惊讶问道："贤弟，你怎么了？"

王佐道："哥哥不必惊慌！小弟承蒙哥哥厚爱，无以为报。今见哥哥为着金兵进犯中原，日夜忧心，小弟心痛，因此效仿当年吴国要离先生断臂刺庆忌的故事，想要潜入金营，刺杀兀术。小弟已将断臂包好，今日就要潜入金营，请哥哥允准。"

岳飞听了，忍不住哽咽落泪道："贤弟！为兄的自有良谋，何消贤弟自残。快快回营，叫医官调理伤口。"

王佐道："大哥！我王佐手臂已断，就算留下来也是废人一个，有何用处？哥哥若不答应，王佐情愿自刎在哥哥面前，以表小弟真心。"

岳飞听了，失声大哭道："贤弟既然如此决绝，只管放心前去！家中事务，愚兄自当关照。"

王佐辞别岳飞，出了宋营，连夜奔往金营。

那王佐来到金营，托人见到兀术。兀术见他面色蜡黄，衣上带血，便问："你是何人？为何要见某家？"

王佐道："小臣乃湖广洞庭湖强盗，只因奸臣献了计策，被岳飞杀败，无可奈何投降了。如今狼主大兵前来，又有殿下英雄无敌，岳飞无计可施，挂了'免战牌'。昨夜，岳飞与众将商议军事，小臣好言劝说道：'如今中原残破，朝内奸臣当道，无法抵挡二百万金兵。不如差人讲和，还可以保全黎民百姓。'没想到岳飞不听，反而说臣有背叛之心，将臣砍掉一只手臂，要臣前来报信，说要即日发兵擒拿狼主，再直捣黄龙，踏平金地。臣若不来，他就要砍断臣另一只胳膊。臣冒死前来，哀告狼主。"说完便放声大哭，从袖子里取出砍断了的手臂，呈上给兀术观看。

兀术见了，心惊肉跳；众将见了，个个目瞪口呆。兀术道："岳飞好生残忍！他把你弄得死不死，活不活，还叫你来投降报信，无非是想叫某家知道他的厉害。"

兀术对王佐道："你为了某家断了此臂，受此痛苦，真是个苦人儿！某家养你一世快活吧！"便叫来平章道："传我号令，'苦人儿'是我的朋友，军营内外随他行走，不得将他当成外人。"

第三十五章　王佐断臂

王佐听了，心中大喜，想："果然遂了我的心愿，这老狗奴也是死日将近了！"

兀术安排王佐去养伤，王佐谢恩而去。这边岳飞差人打听，见金营里没有挂出王佐首级，也就放心了。

王佐在金营中调理好了伤口，每日就在军营中四处闲逛。金兵个个要看他的断手，他也乐意给大家看。渐渐地，王佐就跟金营中的不少人混熟了。

这一天，王佐来到陆文龙的营寨中，见陆文龙不在，只有一个老奶奶在那里坐着。

老奶奶见了王佐，问道："你就是南边来的'苦人儿'吗？"

王佐道："正是，老奶奶，'苦人儿'给您行礼了。"

王佐听老奶奶的口音好像是中原人，便问道："老奶奶莫非跟我一样，都是中原人？"

老奶奶一听，有些悲伤起来，说道："唉，我是河间府人。"

王佐道："您既然是中原人，为何来到这外邦？"

那老奶奶说："既然都是中原人，便跟你说一说也无妨，只是不要泄露出去。这小殿下名叫陆文龙，他是吃我的奶长大的，潞安州陆登老爷是他的亲生父亲。公子只有三岁时，金兵侵犯潞安州，陆老爷殉了国。陆公子就被狼主抢走了，老身也被带到这里来，一晃就是一十三年了。"

王佐听见此言心中大喜，心想："原来这陆文龙是我中原人，还是忠烈之后，这就好办了。"

过了几天，王佐装作无意中与陆文龙见了面，那陆文龙便邀请王佐去家中吃饭。王佐跟随陆文龙进了营帐，陆文龙问道："听说你是中原人，给某家讲两个中原的故事听听吧？"

王佐道："好好好，有一个《越鸟南归》的故事，讲给殿下听一听。"

陆文龙点头称许。

那王佐就讲道:"从前,吴越交兵,越王大败,就将一个名叫西施的美女献给吴王。这西施带了一只鹦鹉,那鹦鹉极为聪明,诗词歌赋样样精通,如同人一般。越王希望这西施美女和这鹦鹉能引诱吴王贪图享乐,荒废政事。西施到了吴地,深受吴王宠爱;那鹦鹉到了吴地,却整天不肯说话。"

陆文龙道:"这是为什么缘故?"

王佐道:"后来,那吴王因为贪恋美色耽误了大事,越王就发兵来攻打吴地,结果吴王大败。西施仍然回到越地,那只鹦鹉也回到了越地。奇怪的是,鹦鹉回到越地之后,竟然又开始讲起话来。原来,这只鹦鹉在吴地不肯说话,是因为它思念南方故乡。一只鸟尚且思念故乡,更何况是人呢?"

陆文龙道:"这个故事不好听,你再给我讲一个!"

王佐道:"我再给你讲一个《骅骝向北》的故事吧!从前,宋朝真宗皇帝时,朝廷里有个忠臣,便是武将杨景;也有一个奸臣,便是文臣王钦若。这个奸臣王钦若要害忠臣杨景。一次,王钦若骗真宗出去打猎,然后对真宗皇帝说:'中原的马匹都是平常的劣马,唯有辽地梁王的坐骑是一匹宝马,唤名为日月骕骦马。主公只消传一道旨下去,命杨元帅去要这匹马来给陛下乘坐。'真宗听信了王钦若的话,便传旨要杨景去夺这匹马来。杨景在雍州手下有一员勇将名叫孟良,他本是盗贼出身,被杨元帅收服在麾下效用。那孟良能说辽语,就扮成辽人的样子来到辽,千方百计把那匹马骗回中原。"

陆文龙道:"这个人好本事!"

王佐道:"可是那匹马来到中原,竟然饿死了。"

陆文龙道:"啊,怎么让这匹马饿死了呢?"

王佐道:"这匹马性格刚烈,来到中原后整天向北嘶叫,一点儿草料也不肯吃。饿了七日,竟活活饿死了。"

第三十五章　王佐断臂

陆文龙道："真是一匹义马！"

王佐道："这就是《骓骝向北》的故事。"

王佐见陆文龙陷入沉思，便起身告辞："殿下累了，'苦人儿'改天再来。"

陆文龙对王佐有些不舍，说道："没事时，常来聊聊。"

王佐答应后离去。

这一天，王佐又来找陆文龙。这一次，王佐有备而来。

陆文龙见了王佐，问道："'苦人儿'，今日要给我讲故事吗？"

王佐道："今日有一绝好的故事讲给殿下听，只是不能给别人听见。"

陆文龙便叫众手下都出去，只留下王佐一人。

王佐见小兵们都走了，便取出一幅画呈给陆文龙道："请殿下先看看这幅画。"

陆文龙接过画来一看，只见那画上有一个人，仿佛就是父王兀术；又见一座大堂上，有一个将军和一个妇人，都死了；还有一个小孩子被奶娘抱着，哭哭啼啼。四周围着许多金兵。

陆文龙很奇怪，问道："'苦人儿'，这是什么故事？快讲来听听。"

王佐指着画，对陆文龙说："这里是中原潞安州，死去的这个老爷姓陆名登，是宋朝的节度使。这死去的妇人便是他的夫人谢氏。这个小孩便是他们的公子，名叫陆文龙。"

陆文龙道："'苦人儿'，怎么他也叫陆文龙？"

王佐道："你且听着。当年昌平王兀术带兵抢了潞安州，这陆文龙的父亲尽忠，母亲尽节。兀术见公子陆文龙年纪尚小，就命乳母将他抱好带到金，将这孩子认作自己的孩子抚养，一晃就过去了十三年。这孩子身在金地，不晓得为父母报仇，却只管认仇作父；你说叫人痛心不痛心？"

第三十五章　王佐断臂

陆文龙道："'苦人儿'，你是在说我吗？"

王佐道："不是你，难道是我不成？我断了手臂都是为了你！你若不肯信我的话，可进去问奶妈。"

话没说完，那奶妈哭哭啼啼地走了进来，说道："我已经听了许久了，王将军说的句句都是真话，老爷、夫人死得好苦啊！"说罢，便放声大哭起来。

陆文龙听了此言，热泪滚滚，连忙下拜道："陆文龙今日才知道这番苦事，人生在世，怎能不为父母报仇！"说完，便向王佐下礼道："恩公受我一拜，此恩此德，没齿不忘！"便站起身来，拔出宝剑，咬牙切齿地说："待我去杀了仇人，取了首级，归顺宋朝便是！"

王佐急忙拦住道："公子不可造次！他帐下人多，大事不成，反受其害。凡事须要三思而行！"

陆文龙点头称许。从此以后，王佐便经常出入陆文龙帐中，为他说一些故事。

却说那兀术见岳飞一连几日都挂着免战牌，十分郁闷，整日闷坐营中，想着进兵的计策。这天，小兵来报，说大金差兵解送的"铁浮陀"到了。兀术大喜，叫道："好啊，有了这'铁浮陀'，就算岳飞再狡猾，也要被我炸成粉末！哈哈哈哈！"连忙出去察看。

这"铁浮陀"乃是一种大炮，火力十分了得。老狼主见南征宋朝遇到阻碍，便命人打造出这几门"铁浮陀"前来助战。那兀术见了"铁浮陀"，心中喜悦，便传令下去，要在二更时分炮轰宋营。

这边陆文龙听说了"铁浮陀"的事，知道情况紧急，连忙来找王佐商议对策。陆文龙主动请缨道："待我射一封书信到宋营汇报此事，明早与将军一同归宋，如何？"王佐大喜。

等到天色将晚，陆文龙悄悄出营，靠近宋营，高叫一声道："宋军听着，我有机密箭书，快快拿给元帅看，不得有误！"便"嗖"的一箭射出去。

巡逻士兵见到箭书不敢拖延，连忙禀告岳飞。岳飞看了书信，吃了一惊，先叫来岳云、张宪，暗暗传下号令，吩咐道："你二人带领人马如此如此。"二人得令，领兵埋伏去了。然后又暗令兵士通知各位元帅，通知他们虚设旗帐，然后将本部人马统统撤往凤凰山以躲避炮火。

到了二更时分，金兵早已准备就绪，那兀术传下号令。一时间，"铁浮陀"齐齐点火，炮声震得山摇地动，宋营中烟雾弥漫，火光四起。宋兵虽然已经撤退到凤凰山上，见了这炮声、这火光仍然心惊胆寒，众将帅举手向天，念道："若不是上天保佑，派人传来书信，我等怕是要被炸成粉末了！"

那岳云、张宪领了人马，埋伏在金营附近。等到大炮放完，金兵撤退之后，便一齐出动，将那些大炮的火门全部用铁钉钉死，然后把全部的"铁浮陀"推进小商河里去了。

那兀术以为这一次已经将宋营炸碎了，正与众将饮酒庆功，忽然有小兵来报道："'苦人儿'带着小殿下和奶娘一同逃到宋营去了！"兀术大惊，不知如何是好。

忽然，又有小兵来报："启禀狼主，那宋营灯火通明，人声喧哗，那些宋兵都没有死。"兀术更是大吃一惊，连忙出营察看，果然正如小兵所说。

不一会儿，又有小兵来报，说"铁浮陀"被宋军推进小商河去了。兀术捶胸顿足地说："好个岳飞，竟然使了个苦肉计，要王佐断臂诈降。某家又上了他的大当！"

第三十六章

大破连环马

兀术坐在营中正自叹息,忽有小兵来报:"大金元帅完木陀赤、完木陀泽率'连环甲马'前来候令。"

兀术喜出望外,传令二位元帅进见。不一时,二位元帅进帐,兀术问道:"这'连环甲马'校练了数载功夫,今日总算是成功了!明日就烦二位出马,擒拿岳飞!"二人领令出帐,左右安营。

到了第二天,完木陀赤、完木陀泽二人领兵来宋营讨战。

岳飞便问:"何人敢出马?"

只见董先同着陶进、贾俊、王信、王义一同站出来领令。岳飞就分拨他们五千人马,命董先为首,率领四将出战。

董先率领人马来到阵前,只见敌方为首的两个元帅,一个生得鼻高眼大,膀阔腰圆,满脸络腮胡子,面如黑漆;一个麻脸带杀气,怪睛如吊闸,手提浑铁铩,腰插狼牙箭。

董先大喝一声道:"来将通名!"

金军元帅答道:"某乃大金元帅完木陀赤、完木陀泽是也!奉四太子之命前来擒拿岳飞。你可是岳飞吗?"

董先大怒道:"放屁!谅你这等小贼,何劳我家元帅动手!来啊,看爷爷手段!"说罢,"当"的一铲打去。

完木陀赤舞动铁杆枪,架开董先的月牙铲。两人战了五六个回合,完木陀泽见哥哥不是对手,便飞马前来助战;陶进等四人见了,各举大刀上前助战。七个人混战在一起,杀得天昏地暗。

　　完木陀赤、完木陀泽见不是对手,连忙回马败走,董先等人率领五千人马奋勇杀来。那完木陀赤、完木陀泽二人跑到营中,下令发炮出兵。只听一声炮响,金营中杀出三千骑马将士来。这些骑马将士样子十分奇特:那战马浑身包裹生驼皮甲,马头上全部用铁钩铁环连锁着,每三十匹马连成一排。马上金兵也都穿着生牛皮甲,只露出两只眼睛在外。三千骑兵,共一百排;两排为一组,前排弓弩,后排长枪,随炮响叫喊着冲出来,将董先等五名将官围在核心,一阵枪挑箭射,连环马铁蹄到处,所向披靡。

　　宋兵奋力搏杀,砍、砍、砍,砍不动金兵铠甲;杀、杀、杀,杀不破连环铁马。五千人马不到一个时辰便被砍杀殆尽,董先等五人虽力战到最后,终究是无力回天,纷纷倒在连环马阵中。

　　那败逃回去的军士报与岳飞道:"董将军等全军覆没了!"

　　岳飞大惊,问道:"怎么回事?"

　　军士就将"连环甲马"的事情详细说了,大家听了,个个热泪滚滚。

　　岳飞哭着说道:"苦哉,苦哉!这是'连环甲马',当年呼延灼曾用过,只有徐宁传下'钩连枪'可破。可怜五位将军和数千子弟白白地送了性命,痛煞我也!"于是准备了祭礼,遥望着金营哭奠了一场。他回到帐中,命孟邦杰、张显各带兵三千去练"钩连枪",命张立、张用各带兵三千去练"藤牌"。四将领令,各去操练。

　　这几天,岳飞令全营戒备,并且挂了免战牌。等到孟邦杰、张显、张立、张用将士兵操练熟之后,便下了战书。

　　岳飞先令孟邦杰、张立等四将率领训练有素的士兵出阵,四将领命而去。

第三十六章　大破连环马

又令岳云、严成方、张宪、何元庆四将分成两路，各领五千人马在"连环马"阵外接应，岳云等四将领令而去。

且说那孟邦杰、张显等四将率兵来到金营前挑战，完木陀赤、完木陀泽见了，整备了"连环马"震撼出营。

他二人见了孟邦杰四人，叫道："宋将通上名来！"

张立道："我乃岳元帅麾下统制张立，那是张显、孟邦杰、张用是也！来将报名上来！"

二人道："某乃大金四狼主帐下元帅完木陀赤、完木陀泽是也！"

张立道："不要走，我正要拿你。"

几人拍马抡枪战了数合，金军将领诈败逃回，孟邦杰等人追赶上来。就在这时，金兵阵营吹起了笳管，打起驼皮鼓，一声炮响，三千"连环马"团团裹将上来。

张立见了，将令旗一挥，身后将士摆出"藤牌"阵，将四周紧密遮挡，金兵弓矢、枪弩齐发，却都无法穿透进来。孟邦杰、张显带领人马，打开"钩连枪"，钩住"连环马"马腿。马腿被钩，三十匹"连环马"便不能动弹。前排"连环马"成了"别腿马"，后排马齐齐压了上来。一时间后马踩住前马，前马掀翻后马，金兵阵脚大乱。宋兵趁火打劫，杀得金兵鬼哭狼嚎。

岳云、张宪等见了，从左边包抄杀入。何元庆、严成方见了，从右边包抄杀入。金兵"连环马"怎能招架，宋兵见状，将"连环马"尽数挑死。宋兵全歼了"连环马"，岳飞大喜。

却说那兀术坐在营中，本指望"连环马"阵法大发威风，再创辉煌战绩的。不久之后，小兵来报道："狼主，岳飞将我'连环马'破了。我们的'连环马'全数战死了！"

兀术大吃一惊，问道："怎么回事？"

小兵将宋兵破阵方法细细说了。兀术听了，哭道："唉，我苦心操练这么多年，不知累死了多少战马，方将这'连环马'练成。本指望靠它来杀敌制胜，没想到今日交战便被破了！"说完，大哭不止。

第三十七章

大破金龙阵

哈迷蚩见兀术悲伤，连忙劝慰道："胜败乃兵家常事，狼主不必悲伤！臣有一计，不知狼主肯不肯听？"

兀术问道："卿家还有什么计策？"

哈迷蚩道："我有'长蛇阵法'，又名'金龙绞尾阵'，保管可以破掉岳家军。"

兀术听了，怒道："何不早说，快快讲来！"

哈迷蚩附在兀术耳边，悄声将阵法说了。兀术听了，叹口气说："如今我也没有什么更好的计策，六十万大军总不能就这样等死吧！"说罢，就命哈迷蚩速速操练去了。

一连十几天，金兵都在加紧训练"金龙绞尾阵"，没有别的动静。岳飞坐在营中，心想："这兀术诡计多端，又加上亡我之心不死，怎么这几天来都无动静。莫非别有什么阴谋？"

到了晚上，岳飞便带了张保出了军营，来到凤凰山边茂林深处，二人爬上一棵大树朝金营偷看。

果然，只见金兵营中灯火通明，尘土飞扬，数十万人马藏在营后紧张地训练着一个阵法。岳飞仔细一看，只见那阵是由两条长"蛇"阵组成，头并着头，尾搭着尾，相互照应。一时间，两"蛇"合并，攻防皆备；一时间，两"蛇"摆尾，首尾相顾。岳飞见金兵步调整齐，杀气腾腾，收放自如，进则凌厉，退则迅捷，不禁暗自称叹道："好一个阵法！幸好被我看到了，有个防备，要不然怕是又要吃一场败仗。"岳飞看完，悄然回到营中细想迎敌之策。

过了几天，哈迷蚩已经将阵法训练得极为熟练了，便来向兀术报告："狼主，阵法已经成功，请狼主下令决战！"兀术大喜，便派人送来战书。

岳飞回书应战，便派人通知各路元帅，请大家一齐来商议应敌之策。韩世忠、刘琦、张信各自带本部人马前来会师。四位元帅总兵力近六十万。

四位元帅商议之后，岳飞同张信带领人马，打左边的长蛇阵；韩世忠同刘琦领兵去打右边的长蛇阵。岳飞又命岳云、严成方、何元庆、余化龙、罗延庆、伍尚志、陆文龙、郑怀、张奎、张宪、张立、张用等人从中间杀入，将两"蛇"隔开以便大部队人马将其各个击破。

到了第二天，金兵已经严阵以待，宋营这边看起来却毫无阵法。双方各自摩拳擦掌，一声炮响后，宋营中冲出一班人马。只见岳云、严成方、何元庆、余化龙、罗延庆、伍尚志、陆文龙、郑怀、张奎、张宪、张立、张用一齐杀出，这些人中有六柄锤、六条枪、一枚银剪戟、三条铜铁棍冲进阵中，见人杀人，见马杀马。锤撞着，变成肉饼；棍挨着，人仰马翻。

哈迷蚩见了，连忙放了一声号炮，挥动令旗，左右两条长"蛇"合拢起来，企图包围冲阵的宋将，并将他们全部歼灭。岳飞见了金兵动向，下令放号炮。只听两声炮响，宋军左右出动，分别从两个方向如单刀直入般插入长蛇阵的七寸之中。

岳飞从左边杀入，举起沥泉枪一阵乱挑。马前有张保抡动镔铁棒，马后的王横舞动熟铜棍，好似战神下凡，牛皋、吉青、施全、张显、王贵等一帮英雄随同岳飞杀入阵中。韩世忠从右边杀入，手舞长枪，奋力杀敌；大公子

第三十七章　大破金龙阵

在左，二公子在右，后面跟着苏胜、苏德等大将，奋起神威，所向披靡。

那金兵的金龙阵也着实厉害，不但能相互照应，更能首尾兼顾。攻其一端，四方救援，一条长"蛇"包含无数条长"蛇"，杀了一层还有一层，杀不尽，打不开。四位元帅并几十名将官率领六十万人马在敌人阵中奋力拼杀，直杀得阴风怒号，黄沙四起，日月无光。

却说那四位元帅同众将在阵中厮杀，阵外忽然来了三个少年英雄。原来那金门镇傅总兵的先行官狄雷自从上回遇见了岳飞，常常心怀愧疚。听说此次岳飞在朱仙镇抵挡金兵，正要决战，心想："此时不去立功，更待何时？"在路上又结识了一个叫樊成的好汉。这樊成乃是孟邦杰的内弟，也想要投奔岳飞，杀敌报国。

两人志趣相投，结伴而行，十分高兴。快到朱仙镇附近，见到一个少年英雄，面如重枣，手拿青龙偃月刀，骑着一匹黄骠马，仿佛关公重生一般。二人十分惊奇，上前相问姓名，原来是大刀关胜的儿子关铃。这关铃自从与岳云结拜为兄弟以后，一直想要投奔岳家军，与大哥岳云并肩杀敌，报效大宋。只因年纪尚小，舅父不许。直到听说岳飞在朱仙镇与兀术决战的消息，按捺不住，牵出黄骠马，拎上青龙偃月刀，偷偷地跑了出来。

三人来到朱仙镇，见宋军与金兵正杀得难解难分，便大吼一声冲入金龙阵中。那狄雷，挥舞一双银锤；那樊成，挥舞錾金枪；那关铃，抡起大刀。三位小将所到之处，皆是鬼哭狼嚎。金兵逢着他们的便死，遇着他们的便亡。这三人年纪虽小却本领高强，更兼赤心报国、英勇无畏，无不以一当百。

金兵招架不住，阵脚大乱。兀术见了，提起金雀斧，跳下指挥台，跨上马来，迎战关铃三人。

兀术见了关铃三人，大喝一声道："呔！小子，胆敢擅闯某家阵营？快快走开，不然刀斧无情！"

关铃喝道："我乃梁山泊大刀关胜的公子关铃便是！你是何人？说明了，好记我的头功。"

兀术看见关铃年纪尚小，威风凛凛，相貌堂堂，十分喜爱，便叫道："小子，某家乃是大金昌平王兀术四太子是也。我看你小小年纪，前途无量，何不归顺了大金，某家封你一个王位，让你永享富贵，有何不美？"

关铃听了，笑道："好啊！原来你就是兀术！算小爷我运气，见了你这个宝货。今日小爷要取你项上人头，好向岳元帅报功！"

兀术大怒，骂道："不识抬举的小畜生！看斧！"便抡起金雀斧劈头盖脸打来。

关铃举起青龙偃月刀拨开斧，两人战了十余回合。狄雷、樊成见了，十分恼怒，便一个挺枪，一个挥锤，杀了过来。兀术哪里抵挡得了三只初生猛虎，一时间只有抵挡之招，全无还手之力。眼看性命只在顷刻之间，兀术便虚晃一斧，快马加鞭地逃了。关铃、樊成、狄雷见了，加紧直追。兀术恐惧，只往金兵人多的地方钻，关铃、樊成、狄雷也是紧追不舍。他们三人一面追击兀术，一面浴血杀敌。

金兵抵挡不住这三员虎将，死伤无数。那兀术跑到哪里，三人就追到哪里；三人追到哪里，金兵的金龙阵就坏到哪里。岳飞等四位元帅见敌方阵脚已乱，便指挥众将四处追杀。

关铃正杀得起劲，见了岳云，大喜道："大哥！小弟在此！"

岳云见是关铃，好不欢喜，叫道："贤弟！快快帮我杀尽了金兵，好同我去见爹爹。"

那樊成舞动錾金枪，一枪一个。正杀得高兴，撞见了孟邦杰，叫声："姐夫，我来了！"

孟邦杰见了，大喜道："小舅子来得正好！快立些功，好见元帅。"

那狄雷杀进金营，正遇见岳飞，高叫道："元帅，小将狄雷原先在金门镇上冒犯了您，这次特来投奔，为大宋效劳！"

岳飞道："将军为大宋杀敌，自当报功授职。"

狄雷得令，抖擞精神，更加奋勇！

刘琦见战局已定，便对岳飞道："元帅少陪了。"便带领本部人马匆匆地杀出阵去，岳飞兀自纳闷，不晓得他要去哪里。

这一战，宋军大胜，金兵无法再战，四散奔逃。兀术见了，也偷偷混在残兵败将中逃了出去。逃了二十多里，忽然前方大乱，原来前方道路已经被刘琦带兵抄近路拦截，两边埋伏的宋兵弓弩手一齐涌出，号角响处，万箭齐发，兀术的残兵败将纷纷中箭倒下。

兀术见了，连忙抄小路逃跑。又逃了一二十里路，来到金牛岭前。只见那里怪石嶙峋，山若削成，难以攀登，兀术见了，惊恐万状。忽然听得后面喊杀声汹涌传来，兀术仓皇逃窜，好不容易逃走。

看着身后跟着的将士，兀术不禁仰天叹息道："某家统领大兵六十余万，如今所剩无几，还有什么面目回去见人！不如死在此地罢了！"

第三十八章
风波亭

兀术正要拔剑自刎,那哈迷蚩连忙将他抱住,叫道:"狼主不能死啊!岂不闻中原古语'留得青山在,不愁没柴烧'。臣有一计,定能帮狼主除掉岳飞!"

兀术道:"你还有什么计策?"

哈迷蚩道:"扬汤止沸,不如釜底抽薪啊!狼主跟秦桧交好,那秦桧在宋朝官至宰相,狼主何不修书一封,着臣带去见那秦桧,要秦桧设计陷害岳飞,不就成了釜底抽薪吗?"

兀术大喜道:"此计甚好,何不早说?待某家写一封书信,着你带了去见秦桧。"当下就取过笔砚写了一封书信,做成蜡丸,交给哈迷蚩道:"军师,你进中原,须要小心!"

哈迷蚩将蜡丸藏好,辞了兀术,悄悄地进了临安城。

却说那秦桧正在临安宰相府中独坐,看着前方战报,心下暗想:"这岳飞破了金兵六十万人马,威震天下。将来回到朝廷,必然受到皇帝宠信。我这宰相岂能继续为所欲为?如何设计将他扳倒了,老夫才好大权独揽啊!"

正想到这里,忽然有家人来禀报:"丞相,有一从汴京来的商人说有要事求见。"

秦桧命令带进来,家人出去将这汴京来的商人带了进来。秦桧一看,这哪里是什么商人，分明是被割掉鼻子的哈迷蚩。

秦桧问道："你这商人，卖的是什么？"

那哈迷蚩道："在下卖的是蜡丸。"

秦桧问道："什么蜡丸，可医得了病吗？"

哈迷蚩道："在下这蜡丸，包治百病。"

秦桧道："既然如此，留下蜡丸待我慢慢服用。"然后，秦桧命家人打赏哈迷蚩十两银子。哈迷蚩会意，拿了赏银就走。

秦桧打开蜡丸细细一看，原来是兀术的亲笔书信，信中责备秦桧辜负盟约，致使岳飞破了六十万金兵。兀术令秦桧尽快设计除掉岳飞，将来得了宋朝天下，与秦桧平分。

秦桧看完书信，点火烧掉，回到内室，见了夫人王氏，说道："四太子命哈迷蚩送来书信，要我谋害岳飞，将来与我平分宋朝天下。我早有这个打算，只是如何才能得手呢？"

王氏道："如今岳飞击败了金兵六十万，功劳甚高。若不将他除去，相公日后难以出头。相公何不趁他尚未回京，令皇帝下诏与金讲和。皇帝性格软弱，必然同意双方讲和。事情一成，要害他岳飞父子，也就不难了。"

秦桧喜道："夫人言之有理。"

哈迷蚩回到营中见兀术，禀报道："臣已经见了秦桧，送了蜡丸。想那秦桧必定会设计帮狼主抢夺宋朝天下。"

兀术大喜，便集合了残兵败将，拔寨回金地去了。

却说这一日，岳飞正与韩元帅、刘元帅、张元帅坐在军中商议军务，忽报圣旨下来，众元帅连忙出营接旨。原来圣旨命岳飞等元帅班师回朱仙镇休整，待秋收以后再发兵破敌。

众元帅听了圣旨，无不气愤。韩世忠道："我等在前方血战，以十万兵

第三十八章　风波亭

马破敌百万。本该乘胜进军直捣黄龙府，迎回二帝，恢复中原。本指望克日成功，朝廷却迟迟不肯发来粮草。不发粮草也罢，还要我等撤回朱仙镇！把好不容易挣来的功劳都拱手让了出去，朝廷这不是叫将士的鲜血白流吗？这必是朝廷有奸臣弄权，怕我们成了功劳，对他不利。大元帅且不忙退兵！"

岳飞道："自古'君命召，不俟驾而行'。我等岂能贪功，逆了圣旨？"

刘琦道："大元帅差矣。古人云：'将在外，君命有所不受。'如今金人丧师在外，锐气已尽，我等应当鼓舞前行，一举恢复中原。依我愚见，不如一面催粮一面发兵，踏平黄龙府，灭了金兵，再迎回二圣。然后朝见天子，将功折罪，岂不两全其美？"

岳飞道："众位元帅有所不知，当年我母亲担心我违抗圣旨，在我背上刺了'精忠报国'四个大字。所以我这一生只图精忠报国，只知道君命不可违，不管他奸臣是否弄权！"

说到这里，岳飞便传下号令，与众元帅带领大军撤回朱仙镇。从此操练兵马，专等秋收后进兵。

忽一日，圣旨又下，命令各路人马回到本部军营，听候调令。那韩世忠听了圣旨，哭道："大军齐集朱仙镇，原本是专等粮草送来，然后齐头并进、北伐金地的。如今却要我们分散到各处，看来朝廷是有奸臣弄权，无意扫北了。"

刘琦道："只怕朝廷猜忌我们，不会让我等团聚了。"

说完，各自痛哭流涕。

众元帅、各地总兵、节度使纷纷来到岳飞帐前，与岳飞作别，回各自驻地去了。

且说岳飞在朱仙镇上终日操练士兵，教军士们耕种米麦，专等扫北圣旨。可是一等就是一年，朝廷还没有传旨北伐的意思。

一天，岳飞坐在帐中观书，忽报圣旨下来，岳飞慌忙去接旨。原来圣旨上说，大宋与金已经讲和，命岳飞回京，准备加官晋爵。岳飞只得谢恩，回到营中对众将说道："圣上命我进京，我怎敢抗旨？只是奸臣在朝，我这一去怕是凶多吉少。万一有什么差池，众兄弟务必要忠于朝廷，不可做出大逆不道的事。若各位能勠力同心，恢复中原，迎回二圣，我岳飞死而无憾。"

众将听了，无不热泪盈眶。

正说着，又报有内使拿着金牌来催元帅起身。岳飞慌忙接过金牌。紧接着，又有金牌来催。不一会儿，一连接了十二道金牌。

内使道："圣上命元帅速速起身。若有延迟，便是违抗圣旨了！"

岳飞听了，默默无言。他走进帐中，唤来施全、牛皋，说道："二位贤弟，我把帅印交给你们，暂与我掌管中军。此乃军国大事，非同儿戏。你们务必遵守法度，切莫纵兵扰害民间！"说罢，将帅印交给两人。

交代了这些，岳飞便点了四名家将，带着王横一同出发了。

岳飞一行人刚要起身时，朱仙镇的百姓，扶老携幼，头顶香盘，前来送行。一时间，道路两旁挨挨挤挤，摩肩接踵，全都在哭哭啼啼地挽留岳飞。

岳飞挥泪对百姓说道："圣上连发十二道金牌召我进京，我怎敢违抗君命？况且金未灭，二圣未还，中原尚未扫平，我不久以后自然还要回来，各位何必痛心？待我回来以后，替各位扫除金兵，然后同大家共享太平！"

百姓无可奈何，只好让开一条通道，让岳飞赶路。众将虽都是久经沙场、杀敌无数的英雄，值此岳飞离去之时，无不依依不舍，泪下如雨。

行了几天，便过了长江，来到京口，此地不远便是韩世忠的驻地。岳飞上岸骑了马，吩咐左右："我等悄悄过去，不要惊动了韩元帅！"说着，快马加鞭赶路。韩世忠听说岳飞经过，连忙派人去挽留，可是岳飞等人早已过了镇江，走丹阳大路去了。

第三十八章　风波亭

岳飞又行了两日，来到平江。见前方来了一队人马，一共二十来人，为首的是锦衣卫指挥冯忠、冯孝。

冯忠见了岳飞，问道："来人可是岳元帅吗？"

王横上前答道："正是帅爷。你们是什么人？"

冯忠道："我们是钦差，有圣旨在此。"

岳飞一听有圣旨，连忙下马跪拜。冯忠、冯孝将圣旨展开读道："岳飞官封显职，不思报国，反而按兵不动，克扣军粮，纵兵抢夺，辜负君恩。特着锦衣卫押解来京，听候裁决。钦此！"说完将手一挥，身后校尉随从便一拥而上，要将岳飞绑了。

王横见了，顿时气得怒发冲冠、眦睚欲裂，叫道："住手！我看谁敢上前！什么圣旨，都是一派胡言！俺随元帅征战多年，别的功劳休说，只如今朱仙镇上二百万金兵，我们舍命争先，杀得他片甲不留，你们凭什么说我们按兵不动？你们哪个敢动手的，先吃我一棍！"说着，抡起熟铜棍就要打起来。

岳飞道："王横住手！圣旨在此，岂容你来啰唣！清者自清，浊者自浊，有什么好说的？你要毁了我一世忠义之名吗？罢罢罢，不如以死来表我心迹！"说着，拔出腰中佩剑要引刀自裁。四个家将见了，一齐上前抱住。

王横跪下哭道："老爷，难道你听凭他们将你拿去了不成？"

冯忠见此光景，便提起腰刀来砍王横。王横正要反抗，岳飞喝道："王横，不许动手！"王横只得跪下。冯忠毫不手软，一刀砍下。可怜王横半世豪杰，就这样死于非命！

岳飞见了，涕泗横流，对钦差道："这王横今日触犯了贵钦差，固然不该，但他也曾为朝廷出力，立下汗马功劳。望贵钦差给他一口棺木盛殓，免得暴露形骸！"冯忠答应了，就命人到当地官府找来一口棺材成殓，然后将岳飞关进了囚车，一路上通知各地官府实施戒严，不许走漏风声，偷偷将岳飞运送至京城大理寺中。

岳飞被关进狱中，秦桧命大理寺正卿周三畏负责审问。

这天周三畏升堂，将岳飞提出来审问道："罪人岳飞，你官居显职，不思发兵扫北以报国恩，却按兵不动坐观成败，实乃罪不容诛。你还有什么要说的吗？"

岳飞道："法台老大人，此言差矣！若说我按兵不动，在下不久前便用十万人马杀败百万金兵，本想要直捣黄龙府，可惜圣旨传下，要岳飞回朱仙镇养马，等到秋熟后起兵。这件功劳有韩世忠、张信、刘琦等元帅可以作证。"

周三畏听了岳飞的话，心想："说他按兵不动实在不合事实。这朝廷乃是奸臣秦桧把持的，秦桧要陷害忠良，我怎么可以屈打成招呢？"想到这里，周三畏拿定主意，说道："岳飞，你暂且回到狱中休息，待我面见了圣上，禀明详情，再来定夺。"

岳飞谢了周三畏，又被重新带回监狱中。

那周三畏回到家中，闷闷不乐，心想："正所谓'得宠思辱，居安思危'。岳飞做到这样的大官，有这等大功劳，到头来还不是受奸臣陷害？我一个小小的大理寺正卿，不一样在奸臣掌握之中吗？今日我若冤枉了岳飞，一怕良心不安，二怕受天谴，三怕后人唾骂。但是我若违逆了奸臣，不也同样要受陷害吗？唉，真是进退两难啊！"叹息了一会儿，又想："何不挂冠而去，从此退隐江湖，远离这是非场呢？"拿定了主意，便暗暗吩咐家属，一同收拾了钱财物品，解下了官服。等到五更将尽的时候，全家偷偷逃跑了。

第二天，秦桧得知周三畏逃跑后大怒，下令全城戒严缉拿。可是周三畏已经跑得很远了。秦桧只好命万俟卨、罗汝楫出来审理此案。

那万俟卨乃是杭州府一个通判，而罗汝楫是个同知，这两个人都是秦桧

第三十八章　风波亭

门下走狗。这一天，秦桧招来万俟卨、罗汝楫，说道："昨日老夫命大理寺周三畏审问岳飞罪案，没想到他挂冠逃跑，现正在缉拿。你二位可以代理此职，勘问此案。务必坐实了岳飞的罪名，害掉他的性命。事成之后，自然是要加官晋爵的。"二人听了，连忙谢恩。

这万俟卨、罗汝楫一齐商议，决定对岳飞用重刑。他们将岳飞从牢中提出，喝道："大胆岳飞，你身为统兵元帅，为何按兵不动、私通敌人？"

岳飞道："既然问我为何按兵不动，那我为何能大败金兵两百万？若说我私通敌人，我又为何与金兵血战到底？"

万俟卨听了，将惊堂木一拍，叫道："大胆岳飞！你竟敢狡辩，看来不用重刑是不肯招的！"说着，命左右衙役将岳飞推倒在地，举棍便打。一连打了四十大棍，打得岳飞鲜血直流，晕死过去。岳飞醒来还是不肯招。二贼又用酷刑将岳飞拷问一番，岳飞只是呼天捶胸，却总是不肯招。二贼只好将他收监了，等明日再审。

二贼退回私宅商议了一番，决定用"披麻问""剥皮拷"的酷刑来对付岳飞。他们连夜叫人将麻皮揉碎，用鱼胶熬烂。第二天又将提岳飞出来审问。

万俟卨道："岳飞！你好好地将按兵不动、图谋造反的事情招供出来，免受刑罚之苦！"

岳飞道："我一生立志恢复中原、雪国之耻，在朱仙镇上同着韩、张、刘众元帅一同消灭金兵二百万。本打算休整几天便要进兵燕山、直捣黄龙，没想到圣旨催促回兵养马，又连用十二道金牌将我召回。所谓按兵不动、图谋造反实乃奸臣陷害，岳飞一片忠心唯天可表！你叫我招出什么来？"

万俟卨道："既然不招，来啊，上刑！"

左右人等一齐上前剥掉岳飞身上的衣服，将鱼胶涂上，又将麻皮搭上。

万俟卨问岳飞道："招还是不招？"

岳飞凛然道："我岳飞精忠报国，至死不渝。你陷害忠良，必有恶报！"

二贼大怒，命人扯掉麻皮。

那麻皮被鱼胶粘在岳飞的背上，左右衙役将麻皮一扯，将岳飞背上的皮肉一同扯了下来，顿时鲜血淋漓，惨不忍睹。

岳飞大叫一声："痛煞我也！"顿时晕死过去。

左右人等用凉水将岳飞泼醒。万俟卨又问道："岳飞，你若不招便再扯！"

岳飞叫道："好、好、好，我死了也罢，只是岳云、张宪不要在我死后坏了我一世忠名！"

二贼听了这话，顿时心中"咯噔"一响，冒了一身冷汗，连忙和颜悦色地说："元帅，我们也知道你是冤枉的。唉，真是可惜啊！你何不修书一封，叫岳云、张宪一同来到京城，替你到皇帝面前辩明冤屈呢？"

岳飞说道："也好，就叫他两人一同来到这里，就算不能辩明冤屈，跟我一同死了，也好成全我岳家忠义之名。"然后，写了一封家书，交给万俟卨。

那二贼关了岳飞，带着这封家信来见秦桧。

万俟卨、罗汝楫向秦桧禀明了情况。秦桧大怒道："那厮如此嘴硬，何不将他打死算了？"

万俟卨道："太师爷不知，岳飞有一个儿子名叫岳云，有一个家将名叫张宪，这两人有万夫不当之勇。万一他们得知岳飞死了，起兵杀向临安，那时候别说我们，连朝廷都难保了。因此，小官骗那岳飞，要他写一封书信招来岳云、张宪二人，替他辩明冤屈。岳飞听了下官的话，写了一封书信在此，请太师爷过目。"

秦桧听了大喜，将书信展开看了，喜道："两位果然大才，办事周到！"

三人走入内室，商议召唤岳云、张宪的事宜。主意已定，便命人模仿岳飞笔迹，重新写了一封书信。只说奉旨进京，朝见圣上，面奏大功，朝廷喜悦，要加官封赏；命岳云、张宪两人进京，先来受赏，不可迟延。

　　这封伪造的家书修好了，便命干练的家丁送往汤阴县，交给岳云、张宪。岳云、张宪得到书信后不敢逗留，连忙赶往京城。谁知进到城后，立刻被抓进牢中。

　　万俟卨、罗汝楫二贼得了秦桧的命令，终日拷问岳飞父子、张宪，要他们供出谋反之罪。三人受尽酷刑，宁死不屈。

　　这一审，就是两个月，二贼没有得到什么结果。岳飞父子受冤的事情已在临安城中逐渐传开，人们都为他们鸣不平。一时间民怨沸腾，一些不畏权贵的士绅写了起诉状，联名上书，要替岳飞父子申冤。秦桧听说此事，心中焦虑，叫来万俟卨、罗汝楫二贼一同商议处置岳飞的事情。

　　秦桧道："我假传圣旨，将岳飞父子并张宪一同骗入京城，关进大牢，两个月来用尽严刑，本指望他承认谋反罪名，没想到一点用处都没有。如今坊间议论纷纷，说我陷害了他们三人。天子若是知道了，必然怪罪于我。这可如何是好？若放了岳飞，势必养虎为患；若杀了岳飞，又缺乏罪名。"

　　秦桧的夫人王氏听了，说道："相公要杀岳飞，不可耽误时辰，以免夜长梦多，后患无穷。至于杀掉他的罪名，我看就'莫须有'吧。"

　　秦桧听后顿时十分欣喜，说道："好一个'莫须有'！"便与万俟卨、罗汝楫一同商议，命人将岳飞父子一同绑了，带往风波亭悄悄害死了。

　　这一年，岳飞三十九岁，岳云二十三岁。